Freundinnengeschichten

DIE AUTORIN

Katja Reider, 1960 in Goslar geboren, arbeitete nach ihrem Germanistik- und Publizistik-Studium u.a. als Pressesprecherin des Wettbewerbes »Jugend forscht«. 1994 begann sie für Kinder und Jugendliche zu schreiben. Ihre Bücher erscheinen heute in vielen namhaften Verlagen. Die Autorin lebt mit ihrem Mann und ihren beiden Kindern in Hamburg.

Katja Reider

Freundinnen-geschichten

MIX
Papier aus verantwortungsvollen Quellen
FSC® C014496
FSC www.fsc.org

Verlagsgruppe Random House FSC® N001967

1. Auflage 2019
Erstmals als cbt Taschenbuch April 2019
Dieser Sammelband besteht aus den Einzelbänden
»Der Prinzessinnenclub«

»Der Prinzessinnenclub – Eine für Alle«

Umschlag- und Innenillustrationen: Dagmar Henze
Umschlaggestaltung: Kathrin Schüler, Berlin
ml · Herstellung: LW
Satz: Uhl + Massopust, Aalen
Druck: GGP Media GmbH, Pößneck
ISBN 978-3-570-31274-2
Printed in Germany

www.cbj-verlag.de

Der PrinzessinnenClub

Gestern unter der Dusche hatte ich eine Idee. Sogar eine ziemlich geniale Idee! (Nicht dass geniale Ideen bei mir eine Seltenheit sind ...) Kurz und gut: Ich habe beschlossen, die Geschichte unseres Clubs aufzuschreiben. Also, die Geschichte von Emma, von Severine Amalie Lilienthal (genannt Sissi) und mir, Diana! – Was an der Geschichte unseres Clubs genial sein soll?

Nix, wenn wir so ein x-beliebiger Mädchenclub wären, der alberne Streiche ausheckt, um sich hinterher gemeinsam darüber scheckig zu lachen. Oder wenn wir so ein Verein von Möchtegerndetektivinnen wären, die verzweifelt darauf warten, dass nebenan die Kronjuwelen geklaut werden, damit es endlich was zu tun gibt. Aber nein, so sind wir absolut nicht.

Wir sind anders: Wir sind ein PRINZESSINNEN-CLUB.

Halt, halt, halt. Ein Prinzessinnenclub ist keine Vereinigung blaublütiger Schnepfen, die meinen, dass sie etwas Besseres sind. Wir verbringen unsere Tage auch nicht damit, unsere Näschen zu pudern, während wir taschentüchleinringend darauf warten, dass ein Prinz auf einem weißen Pferd vorbeikommt und uns gnädigerweise auf sein Schloss entführt. Nein, unser Prinzessinnenclub ist gaaanz anders! Das fängt zum Beispiel schon damit an, dass wir –

Aber was soll ich lange erklären? Ich erzähle besser die ganze Geschichte. Von Anfang an.

Huups! Jetzt hätte ich fast vergessen, mich vorzustellen! Also, ich bin ein Mädchen, hm, ist ja eigentlich klar. Ich bin elf Jahre alt, meine Augen sind blau und meine Haare blond (nein, nein, keine tolle, wallende Prinzessinnenmähne, eher so der Spaghetti-Look). Ich bin ziemlich groß für mein Alter. Das behauptet Mama jedenfalls immer. Und mein Name lautet ... Diana.

Na, klingelt es jetzt? Also, was fällt einem zu dem Namen Diana ein?

Bingo, ganz genau! Meine Mutter war (was heißt »war«, sie ist es immer noch) ein großer Fan von Prinzessin Diana. Deshalb hat sie auch mich, ihr einziges Töchterlein, nach ihr benannt! Keine Ahnung, wie Mama Papa dazu gebracht hat, damit einverstanden zu sein! Vielleicht hat sie ihm ja versprochen, die nächsten fünfzig Jahre den Abwasch zu übernehmen, oder so.

Papa spricht meinen Namen immer deutsch aus: Diana (angeblich gab es mal eine Jagdgöttin Diana, aber das finde ich nun auch nicht so toll). Während Mama mich gerne »Deijähna« nennt. Ihr wisst schon, Diana war diese schöne englische Prinzessin, mit der es kein gutes

Ende nahm. Sie ist nämlich 1997 bei einem Autounfall in Paris gestorben. Aber das wussten Mama und Papa ja noch nicht, als sie mich so nannten. Mama hat mir erzählt, dass damals, als Diana starb, die ganze Welt getrauert hat und dass zigtausende von Menschen vor dem Buckingham Palast Blumensträuße abgelegt haben. Um ihre Trauer und ihr Mitgefühl zu zeigen. Dabei hatte Diana gar nicht selber in diesem Palast gewohnt, sondern nur Königin Elizabeth, ihre Exschwiegermutter. Mit der soll Diana ja gar nicht gut ausgekommen sein! Kein Wunder, auf Fotos sieht die Königin immer aus wie eine echte Spaßbremse. Im Gegensatz zu Diana! Die lächelt auf den meisten Fotos, die es von ihr gibt. Und das sind unendlich viele! Mama hat allein etwa siebzehn (!) Bildbände über Prinzessin Diana. Als ich kleiner war, habe ich mit Mama total gerne darin herumgeblättert. Keine Ahnung, was mich daran so fasziniert hat! – Mama hat mir irgendwann erklärt, dass Dianas Entwicklung auf den Fotos genau zu erkennen ist. Und ich hab sofort verstanden, was sie meint: Am Anfang, bei ihrer Verlobung, linst Diana immer ganz schüchtern unter ihrem kiloschweren Haarpony hervor, während sie vergeblich versucht, kleiner zu wirken als Prinz Charles (manchmal stand er auch einfach eine Treppenstufe höher als sie. Peinlich, oder?). Aber später trat Diana so selbstbewusst und lässig auf wie ein Hollywood-Star. Irgendwann haben sich Charles und Di dann scheiden

lassen. Aber das hätte ich Di auch vorher sagen können, dass Charles nicht der richtige Typ für sie ist. Also wirklich! So 'n Langweiler! Und diese Segelohren...! Glücklicherweise haben Dianas Söhne nicht die Ohren ihres Vaters geerbt. William und Harry sehen gar nicht so übel aus, finde ich.

Aber eigentlich wollte ich ja erzählen, wie es mit unserem Prinzessinnenclub angefangen hat. Wie wir drei Prinzessinnen uns überhaupt kennengelernt haben und so. – Also, es war am ersten Tag in meiner neuen Schule. Und ich war an diesem Tag nicht gerade bester Laune...

Tschüs, Prinzessin!«

Mit der üblichen Hektik kippte Papa den letzten Schluck Kaffee hinunter und zwinkerte mir aufmunternd zu. »Und viel Spaß heute!«

Statt einer Antwort verdrehte ich nur genervt die Augen. »Viel Spaß …« Papa hatte gut reden! Ich meine, was, bitte schön, sollte denn an dem heutigen Tag spaßig werden? Aber ich kannte das ja schon: Papa wünscht einem das immer – egal ob mir eine gruselige Mathearbeit bevorsteht, deren Lösungswege etwa so nahe liegen wie Sonne, Mond und Sterne, oder ob Mama ängstlich der Entfernung ihrer oberen Weisheitszähne entgegenklappert –, Papa wünscht dazu garantiert: »Viel Spaß.« Und er meint das, glaube ich, sogar ernst.

An diesem Morgen jedenfalls ging mir Papas Spruch ziemlich auf den Geist. Es ist nun mal kein bisschen lustig, auf eine neue Schule zu kommen. Und dann noch auf eine, in der man quasi keine Nase gut kennt.

Aber nicht mal Mama brachte heute auch nur

ein Fitzelchen mamamäßiges Mitgefühl für mich auf. »Nun mach nicht so ein Gesicht, Diana«, sagte sie. »Du gehst ab jetzt aufs Gymnasium. Das ist doch schön! Ein bisschen wie eine zweite Einschulung. Guck mal, damals hast du dich doch auch gefreut, den Kindergarten hinter dir zu lassen und etwas Neues zu beginnen. Du konntest es kaum erwarten, endlich zu den ›Großen‹ zu gehören. Weißt du noch?«

Doch, aber das war damals! Vor etwa einhundert Jahren – da war ich mit einer riesigen Schultüte unterm Arm stolz zur Schule marschiert. Jedenfalls sehe ich auf den Fotos, die Papa damals von mir geknipst hat, wahnsinnig stolz aus. So richtig erinnern kann ich mich aber nicht mehr daran. Ich weiß nur noch, dass der Schulchor für uns gesungen hat, aber ich glaube, ziemlich schief. Und dass während der Feierstunde eine freundliche Omi hinter mir ihre Augen ständig mit einem Taschentuch abtupfte. Weil sie weinen musste, vor lauter Rührung. Später hat sich dieselbe Omi dann mit demselben Taschentuch die Nase zugehalten, weil sich ein Junge zwei Plätze weiter übergeben hatte. Mitten in die feierliche Ansprache der Schulleiterin hinein! Das muss man sich mal vorstellen! Wie wahnsinnig peinlich!!! Ich wäre gestorben! Zumindest wäre ich die nächsten vier Jahre nur noch mit

Tarnkappe zur Schule gegangen. Mama meinte später, dass der »arme Junge« sicher die »ganze Aufregung nicht verkraftet« habe und sich deshalb übergeben musste. Aber ich war davon überzeugt, dass der Knallkopf einfach schon den gesamten Inhalt seiner Schultüte vertilgt hatte. Olli, so hieß der Unglücksrabe, landete nämlich in derselben Klasse wie ich. Und so hatte ich vier Jahre lang Zeit, sein Ess- beziehungsweise Fressverhalten zu studieren. Und ich sage euch: Olli ist echt der gefräßigste Kerl, den man sich vorstellen kann …! Auf einer Klassenfahrt hat er doch tatsächlich mal zwanzig Tütchen Waldmeister-Brausepulver auf einmal in sich hineingeschüttet. Bis er plötzlich jede Menge grünen Schaum vor dem Mund hatte und aussah wie ein Alien. Echt, den Anblick werd ich nie vergessen!

»Ich weiß nicht, was ich auf dem Schiller-Gymnasium überhaupt soll«, startete ich einen weiteren Versuch, Mitleid zu erregen. »Ich meine … ich kenne da echt überhaupt keinen!«

»Überhaupt keinen?!« Mama zog die Augenbrauen hoch. »Und was ist mit Kevin und Finn und mit – wie heißt sie noch mal? – Serena? Die gehen doch auch alle aufs Schiller! Oder etwa nicht?«

»Doch, schon«, räumte ich widerwillig ein. »Aber die zählen nicht. Jedenfalls nicht richtig.«

»Verstehe«, sagte Mama. Aber in einem Ton, der klarmachte, dass sie überhaupt nix verstand und meine Haltung »unmöglich« fand. Dabei ist es doch nun mal so, dass man zu manchen in der Klasse keinen Draht kriegt. Und das ändert sich auch nicht, bloß, weil man zufällig zusammen auf eine neue Schule geht. Aber Mama glaubt immer noch, dass sie mich, wie früher in der Krabbelgruppe, einfach zusammen mit irgendwelchen anderen Zwergen vor eine Kiste mit Bauklötzen setzen kann. Und wenn wir Zwerge alle »schön« zusammen spielen, kriegen wir Kekse. Und wenn nicht, doofe Apfelschnitzchen.

»Aber du lernst in deiner Klasse doch auch viele neue Kinder kennen«, versuchte Mama es jetzt noch mal. »Das ist doch spannend! Komm, Diana, du musst einfach ein bisschen offen sein.«

Mama hatte gut reden. Dabei hatte sie doch selbst gejammert, als sie letztes Jahr die Firma wechselte, um einen »Karrieresprung« zu machen (wie Papa das nannte). Wenn ich ihr damals gesagt hätte: »Nun stell dich nicht so an, Mama! Du findest doch in deiner neuen Firma auch nette Kolleginnen, mit denen du quasseln kannst.« – Dann hätte sie mir wahrscheinlich drei Wochen lang Bohnensuppe gekocht (die grausamste Strafe, die ich mir vorstellen kann).

»Es ist wirklich sehr schade, dass sich Nele für eine andere Schule entschieden hat«, fügte Mama jetzt endlich ein bisschen mitfühlend hinzu. »Ich verstehe ja, dass du deswegen traurig bist.«

Ich nickte nur. Mama hatte ins Schwarze getroffen. Nele und ich, wir waren in den letzten vier Jahren unzertrennlich gewesen. Eigentlich seit der Einschulung, als wir am Eingang der Aula zusammengestoßen waren und in derselben Sekunde erschrocken festgestellt hatten, dass wir haargenau die gleiche Schultüte gebastelt hatten: ein glitzerrosa Ungetüm, darauf eine Prinzessin mit echten weißblonden Engelshaaren. Zuerst war ich bitter enttäuscht gewesen, weil doch die Frau in dem Schultüten-Bastelkurs, wo ich mit Mama war, immer wieder betont hatte, wie toll es sei, eine absolut einzigartige, unverwechselbare Schultüte zu besitzen. Aber irgendwann mussten wir beide über unsere völlig gleich aussehenden Prinzessinnen-Tüten lachen und waren von da an die besten Freundinnen. Jahrelang. Für mich war es völlig klar, dass wir für immer und ewig auf dieselbe Schule gehen würden. Bis, ja, bis Neles Mutter, als wir in der 4. Klasse waren, davon hörte, dass an einem anderen Gymnasium eine Bläser-Klasse eingerichtet werden würde. Also eine Klasse für Kinder, die ein Blasinstrument spielen und dies auch

in der Schule machen wollen. Und ehe ich mich versah, war alles anders: Nele, die seit zwei Jahren Altflöte lernte, redete plötzlich nur noch über diese Bläser-Klasse, die für mich überhaupt nicht infrage kam. Ich bin nämlich völlig unmusikalisch. Und bevor ich auch nur piep sagen konnte, hatte Neles Mutter schon all unsere Pläne über den Haufen geworfen und Nele in dem anderen Gymnasium angemeldet. Und das Schlimmste war: Nele hatte Ja dazu gesagt! Ich war stocksauer. Furchtbar enttäuscht außerdem. Natürlich hatte Nele ein schlechtes Gewissen mir gegenüber. Und natürlich betonte sie jetzt dauernd, dass sich an unserer Freundschaft nichts, aber auch gar nichts ändern würde. Aber ich wusste es besser. Und sie wusste es auch. Klar, wir konnten uns auch weiterhin treffen. Am Nachmittag oder am Wochenende. Aber es würde niemals wieder so sein wie vorher. So vertraut und nah und lustig. Daher wundert es wohl niemand, dass ich dem ersten Tag auf meiner neuen Schule nicht gerade freudig entgegensah.

Frechheit: Gerade haben sich Emma und Sissi einfach, ohne zu fragen, meine ersten Seiten geschnappt, sie überflogen und natürlich gleich was zu meckern: Sie meinen, dass ich endlich zum Punkt kommen und über unser Kennenlernen schreiben soll, anstatt irgendwelche Geschichten aus meiner

Vergangenheit auszubreiten. – So ein Quatsch! Schließlich will man doch erst mal wissen, mit wem man es zu tun hat, oder etwa nicht? Na bitte! –

In Wirklichkeit können Emma und Sissi nur nicht abwarten, bis sie endlich auch ins Spiel kommen! Vor allem Emma ist total neugierig! Sie will unbedingt wissen, was ich am Anfang über sie und Sissi gedacht habe. Das kann ich sogar sehr gut verstehen. Ich selber will ja auch immer wissen, was andere über mich denken. Das heißt, eigentlich nur, wenn es was Positives ist.

Hmm, ehrlich gesagt, sooo toll war mein erster Eindruck von Emma eigentlich gar nicht …

Die Aula, in der die Begrüßung für die Fünftklässler stattfinden sollte, war schon bis zum letzten Platz gefüllt, als Mama und ich endlich angehetzt kamen. Mal wieder typisch Mama: Erst hatten wir ewig einen Parkplatz gesucht und dann musste Mama auch noch in aller Ruhe ihren Mund mit Lipgloss betupfen. Also echt … als ob meine künftige Schulkarriere von Mamas perfektem Make-up abhinge …!

Mit Mühe ergatterten wir noch zwei freie Stühle in der vorletzten Reihe. Ein bisschen enttäuscht sah ich mich um. Hmm, besonders festlich sah es hier ja nicht aus! Keine bunten Girlanden, kein Blumenschmuck – gar nichts! Nur ein nüchterner großer Raum mit einer Menge Menschen drin. Insgesamt sollte es vier 5. Klassen am Schiller-Gymnasium geben.

Die meisten Jungs und Mädchen hatten ihre Mutter im Schlepptau. Einige schienen sogar ganz ohne Begleitung gekommen zu sein. Musste ein komisches Gefühl sein.

Ehrlich gesagt war ich selber ganz froh, dass Mama neben mir saß. Zumal sie nicht so nervös an mir herumzuppelte wie die Eltern in der Reihe vor mir an ihrer Tochter. Himmel, die konnte einem ja echt leidtun! Wenn die Eltern nicht gerade gleichzeitig von rechts und links auf ihre Tochter einflüsterten, zupften sie ihr emsig irgendwelche Fusseln von der Jacke oder strichen ihr die Haare nach hinten, zur Seite oder sonst wohin. Ich wurde schon vom Zusehen ganz nervös. Wahrscheinlich hätte ich einen Schreikrampf gekriegt, wenn Mama das bei mir gemacht hätte! Aber das Mädchen vor mir saß ruhig und irgendwie schicksalsergeben zwischen ihren Eltern. Ihr brauner Pagenkopf bewegte sich kaum. Sie schien starr geradeaus zu blicken.

Wahrscheinlich war sie das Gefummel gewöhnt! Oder sie meditierte, um es besser aushalten zu können, oder so was. Aber dann, als hätte sie gespürt, dass ich sie beobachtete, drehte sich das Pagenkopf Mädchen plötzlich um und musterte mich. Natürlich konnte sie nicht wissen, dass ich sie angestarrt hatte, aber ich fühlte mich trotzdem ertappt. Also grinste ich ihr verlegen zu und sie lächelte scheu zurück. Einen Moment lang sahen wir uns an und waren unsicher, ob wir ein Gespräch starten sollten. Aber da tippte der Vater des Pagenkopf-Mädchens seiner Tochter auch schon auf den Arm und mahnte halblaut: »Schau nach vorn, Prinzessin! Es geht los!«

Also *mir* wäre es ja *total* peinlich, wenn Papa mich in aller Öffentlichkeit mit meinem Kosenamen »Prinzessin« ansprechen würde! Wirklich, das wäre gaaaanz schrecklich und völlig un-ent-schuldbar! Aber Papa weiß genau, dass mir schon allein mein Name – oder sagen wir mal, die Tatsache, dass Mama mich nach Prinzessin Diana benannt hat – echt peinlich ist. Deswegen darf Papa mich wirklich NUR Prinzessin nennen, wenn wir ganz allein sind. Und Türen und Fenster fest geschlossen!

Ich grinste in mich hinein. Irgendwie fand ich es lustig, dass der Pagenkopf den gleichen Kosenamen trug wie ich selber!

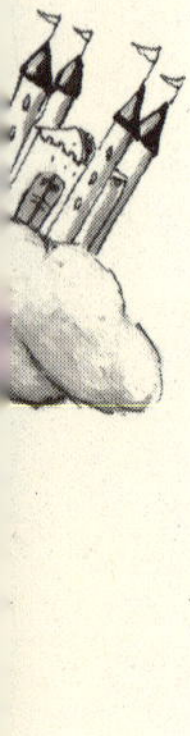

Inzwischen war Herr Dr. Knüsen, der Schulleiter, geschäftig durch die Reihen nach vorne geeilt. Betont elastisch hechtete er auf die Bühne und begann, hektisch an dem Mikrofonständer herumzufummeln.

»Eins, zwei«, sagte er immer wieder, »eins, zwei.« Das sollte natürlich keine Begrüßung sein, sondern Herr Dr. Knüsen wollte prüfen, ob das Mikro auch funktionierte. Natürlich funktionierte es nicht, sondern gab infernalische Pfeifgeräusche von sich (ich habe noch nie erlebt, dass ein solches Ding von Anfang an funktioniert. Immer muss erst irgendein lustloser Hausmeister im Schneckentempo auf die Bühne geschlurft kommen, um das Mikro davon abzuhalten, gellend zu pfeifen oder zu rauschen). So war es auch diesmal.

Als das Mikroritual glücklich beendet war, strahlte Herr Dr. Knüsen zufrieden in die Runde und sagte, dass er sich freue – nicht ohne Stolz, wie er wohl an dieser Stelle einmal bemerken dürfe –, dass auch in diesem Jahr so viele Jungen und Mädchen den Weg auf das Schiller-Gymnasium gefunden hätten. Eine Schule, in der sich ehrwürdige Tradition und modernste Lehre und Pädagogik die Hand reichten, um gemeinsam … bla und blubb und bladablub …

Meine Gedanken schweiften ab. Diese Rede war ja etwa so spannend wie der Börsenbericht. Ob es Mama ähnlich ging? Ich warf ihr einen schnellen Seitenblick zu. Aber Mamas Gesicht spiegelte natürlich genau die richtige Mischung von höflichem Interesse und feierlichfroher Erwartung, die hier gerade gefordert war. Ich hatte nichts anderes erwartet.

Mama ist ziemlich gut darin, ein interessiertes Gesicht zu machen. Sie übt es ja auch regelmäßig, immer dann, wenn Papa uns lang und breit eine Begebenheit aus seiner Kanzlei erzählt. Papa ist Rechtsanwalt. Leider hat er immer nur ziemlich langweilige Fälle. Er verteidigt nämlich keine richtig gefährlichen Typen wie Mörder, Brandstifter und Bankräuber oder so, wie die Anwälte im Fernsehen. Nein, Papa beschäftigt sich mit Steuerrecht. Ich glaube, ein langweiligeres Thema gibt es auf der ganzen Welt nicht! Dagegen sind Mamas Bürogeschichten die reinsten Krimis!

Ich denke, das liegt daran, dass Mama immer eher persönliche Sachen erzählt, also, welche Kollegin schwanger ist oder mit welcher sie sich warum gerade nicht so gut versteht und so weiter. Während Papa es tatsächlich schafft, uns irgendeine öde »Steuerrechtssachlage« haarklein wiederzugeben. Ich flüchte dann immer fix unter dem Vorwand noch zu erledigender Hausaufgaben in mein Zimmer, aber Mama bleibt ja nichts anderes übrig, als brav sitzen zu bleiben und sich Papas Geschichte zu Ende anzuhören.

Ich vermute, dass Mama in einem der Ratgeber, die häufig auf ihrem Nachttisch liegen (»Fünfzehn Jahre frisch verliebt« oder »Wenn Liebe älter wird«), gelesen hat, dass diese Form der »Beziehungsarbeit« sich letztendlich auszahlt. In welcher Form auch immer.

Also kein Wunder, dass Mama mühelos ein interessiertes Gesicht aufsetzen kann, während sie in Wirklichkeit darüber nachdenkt, was sie uns heute kochen soll und ob sie eventuell noch Fischstäbchen in der Tiefkühltruhe hat.

Um nicht einzuschlafen, ließ ich meine Augen durch den Saal wandern. Ah, da vorn saßen ja Finn und Kevin aus meiner alten Klasse!

Ich sah genauer hin und unterdrückte nur mühsam ein Kichern. Anscheinend hatte sich Kevin zur Feier des Tages die Haare gefärbt und eine Ponysträhne mit Spray so auf seinem Kopf festbetoniert, dass er aussah wie ein blondiertes Nashorn. Aber das Mädchen, das links neben Kevin saß, machte auch einen seltsamen Eindruck. Sie trug eine lila Jacke aus einem weichen, glänzenden Stoff und dazu einen langen Rock, unter dem ein Unterrock hervorblitzte. Ihre Füße steckten in kleinen geschnürten Stiefeletten. Himmel, in diesem Aufzug musste sie sich ja halb tot schwitzen! Schließlich war es erst Ende August und noch richtig warm draußen! Ich selber hatte einen bunten Rock, T-Shirt und Sandalen an.

Aber zugegeben, ich sah nicht halb so elegant und interessant aus wie das seltsame Mädchen neben Kevin. Und was für tolle Haare sie hatte! – Glänzende rotbraune Locken, die ihr bis über den Rücken fielen.

Unwillkürlich griff ich in meine eigenen blonden Strähnen und seufzte. Für solche Locken hätte ich glatt ein Jahr meines Lebens gegeben! Also, sagen wir mal, das Jahr, das ich rein rechnerisch insgesamt in meinem Leben mit Mathehausaufgaben, Aufräumen und In-der-Schlange-Stehen verbringen würde …

Das Mädchen mit den tollen Haaren hatte die Beine übereinandergeschlagen und wippte leicht mit dem Fuß, während sie aufmerksam ihre Umgebung musterte. Jetzt hatte sie anscheinend das Grinsen, mit dem ich Kevins Nashorn-Frisur begutachtete, bemerkt und verdrehte die Augen zu einem Schielen. Fast hätte ich laut herausgeprustet! Keine Frage, die Unbekannte und ich waren uns über Kevins Superfrisur einig! Ich zwinkerte ihr zu. Ob es mir gelingen würde, dieses Mädchen näher kennenzulernen? Wer weiß, vielleicht hatte ich ja ausnahmsweise mal Glück und wir kamen in dieselbe Klasse …

Oje, jetzt schmollt Emma doch tatsächlich, weil ich sie ihrer Meinung nach bisher wie eine komplette Langweilerin dargestellt habe. Sissi hingegen ist natürlich hochzufrieden mit ihrem ersten Auftritt als »schöne Unbekannte« – was Emma wiederum »total ungerecht« findet. Puh, ganz schön schwer, es den beiden recht zu

machen! Hmm … irgendwie habe ich mir die Schreiberei leichter vorgestellt! – Aber ich meine, wenn ich immer nur alle als supertoll beschreibe und so, als sei rund um die Uhr alles prima, wäre das doch erstens gelogen und zweitens … total langweilig, oder etwa nicht? Na bitte! Also muss Emma jetzt damit leben, dass ich sie zuerst nicht besonders spannend fand. Und das Verhalten ihrer Eltern ziemlich albern. Vieles wusste ich ja damals noch nicht. Und wirklich wichtig ist doch nur, wie gern ich Emma schon bald danach mochte …

N*achdem Herr Dr. Knüsen* seine Rede beendet hatte, trat das Schulorchester auf die Bühne und fiedelte uns zwei schwungvolle Stücke. – Also hätte Nele auch hier Gelegenheit gehabt, ihre geliebte Altflöte zu spielen! Ich biss mir auf die Lippen. Ach, warum konnte ich nicht damit aufhören, mir auszumalen, wie dieser Neuanfang mit Nele zusammen gewesen wäre ...?!

Dann rief Herr Dr. Knüsen die Klassenlehrer der zukünftigen 5. Klassen auf die Bühne. Ich blickte gespannt nach vorn. Ob ich Glück hatte und in einer netten Klasse landete? Das hatte ich mir doch wohl verdient, wenn ich hier schon ohne Nele antreten musste ...!

Als Erste trat eine sympathisch wirkende Lehrerin vor, die uns als Hilke Hasemann vorgestellt worden war. Sie sollte die Klasse 5a unterrichten. Frau Hasemann lächelte freundlich in den Saal, dann zückte sie eine Liste und begann, die Namen ihrer künftigen Schüler der Reihe nach vorzulesen.

»Diana Bartok, kommst du bitte zu mir?«

Klar, ich musste mal wieder den Anfang machen! Wer einen Nachnamen mit B trägt, muss ja fast immer als Erster dran glauben! Aber zumindest konnte ich so meine neue Klassenlehrerin gleich aus der Nähe betrachten. Frau Hasemann war mittelgroß, mittelschlank, mittelalt und mittelblond. Zugegeben, sie war bei Weitem nicht so wunderschön wie Annabelle Happen, meine Grundschullehrerin! Aber das war auch fast unmöglich. Die hatte nämlich immer ausgesehen, als sei sie gerade einem Märchenfilm entsprungen: jung, blond, blauäugig, mit lustigen Grübchen, den weißesten Zähnen, die man sich nur vorstellen kann, und einem stets strahlenden Lächeln. ALLE, wirklich alle Kinder in der Grundschule, hatten davon geträumt, von ihr unterrichtet zu werden. Nele und ich waren vier Jahre lang ultrastolz gewesen, dass diese Märchenfee UNSERE Klassenlehrerin war. Zur ausgleichenden Gerechtigkeit wurde unsere Klasse in Mathe und Sport von der schmallippigen, griesgrämigen Frau Dürrkopf unterrichtet. Puh, der Wechsel von Frau Happen zu Frau Dürrkopf fühlte sich jedes Mal so an, als würde man aus angenehm warmem Badewasser gezogen und direkt unter eine eiskalte Dusche gestellt …! Brrrrhhh! Mama und Papa nannten meine beiden gegensätzlichen Lehrerinnen »die Schöne und das Biest«. Aber immer nur dann, wenn sie dachten, ich bekäme es nicht mit. Wahrscheinlich fürchtete Mama, dass ich meinen Lehrerinnen ihre Spitznamen bei nächstbester Gelegenheit auf die Nase binden und damit meine kostbare Gymnasialempfehlung gefährden könnte.

Als ob ich mich so blöde verquatschen würde. Na ja, Eltern eben …

Frau Hasemann war noch immer eifrig dabei, ihre neuen Schäfchen nach und nach zu sich auf die Bühne zu rufen.

Schon rund ein Dutzend Mädchen und Jungen standen inzwischen neben mir. Darunter Serena aus meiner alten Klasse. Auch Kevin, das blondierte Nashorn, würde mir die nächsten Jahre nicht erspart bleiben.

»Severine Amalie Lilienthal«, las Frau Hasemann gerade langsam und deutlich vor. Dabei blickte sie suchend in den Saal. »Kommst du bitte zu uns, Severine?«

Hier und da wurde gekichert. Und alle reckten neugierig den Hals. Klar, jeder wollte sehen, wer mit einem derartig gruseligen Namen geschlagen war! Auch ich sah mich um. Aber irgendwie ahnte ich, dass dieser Name dem Mädchen mit den altmodischen Kleidern und den rotbraunen Locken gehören würde. Ihr Nachname hatte einen schönen Klang: Lilienthal… Aber Severine Amalie!!?? Himmel, was hatten sich ihre Eltern nur dabei gedacht? – Das war ja reinste Körperverletzung!

Inzwischen war Severine Amalie Lilienthal aufgestanden, sie ignorierte das Kichern um sich herum und stolzierte mit sehr geradem Rücken, und ohne einmal nach rechts oder links zu schauen, nach vorn. Mein Gefühl hatte mich nicht getäuscht: Severine Lilienthal war tatsächlich das Mädchen mit den braunen Locken!

Als Frau Hasemann ihr zur Begrüßung die Hand reichte, sagte sie laut und deutlich: »Nicht Severine, bitte, sondern Sissi!«

Frau Hasemann nickte lächelnd. »Willkommen in der Klasse 5a, Sissi!«

Wie selbstverständlich stellte Sissi sich neben mich und fragte leise: »Und wie heißt du?«

»Diana«, flüsterte ich zurück. »Schön, dass wir in einer Klasse sind!«

»Finde ich auch.«

Endlich schien die 5a vollzählig zu sein. Frau Hasemann faltete ihre Liste wieder zusammen und wir winkten unseren Eltern einen Abschiedsgruß zu. Dann folgten wir unserer neuen Klassenlehrerin treppauf, treppab, quer durch die Pausenhalle und durch lange Flure zu unserem neuen

Klassenzimmer. Ich versuchte, an Sissis Seite zu bleiben und mir den Weg einzuprägen. Ob ich mich hier je zurechtfinden würde? Alles war so viel größer als in der Grundschule! – Aber unser Klassenraum gefiel mir sofort: ein heller gelb gestrichener Raum mit großen Fenstern und einem bunten Türbogen. Schnell besetzten Sissi und ich einen Tisch am Fenster. Während die anderen noch um gute Plätze rangelten, teilte Frau Hasemann bereits unsere Stundenpläne aus. Ich warf einen Blick darauf. Auweia, ab sofort würden wir jeden Tag mindestens sechs, oft sogar sieben Stunden Unterricht haben. – Frau Hasemann selber würde uns in Geschichte und Deutsch unterrichten. Endlich Geschichte! Ich fand es schon immer wahnsinnig spannend zu erfahren, wie Leute früher gelebt haben. Also, der Geschichtsunterricht bei Frau Hasemann würde mir sicher gefallen! Na, und Deutsch mochte ich sowieso!

Ich bin nämlich ein Bücherwurm! Ich lese total gerne! Vor allem vorm Einschlafen. Und hin und wieder denke ich mir sogar selber Geschichten aus, die ich dann Mama und Papa vorlese. Manchmal auch Nele.

»Im Deutschunterricht werden wir uns im ersten Halbjahr mit Märchen beschäftigen«, erklärte Frau Hasemann gerade. »Das ist ja sicher ein Gebiet, auf dem sich viele von euch schon recht gut auskennen.«

»Waaas? Märchen?«, blökte Kevin entsetzt los. »So einen Mist-Babykram machen wir in der 5. Klasse?«

»Es wäre schön, wenn du dich künftig melden würdest, anstatt einfach in die Klasse zu rufen«, sagte Frau Hasemann. »Und in der Tat sind Märchen Lehrstoff der 5. Klassen!«

»Au, Mann«, ächzte Kevin. »Das kann ja heiter werden! Nur so öde Geschichten mit Schlössern und bekloppten Prinzessinnen, die ihre goldenen Kugeln irgendwo reinplumpsen lassen und dann ewig rumjammern.«

Frau Hasemann lächelte geduldig. »Siehst du, und genau deswegen beschäftigen wir uns mit Märchen: Damit ihr seht, wie vielfältig die Welt der Märchen ist. Es gibt da nämlich keineswegs nur Geschichten von Prinzen und Prinzessinnen.«

»Aber die behandeln wir doch auch, oder?«, fragte eine zaghafte Stimme.

Ich drehte mich zu der Sprecherin um. Oh, das Mädchen mit dem Pagenkopf, dem Trägerkleid und den Klammer-Eltern! Das während der Feier vor mir gesessen hatte!

Seltsam, ich hatte bis eben gar nicht gemerkt, dass sie auch in meiner Klasse gelandet war. Anscheinend stand sie auf Prinzessinnengeschichten und gab das sogar öffentlich zu.

Die hatte ja Nerven …! Ich selber liebte »Dornröschen« und »Schneewittchen« zwar auch. (Die hatte ich schon hundertmal gelesen oder mir von Mama oder Papa vorlesen lassen.) Aber bevor ich damit rausplatzen würde – und dann noch vor all den Jungs hier –, da würde ich mir eher die Zunge abbeißen!

Frau Hasemann lächelte dem Pagenkopf-Mädchen zu. »Keine Sorge, Emma! Natürlich werden wir auch wieder die klassischen deutschen Märchen der Brüder Grimm behandeln!«

Die Angesprochene nickte erfreut und senkte dann schnell den Kopf. Ich betrachtete sie nachdenklich. Emma … soso, das Pagenkopf-Mädchen hieß also Emma! Wieso hatte sich Frau Hasemann nur so schnell ihren Namen merken können?

Das war ja merkwürdig! Oder kannte sie sie schon vorher? Klar, vielleicht hatte diese Emma ja einen älteren Bruder oder eine ältere Schwester hier an der Schule. Aber … Moment, hatte Frau Hasemann nicht eben gesagt: Diese Märchen werden wir auch »wieder« behandeln? Machte Emma die Klasse etwa zum zweiten Mal?

Aber Papa hatte mir doch versichert, dass in der

5. Klasse so gut wie niemand hängen bleiben würde, weil wir uns ja erst mal an all die neuen Mitschüler, die neuen Fächer und Lehrer gewöhnen müssten.

Oje, jetzt hatte ich Frau Hasemann überhaupt nicht richtig zugehört! So ein Mist, anscheinend hatte ich gerade irgendeine wichtige Ankündigung verpasst!

»... sollt ihr euch also ein Märchen aussuchen, das ihr dann in der Gruppe, also zu zweit oder zu dritt, bearbeitet, um es anschließend hier in der Klasse vorzustellen«, sagte Frau Hasemann und blickte erwartungsvoll in die Runde. »Na, gibt es schon jemand, der weiß, welches Märchen er gern übernehmen möchte? – Ein Lieblingsmärchen habt ihr doch bestimmt alle. – »Ja, du?« Die Überraschung in Frau Hasemanns Stimme über Kevins unverhoffte Wortmeldung war nicht zu überhören. »Welches Märchen möchtest du uns denn vorstellen?«

»Superman«, sagte Kevin. Und er sagte es so knapp und cool, als würde er gleich selbst zum Fenster rausflattern, um mal eben schnell die Welt zu retten.

»Superman ist leider keine Märchen-, sondern eine Comicfigur«, erklärte Frau Hasemann.

»Hä? Wieso denn nicht?«, fragte Kevin. »Da

gibt's doch einen Superhelden und es passieren lauter verrückte, unmögliche Sachen! Wie im Märchen.«

»Das stimmt schon«, sagte Frau Hasemann geduldig. »Sicher weist Superman viele märchenhafte Elemente auf, aber es ist nun mal kein –«

»Okay, dann nehm ich eben ›Spiderman‹«, sagte Kevin.

Frau Hasemann seufzte.

»Ich würde gerne ›Die Prinzessin auf der Erbse‹ vorstellen«, sagte Sissi, ohne Kevin auch nur im Geringsten zu beachten. »Machst du mit, Diana?«

Ich blickte sie unschlüssig an. Klar, ich hatte große Lust, mit Sissi zusammenzuarbeiten. So würden wir uns schnell besser kennenlernen. Aber »Die Prinzessin auf der Erbse« war meiner Meinung nach das bekloppteste Märchen überhaupt! Als Oma mir die Geschichte zum ersten Mal vorgelesen hat, hab ich kein Wort davon kapiert. Was soll so toll daran sein, durch zwanzig Matratzen hindurch eine minikleine Erbse zu fühlen und davon jede Menge blaue Flecke zu kriegen? Ich habe bis heute nicht begriffen, wieso eine solche Anstellerei beweist, dass jemand eine »echte« Prinzessin ist! Ich meine, das beweist doch höchstens, dass so jemand nie im Leben campen gehen könnte und schon ein harmloses Frühstück im Bett lebens-

gefährlich wäre. Wegen der spitzen Krümel! Die würden einem ja die ganze Haut aufreißen, wenn man so empfindlich wäre.

Sissi stieß mich leicht in die Seite. »Nun sag schon Ja, Diana!«

Na gut, weil sie es war. Ich wollte Sissi wirklich gern zur Freundin haben. Also nickte ich. »Okay, dann mache ich mit Sissi ›Die Prinzessin auf der Erbse‹.«

»Prima«, freute sich Frau Hasemann. »Dann haben wir ja unser erstes Team beisammen.«

Plötzlich ging am Tisch nebenan ein Finger hoch.

»Ich … äh … also, ich würde da auch gerne mitmachen! Bei der ›Prinzessin auf der Erbse‹.«

Emma. Das blasse Pagenkopf-Mädchen wollte mit uns zusammenarbeiten! Irgendwie war ich nicht mal überrascht.

Sissi musterte Emma kritisch. Es war klar, dass sie nicht sonderlich scharf darauf war, ein weiteres Gruppenmitglied aufzunehmen. Und schon gar kein Gruppenmitglied wie Emma. Für einen Moment entstand ein peinliches Schweigen.

Dann setzte Emma zögernd hinzu: »A-a-aber natürlich nur, wenn die beiden anderen einverstanden sind.«

Sie errötete.

Ich sah Emmas flehenden, unsicheren Blick und hatte plötzlich ein ganz schlechtes Gewissen. Wenn Emma wirklich sitzen geblieben war, fühlte sie sich heute wahrscheinlich sowieso nicht allzu toll. Und ihre Klammer-Eltern hatte sie sich schließlich auch nicht selber ausgesucht!

Ich stieß Sissi warnend in die Seite, bevor ich Emma aufmunternd zulächelte. »Also, ich würde mich freuen, wenn du bei uns mitmachst!«

Da strahlten Emmas Augen wie kleine Sterne.

»Haben meine Augen wirklich so gestrahlt?«, fragt Emma mich leise.

Nachdem sie meine letzten Seiten mit sichtlichem Unbehagen gelesen hat, lächelt sie nun. Puh, zum Glück! Ich hatte insgeheim schon befürchtet, dass Emma mich im Namen unserer Prinzessinnenfreundschaft zwingen würde, den Abschnitt über sie (und vor allem den über ihre Eltern) zu streichen.

Ich lasse mich neben Emma aufs Sofa fallen und lege meinen Kopf an ihre Schulter. Emma hat weiche, runde Schultern. Da kann man sich schön anschmiegen. Dann sage ich: »Ja, deine Augen haben wirklich geleuchtet wie Sterne! Ich erinnere mich genau daran, weil ich in dem Augenblick wusste, dass wir Freundinnen werden würden.«

»Ich auch«, mischt sich Sissi jetzt eifrig ein. »Ich wusste es auch.«

»Quatsch«, sagt Emma ungewohnt grob. »Wenn es nach dir gegangen wäre, hätte ich bei Kevins Superman-Referat mitmachen können. – Du wolltest Diana für dich alleine haben.«

»Stimmt ja gar nicht«, ruft Sissi wütend aus.

»Stimmt ja wohl«, gibt Emma ruhig zurück.

Und Sissi widerspricht ihr nicht mehr.

*W**ir beschlossen,*

uns gleich am nächsten Tag, nachmittags bei Emma zu treffen. Ich glaube, wir waren alle drei froh, bereits am ersten Schultag eine Verabredung vorweisen zu können. Auch wenn es ja hauptsächlich darum ging, gemeinsam die »Prinzessin auf der Erbse« vorzubereiten, egal!

Mama jedenfalls nickte zufrieden, als ich ihr von meiner Arbeitsgruppe mit Sissi und Emma erzählte. »Na, siehst du, Diana, wenn man sich anderen gegenüber ein bisschen öffnet, dann klappt das auch!«

Wie bitte?! Mama tat ja fast so, als hätte sie meine Verabredung selber eingetütet!

»Wenn du willst, könnt ihr euch gerne bei uns treffen!«, bot Mama an. »Morgen habe ich ja frei. Ich könnte euch was Schönes kochen.«

»Nee, lass mal, Mama! Ist alles schon geklärt. Wir gehen zu Emma.«

Emma hatte darauf gedrängt, dass unser Treffen bei ihr zu Hause stattfand, weil »meine Eltern euch ja noch nicht kennen. Und sie mögen es nicht, wenn ich zu Fremden nach Hause gehe.«

» Zu Fremden …?« Sissi und ich hatten uns verwundert angesehen. »Aber wir kennen deine Eltern doch auch noch nicht. Sie sind für uns auch ›Fremde‹, oder?«

»Bitte!«, hatte Emma nur leise gesagt und schon wieder diesen flehenden Blick gehabt. »Wir wohnen in der Schubertstraße zehn. Das ist nicht weit vom Marktplatz. So um halb vier?«

Also gut.

Sissi und ich hatten uns am Marktbrunnen verabredet. Von da aus wollten wir dann zusammen zu Emma gehen. Ich spürte irgendwie, dass Sissi nicht begeistert davon war, dass Emma bei unserer »Prinzessin auf der Erbse« mitmachte. Und ich war mir, ehrlich gesagt, auch nicht mehr sicher, ob unser Dreiergespann eine so gute Idee gewesen war. Hieß es nicht immer »Drei sind einer zu viel«? Wenn dieses Treffen heute danebenging, würde meine beginnende Freundschaft mit Sissi wahrscheinlich gleich mit baden gehen. Ich seufzte. Vielleicht hätte ich mich ja gestern doch lieber nicht von Emmas trauriger Miene breitschlagen lassen sollen …

Ich umkreiste bereits zum fünften Mal ungeduldig den Marktbrunnen, als Sissi endlich angehetzt kam. Nanu, was hielt sie denn da in der Hand?

»Ich hab uns ein bisschen Kuchen mitgebracht«, rief sie mir entgegen. »Magst du Nugatkringel?« Außer Atem drückte Sissi mir ihr Paket in die Hand. »Halt mal eben! Meine Schnürsenkel sind schon wieder aufgegangen!«

Ich blickte auf Sissis Füße. Wahnsinn, sie trug ja schon wieder diese viel zu warmen, altmodischen Stiefeletten! Und war das etwa ein Netz, das sie da auf dem Kopf hatte?! – Tatsächlich, ein Haarnetz mit kleinen weißen Perlen! – Was sollte diese seltsame Aufmachung nur?

Während Sissi an ihren Schnürsenkeln nestelte, bestaunte ich das große Kuchenpaket in meiner Hand. »Sag mal, wie viele Nugatringe sind denn da drin? Da kann ja 'ne ganze Klasse von satt werden!«

»Och, so zehn, elf Stück und zwei Mandelhörnchen! Die sind noch vom Wochenende übrig geblieben«, erklärte Sissi. »Papa sagt, verkaufen kann er sie nicht mehr! Aber sie schmecken noch prima!«

»Verkaufen?«, fragte ich verwirrt. Aber dann sah ich das bedruckte Einwickelpapier und endlich fiel der Groschen: »Sag bloß, euch gehört die Konditorei Lilienthal?!«

Sissi nickte stolz. »Seit drei Generationen! Das heißt, meine Urgroßeltern haben dort auch schon Kuchen und Torten verkauft!«

»Toll!«, sagte ich beeindruckt. »Mensch, das muss ja super sein, Eltern mit einer eigenen Bäckerei zu haben. Sicher kannst du von früh bis spät Kuchen essen, oder?«

Sissi grinste. »Wenn man den ganzen Tag von Cremetorten und Schokohörnchen umgeben ist, mag man irgendwann lieber Spinat und Schnitzel. Das würde dir genauso gehen.«

»Nee!«, widersprach ich entschieden. »Ich könnte mich komplett von Nugat und Marzipan ernähren. Echt wahr!«

Sissi lachte. »Sooo viel Kuchen bleibt bei uns normalerweise auch gar nicht über. Ich hab ja noch drei jüngere Geschwister und die sind meistens schneller als ich.«

»Deine Eltern haben VIER Kinder UND führen so eine große Konditorei?«, fragte ich ungläubig.

»Mit zwei Filialen!« Sissi nickte wieder. »Und es ist schon so, wie du dir das jetzt vorstellst: Meine Eltern arbeiten eigentlich rund um die Uhr. Meistens auch am Wochenende. Das Geschäft geht immer vor. Und das mit uns Kindern ist einfach gut organisiert. Irgendwie klappt's immer.«

Ich nickte, dabei konnte ich mir Sissis Leben beim besten Willen nicht vorstellen. Meine Eltern arbeiteten ja auch beide, aber trotzdem hatten sie ziemlich viel Zeit für mich. Sie guckten immer, wie es mir ging und ob ich vielleicht ihre Hilfe brauchte. Und die war dann manchmal auch wirklich nötig. Im Vergleich dazu kam Sissi mir dagegen irgendwie … viel reifer und selbstständiger vor. Dabei war sie ja genauso alt wie ich.

Sissi nahm meinen Arm. »Komm, die Schubertstraße ist gleich dort drüben. Ich hab eben noch schnell auf den Stadtplan geguckt …«

»Auf den Stadtplan geguckt …!« Ich selber wäre nie auf den Gedanken gekommen, so ein Ding überhaupt alleine rauszukramen!

Anscheinend hatte Emma uns schon erwartet. Sie stand an der Tür und lächelte unsicher. »Hallo, kommt rein! – Wollt ihr … äh … eure Jacken ausziehen?«

»Gern.«

Ein bisschen steif standen wir drei in dem engen Flur herum und wussten nicht recht, was wir sagen sollten. Sogar die selbstsichere Sissi wirkte verlegen. Etwas unvermittelt streckte sie Emma ihr Paket entgegen. »Hier, ich hab uns Kuchen mitgebracht!«

»Oh! Aber hoffentlich nicht so viel?«, rief Emmas Mutter von nebenan. »Wir haben nämlich gerade einen schönen, saftigen Möhrenkuchen gebacken. Ganz ohne Zucker!«

Emmas Mutter kam aus der Küche geeilt und schüttelte Sissi und mir die Hand. Dabei musterte sie uns eingehend. »Sissi und Diana, nicht wahr? – Ich freu mich ja so, dass Emma in ihrer neuen Klasse schon Freundinnen gefunden hat! Sie hatte es ja nicht so leicht im letzten Jahr, aber das wisst ihr vielleicht schon?«

»Bitte, Mama …!«, sagte Emma errötend. »Wir treffen uns doch heute zum ersten Mal und vor allem wegen des Märchen-Referats!«

»Ja, ja, schon gut«, sagte Emmas Mutter. »Wie ist es: Mögt ihr beiden vielleicht einen schönen Saft aus Orangen und Grapefruit? Ich presse ihn immer ganz frisch aus!«

»Au ja!« Sissi und ich nickten begeistert. Frisch gepressten Saft gab's bei uns höchstens mal am Wochenende, wenn Mama viel Zeit hatte und Papa ihr hoch und heilig versprochen hatte, dieses komplizierte Auspressdings hinterher sauber zu machen. Das durfte man nämlich nicht in die Spülmaschine stellen.

»Emma, den Möhrenkuchen bring ich euch dann später, ja?«, rief Emmas Mutter uns nach. »Er muss erst noch abkühlen, sonst bekommt ihr Bauchschmerzen.«

»Ja, klar.« Emma schob uns schnell in ihr Zimmer und schloss hinter uns die Tür so fest, als hätte sie Angst, dass ihre Mutter Sissi und mir außer dem Saft noch ein dreigängiges Ökomenü aufdrängen würde.

»Ihr müsst den Saft nicht trinken, wenn ihr nicht mögt«, sagte Emma.

»Klar mögen wir den«, sagte Sissi. »Du etwa nicht?«

Emma verzog das Gesicht. »Ich krieg etwa dreimal täglich solche Säfte«, erklärte sie. »Auch welche aus Gemüse. Wegen der Vitamine.«

»Und warum?«, fragte ich. »Bist du krank oder so was?«

Emma schüttelte den Kopf. »Nein, eigentlich nicht.« Sie zögerte einen Moment. »Aber letztes Jahr, da war ich ziemlich lange krank. Ich konnte zwei Monate nicht zur Schule. Deswegen mache ich jetzt auch die 5. Klasse noch mal.«

Aha, meine Vermutung war also richtig gewesen!

Emma sprach bereits eifrig weiter: »Na ja, und seit meiner Krankheit behandeln mich meine Eltern wie ein rohes Ei. – Manchmal ist das echt zum Verrücktwerden!«

Sissi machte große Augen, und ich fragte: »Was hattest du denn für eine Krankheit?«

Emma machte eine unbestimmte Handbewegung. »Meningitis. Das ist eine Hirnhautentzündung, die man von einem Zeckenbiss bekommen kann.«

»Und das ist dir passiert?«, fragte Sissi. »Ich meine, du wurdest von einer Zecke gebissen?«

Emma nickte. »Ja, letztes Jahr im Urlaub, in Österreich. Natürlich kriegt man nicht von jedem Zeckenbiss gleich Hirnhautentzündung. Das passiert nur, wenn die Zecke Überträger der Krankheit ist. Aber bei mir war es eben so. Ich hatte einfach Pech.«

»Und jetzt bist du wieder ganz gesund?«, hakte ich nach.

»Ja, fit wie ein Turnschuh! Aber meine Eltern behandeln mich noch immer, als ob ich krank wäre. Ich meine, sie haben mich schon immer sehr behütet. Ich bin halt ihre Einzige und so. Aber jetzt ist es viel, viel schlimmer als vorher.« Emma versuchte ein klägliches Grinsen. »Ich glaube, am liebsten würden sie mich in einer Sänfte zur Schule tragen lassen! Und links und rechts zwei Polizisten, damit mir nur ja nichts passiert!«

So langsam wurde mir einiges klar. Bei der Einschulung hatte ich ja gesehen, wie übertrieben Emma von ihren Eltern betüddelt wurde. Und wie seltsam teilnahmslos sie dies alles über sich ergehen ließ.

»Aber das kann man doch verstehen!«, meinte

Sissi. »Deine Eltern haben sich sicher große Sorgen um dich gemacht, als du krank warst.« Es klang fast ein bisschen neidisch.

»Ja, natürlich!« Emma seufzte. »Sie meinen es gut. Das weiß ich ja auch, aber manchmal könnte ich … Na, ihr wisst schon …!«

»Hey, aber das geht uns doch allen ab und zu so«, wandte ich ein. »Ich meine, dass uns unsere Eltern nerven …«

»Mir nicht«, widersprach Sissi. »Ich sehe meine Eltern so selten, dass sie gar keine Gelegenheit haben, mir auf den Geist zu gehen.«

»Das stell ich mir als Abwechslung himmlisch vor«, seufzte Emma.

»Wie man's nimmt«, sagte Sissi vage.

»Vielleicht könnt ihr beide eure Eltern ja mal tauschen«, schlug ich vor. »Es gibt sicher irgendeinen schwachsinnigen TV-Sender, der da gerne eine zehnteilige Dokusoap draus machen würde …«

Sissi und Emma lachten. Aber es klang etwas angestrengt. – Und mir dämmerte langsam, dass es weitaus Schlimmeres gab, als eine Mutter mit einem Prinzessin-Di-Tick zu haben …

»Habe ich euch wirklich gleich bei unserem ersten Treffen von meiner Krankheit erzählt?«, fragt Emma ungläubig.

»Und auch davon, dass meine Eltern dauernd Angst um mich haben?«

»Ja, das hast du.« Sissi nickt. »Ich erinnere mich genau daran. Wir mussten gar nicht großartig bohren oder nachfragen. Die Geschichte ist gleich aus dir herausgesprudelt.«

»Ganz anders als bei dir, Sissi!«, werfe ich ein. »Bei dir habe ich mich ja nicht mal getraut zu fragen, warum du so komische Klamotten trägst –«

»Wie bitte?«, ruft Sissi empört. »Was soll das denn heißen: komische Klamotten??!!«

»Na, komm schon, deine Kleidung ist doch wirklich ungewöhnlich«, pflichtet Emma mir bei.

»Und dazu immer deine seltsamen Frisuren, Sissi …!« Ich schüttele den Kopf. »Ich hab ja irgendwie gleich geahnt, dass da mehr dahintersteckt …«

Als der Nachmittag herum war, hatten Sissi und ich jeder etwa einen Liter frisch gepressten Orangensaft getrunken und fühlten uns wahnsinnig fit – wegen der vielen Vitamine! Während Emma, die sich anstatt über den zuckerfreien Möhrenkuchen ihrer Mutter hemmungslos über Sissis Nugatkringel hergemacht hatte, zunehmend käsig aussah …! Über unser Referat hatten wir kein Wort verloren. Es gab ja sooo viel anderes zu bequatschen: Eifrig erzählten wir uns von unseren bisherigen Schulen, redeten über die neue Klasse (insbesondere über das blondierte Nashorn), über die Sommerferien, die Einschulungsfeier …! – Meine Bedenken, ›Drei könnten eine zu viel sein‹ hatten sich im Laufe des Nachmittags komplett in Luft aufgelöst.

»Dann treffen wir uns morgen eben noch mal, wegen der Prinzessin auf der Erbse«, schlug Emma vor, während sie sich den Rest ihres vierten Nugatkringels in den Mund schob.

»Einverstanden«, sagte ich, »aber diesmal bei mir.«

»Soll ich wieder Kuchen mitbringen?«, bot Sissi an.

Ich nickte begeistert.

Aber Emma winkte ab und wankte eilig Richtung Badezimmer. »Ich glaube, mir wird ein bisschen … äh … Findet ihr alleine raus?«

»Meinst du, ihr ist von meinen Nugatkringeln schlecht geworden?«, fragte Sissi besorgt, als wir draußen waren.

»Klar, wovon denn sonst?«, sagte ich.

»Sie waren aber noch total in Ordnung, ganz bestimmt«, versicherte Sissi.

»Ja, natürlich! Emma hat nur zu viel davon gegessen. Wahrscheinlich gibt es so was Ungesundes bei ihr zu Hause nie. Und deswegen ist sie so wild darauf.«

»Gut möglich«, meinte Sissi. »Du, ich freu mich schon auf das Treffen bei dir morgen …« Sie warf einen Blick auf ihre Uhr, erschrak und begann zu rennen. »Tschüs, Diana, ich muss die Nervzwerge vom Kindergarten abholen! Bin schon viel zu spät dran!«

Mit fliegenden Röcken bog sie um die Ecke.

»Na, wie war's?«, fragte Mama, als sie mir die Haustür öffnete.

Das fragt Mama mich jedes Mal, wenn ich nach Hause komme. Oft weiß ich nicht, ob sie diese Frage aus purer Gewohnheit stellt oder wirklich wissen will, was ich erlebt habe. Aber egal, an dem Tag hatte ich Lust zu erzählen. Also setzte ich mich zu Mama in die Küche und berichtete ihr ausführlich von meinem Nachmittag mit Emma und Sissi. Mama hörte mir aufmerksam zu.

»Findest du nicht, dass Emma ein bisschen ungeduldig ist mit ihren Eltern?«, meinte sie schließlich. »Weißt du, Diana, wenn ein Kind so schwer krank war, dann ist das für die Eltern ein richtiger Schock, von dem sie sich hinterher erst mal erholen müssen. So was dauert eine Weile.«

»Ja, klar«, sagte ich, »aber ich glaube, Emmas Eltern haben sie auch schon vorher zu sehr behütet, verstehst du? Das spürt man irgendwie. Überall in der Wohnung stehen Baby-Fotos von Emma herum, im Flur hängen ihre ersten Schühchen, ihr erstes Tuschebild, tausend vergilbte Basteleien … Lauter Sachen, die an Emmas Babyzeit erinnern. Ich meine, ich lasse mich ja auch gerne mal ein bisschen von euch verwöhnen, aber –«

»Ach, wirklich? Das ist mir ja ganz neu!«, neckte

mich Mama und pikste in meinen Orangensaft-Bauch.

»Jetzt lass das doch!« Kichernd drehte ich mich zur Seite, um Mamas Piksfinger auszuweichen. »Außerdem, meint Emma, wäre es gar nicht nötig gewesen, dass sie die Klasse noch mal macht«, erzählte ich dann weiter. »Emma sagt, sie hätte den Stoff gut aufholen können.«

»Aber Emmas Eltern wollten gerne, dass sie sich noch eine Weile schont?«, wollte Mama wissen.

Ich nickte. »Sie haben sogar darauf bestanden – und deswegen hockt Emma jetzt zum zweiten Mal in der 5. Klasse.«

»Na, immerhin hat sie dadurch jetzt dich und Severine kennengelernt«, lächelte Mama.

»Mensch, Mama, sprich Sissi morgen bloß nicht mit ihrem richtigen Namen an!«, sagte ich warnend. »Ich glaube, dann dreht sie sich gleich wieder um und rennt nach Hause.« Ich schüttelte den Kopf. »Du, die Lilienthals müssen einen ganz schönen Knall haben, ihrer Tochter so einen Namen zu verpassen!«

»Und sie selbst nennt sich Sissi?«, fragte Mama. »Wie die legendäre Prinzessin?«

»Was denn schon wieder für eine Prinzessin?«, fragte ich misstrauisch. Oje, hatte sich Mamas Prinzessin-Diana-Tick womöglich weiter ausgebreitet? Witterte sie etwa jetzt schon überall Prinzessinnen?

»Ich meine Prinzessin Elisabeth von Bayern, die spätere Kaiserin von Österreich«, erklärte Mama. »Sie wurde Sissi genannt. Erinnerst du dich nicht? Wir haben doch Weihnachten die Filme im Fernsehen gesehen, mit Oma zusammen!«

Oh doch, jetzt fiel es mir wie Schuppen aus den Haaren! Das war ein unglaublich rührseliger Nachmittag gewesen, den ich nur mithilfe diverser Pfund Weihnachtsplätzchen überstanden hatte! Papa war schon nach der ersten Viertelstunde in den Bastelkeller geflüchtet und tauchte erst wieder auf, als der Spuk vorbei war.

In »Sissi« geht es um eine – logo: wunderschöne – bayerische Prinzessin, die zufällig im Wald dem jungen Kaiser Franz Joseph begegnet, den sie aber nicht erkennt (damals gab's ja noch kein Fernsehen und die Gesichter dieser Typen waren daher nicht so bekannt wie heute). Egal. – Also, Sissi und der junge Kaiser verlieben sich natürlich auf der Stelle ineinander. Aber eigentlich soll der Kaiser Sissis ältere Schwester Néné (die heißt wirklich so!) heiraten, wovon Sissi keine Ahnung hat. Aber dann kommt ein Ball, bei dem der Kaiser mit Néné tanzen und sich mit ihr verloben soll, aber stattdessen wählt er Sissi, und prompt sind alle total von den

Socken, vor allem Franz Josephs Mutter. Die ist nämlich eine echte Spaßbremse! Aber der Kaiser heiratet seine Sissi trotzdem, und alles wäre in Butter, wenn die böse Schwiegermutter nicht immer wieder dazwischenfunken würde. Die kann Sissi nicht leiden, weil Sissi so natürlich ist und immer im Wald rumlaufen will, anstatt drinnen im Schloss irgendwelche Deckchen zu besticken. Und deswegen mäkelt die Spaßbremse ständig an Sissi herum.

Mama und Oma klebten geradezu am Bildschirm und litten die ganze Zeit mit Sissi mit, obwohl Mama immer wieder betonte, dass das ja ein »herrlicher Kitsch« sei, über den sie sich »immer wieder prächtig amüsieren« würde. Aber in Wirklichkeit war Mama hin und weg von Sissi und hat immerzu verschämt in ihr Taschentuch geschnüffelt. Oma sowieso. Aber das wollten sie beide irgendwie nicht zugeben. Ich muss gestehen, dass ich am Schluss auch geheult habe: Da ist Sissi nämlich ihrer kleinen Tochter, die sie seit einer halben Ewigkeit nicht mehr gesehen hatte, über einen kilometerlangen roten Teppich entgegengerannt, und als sie endlich bei ihr angekommen ist, da hat Sissi die Kleine in ihre Arme gerissen und geweint und geschluchzt vor Glück. – Und die Leute drum rum haben immerzu gerufen: »La Mama! Viva la

Mama!« Und dazu haben sie ihre Hüte in die Luft geworfen. – Und, ja, wer da nicht mitweint, hat Oma gesagt, der hat kein Herz…

»Hast du dir etwa alle drei Sissi-Filme hintereinander angesehen, Diana?«, fragt Emma ungläubig. »In voller Länge?«

»Klar, ich dachte mir, über Prinzessinnen kann man nie genug wissen…«

»Einiges hast du in deiner Beschreibung aber völlig falsch dargestellt«, bemerkt Sissi spitz.

Ich grinse sie liebevoll an. »Ich weiß ja, dass DU unsere Sissi-Expertin bist!«

»Allerdings bin ich das«, sagt Sissi hoheitsvoll.

»Na, hört mal, wir kennen uns doch alle drei sehr gut mit Prinzessinnen aus«, lächelt Emma. »Jede auf ihre Weise. Das war uns doch sehr schnell klar.«

Ich überlege. »Wann haben wir das eigentlich gemerkt? Dass wir alle drei irgendwie einen Prinzessinnen-Fimmel haben, meine ich.«

»Als Emma und ich zum ersten Mal bei dir zu Hause waren«, sagt Sissi. »Weißt du noch?«

Natürlich weiß ich das noch…

Es dauerte exakt zwei Minuten, bis Sissi die siebzehn Bildbände über Prinzessin Diana in Mamas Bücherschrank entdeckt hatte. Begeistert zog sie einen Band heraus und schlug ihn auf.

»Hey, guck mal, Emma: ›Diana – Prinzessin der Herzen‹ – super!« Heute trug Sissi ihre Haare offen, aber hoch über der Stirn hatte sie sich einen feinen Zopf geflochten, der fast an eine Krone erinnerte! Wie lange sie wohl für dieses Kunstwerk gebraucht hatte? Sah tierisch kompliziert aus!

Sissi musterte mich neugierig. »Hast du die Prinzessin-Diana-Bücher alle gelesen?«

Ich nahm Sissi die »Prinzessin der Herzen« energisch aus der Hand und stellte das Buch zurück ins Regal. »Nein, ich nicht, aber meine Mutter!«

Sissis Augen leuchteten auf. »Ist deine Mama ein Fan von ihr? Von Lady Di, meine ich.«

Ich zuckte die Achseln. Ich wollte das Thema so schnell wie möglich beenden. Mamas Begeisterung für Prinzessin Diana war mir peinlich. Ich meine, wenn Mama es wenigstens beim Sammeln von Bildbänden belassen hätte. Aber nein, sie kaufte auch noch jedes Jahr an Prinzessin Dianas Geburtstag und an ihrem Todestag einen großen Strauß von Dis Lieblingsblumen: weiße Lilien! – Das mit den weißen Lilien hatte ich nicht mal Nele erzählt!

Aber wahrscheinlich würde Sissi es über kurz oder lang auch noch herausfinden. Ich wartete. Es konnte eigentlich nur noch Sekunden dauern, bis Sissi die ganze Wahrheit begriff … Eins, zwei, drei …

»Klar«, rief Sissi aus. »Jetzt kapiere ich endlich: Deswegen heißt du auch Diana! Sie hat dich nach ihr getauft! Nach Prinzessin Di!« Sissi grinste mich verschwörerisch an. »Deine Mutter spricht deinen Namen ›Deijähna‹ aus, stimmt's?«

Ich nickte. Jetzt war sowieso alles egal. Und das Einzige, was mir noch übrig blieb, war, Sissi und Emma irgendwie zu bestechen, damit sie den peinlichen Grund meiner Namensgebung nicht gleich in unserer neuen Klasse herumposaunten. Aber mit was könnte ich sie bestechen? Hmm … vielleicht könnte ich den beiden ja anbieten, das Referat über »Die Prinzessin auf der Erbse« alleine zu verfassen, während sie sich nebenan mit Nugatkringeln vollstopften. – Ja, das wäre eine Möglichkeit … Emma zumindest würde bestimmt darauf eingehen.

»Ist dir das etwa peinlich?«, fragte Sissi jetzt verwundert, mitten in meine kriminellen Bestechungsüberlegungen hinein. »Ich meine, dass deine Eltern dich nach Prinzessin Diana benannt haben?«

Ich blitzte Sissi an. »Ja, klar ist mir das peinlich! Kannst du das nicht verstehen?«

»Nö«, sagte Sissi. »Ich würde mich freuen, wenn ich einen richtigen Prinzessinnennamen hätte.«

»Hast du doch«, sagte Emma. (Aha, sie schien also die »Sissi«-Filme auch zu kennen …)

»Ja, aber den habe ich mir selbst gegeben!« Sissi grinste. »Meine lieben Eltern haben mir ja den wunder-wunder-wunderschönen Namen Severine Amalie verpasst.«

»Warum eigentlich?«, warf ich schnell ein.

Das hatte mich ja schon die ganze Zeit brennend interessiert.

Sissi zog eine Grimasse. »Weil meine Urgroßmutter so hieß: Severine Amalie Lilienthal. Ich hab dir ja schon von ihr erzählt, Diana. Das war die Frau, die vor achtzig Jahren die Konditorei Lilienthal gegründet hat.« Sissi seufzte. »Ich glaube, meine Eltern fanden es irgendwie toll, auch auf diese Weise die Familientradition fortzuführen. Sie selber müssen ja auch nicht darunter leiden.

Mama und Papa haben ganz normale Allerweltsnamen: Gitta und Frank. Und mir verpassen sie einen Vornamen, der nach Suppenterrine und Klopapier klingt!« Sissis Augen waren vor Empörung geweitet. »Ist das nicht himmelschreiend ungerecht??!«

»Auf jeden Fall«, bestätigte Emma.

»Grausam«, sagte ich.

Aber irgendwie spürte ich, dass hinter Sissis Namensgeschichte noch mehr steckte. Ich beschloss nachzubohren.

»Und wie bist du darauf gekommen, dich ausgerechnet ›Sissi‹ zu nennen?«

Sissi zögerte. Einen Moment lang schien sie zu überlegen, aber dann holte sie tief Luft, runzelte bedeutungsvoll die Stirn und raunte: »Weil es zwischen Prinzessin Sissi und mir eine geheime Verbindung gibt! Darum!« Sissi lehnte sich zurück und genoss unsere Verblüffung. »Ihr wisst, wer Sissi war, oder? – Sissi, also eigentlich hieß sie ja Elisabeth, war im 19. Jahrhundert Kaiserin von Österreich!«

»Ja, und weiter?« Emma und ich starrten Sissi verwirrt an. »Was meinst du denn mit: ›Eine geheime Verbindung‹?«

Sissi setzte sich auf mein Sofa, zog umständlich ihren langen Rock glatt und schlug die Beine übereinander. Es war klar, dass sie es spannend machen wollte.

»Nun erzähl doch schon!«, forderte ich ungeduldig.

»Also, passt auf«, begann Sissi endlich. »Als ich klein war und ganz, ganz schlimm Windpocken hatte. So doll, dass ich an gar nichts anderes mehr denken konnte und fast verrückt geworden bin vor lauter Juckerei. Da hat mir meine Großmutter, um mich abzulenken, von einem Familiengeheimnis erzählt. Und zwar hat sie gesagt«, Sissi beugte sich vor und senkte ihre Stimme zu einem Flüstern, »dass ihr eigener Ur-zigmal-urgroßvater, er hieß übrigens Fritz Ferdinand, einst einem bayerischen Prinzen das Leben gerettet hat! Stellt euch vor: Dieser Fritz Ferdinand hat sich im Kampf vor den Prinzen geworfen und mit seinem eigenen Körper den Speer aufgefangen, der eigentlich den Prinzen treffen sollte. Der Speer ist durch den Bauch von dem Fritz Ferdinand hindurchgegangen und hinten wieder rausgekommen.« Sissi machte eine bedeutungsvolle Pause.

»Und weiter?«, drängte Emma ungeduldig.

Sissi zuckte die Achseln. »Na ja, der arme Fritz Ferdinand war natürlich tot, aber der gerettete Prinz, der hat die Familie meines Urahnen in den Adelsstand erhoben. Aus Dankbarkeit, versteht ihr?«

Wir nickten. Das war ja nicht so schwer zu kapieren.

»Ja, und warum habt ihr dann heute euren Adelstitel nicht mehr?«, wollte Emma wissen. »Ich meine, du heißt doch nicht ›von Lilienthal‹, oder etwa doch?«

»Nein, leider nicht.« Sissi schüttelte betrübt den Kopf. »Aber nur weil ein anderer Urahne von mir unseren schönen Titel wieder verspielt hat!«

»Wie denn das?«, fragte ich.

»Na ja, dieser Schwachkopf hat den Titel als Pfand bei einem Kartenspiel eingesetzt, weil er kein Geld mehr hatte«, erklärte Sissi. »Dann hat er das Spiel verloren und unsere Familie war ihren schönen Adelstitel wieder los. – Ist das nicht gemein?«

Emma und ich nickten betroffen. Und plötzlich ging mir ein Licht auf. »Und dieser bayerische Prinz damals«, rief ich aufgeregt. »Also der, dem dein Vorfahre Fritz Ferdinand das Leben gerettet hat, das war bestimmt ein Vorfahre von … von …«

»… von Prinzessin Sissi, ganz genau«, bestätigte Sissi feierlich, »der späteren Kaiserin von Österreich.«

Ich nickte. So langsam begann ich zu verstehen, warum Sissi all diese komischen, altmodischen Kleider trug und warum sie sich diese seltsamen Frisuren machte: Meine neue Freundin Severine Amalie Lilienthal fühlte sich als eine Art moderne Prinzessin Sissi, weil ihr eigener Urahne vor Urzeiten dem Urahnen von der echten Prinzessin Sissi das Leben gerettet hatte. – Boah, was für eine Geschichte …!

»Bist du denn sicher, dass das alles auch wirklich stimmt?«, fragte Emma plötzlich zweifelnd.

»Wie bitte?« Sissi sah Emma empört an. »NATÜRLICH stimmt das! Warum hätte mir meine Großmutter irgendwelche Märchen erzählen sollen?«

»Ich meinte ja nur …«, sagte Emma unsicher. »Die Geschichte klingt schon etwas … äh … verrückt, oder nicht?«

»Manchmal ist das Leben eben verrückt«, stellte Sissi ungerührt fest. Sie nahm sich einen Apfel aus der Obstschale, die Mama uns hingestellt hatte, und biss hinein. Für sie war das Thema offensichtlich beendet. Sissi schien nicht bereit zu sein, ihre merkwürdige Familiengeschichte in irgendeiner Weise in Zweifel zu ziehen.

Und plötzlich fand ich das alles irgendwie sehr komisch. »Also, fassen wir zusammen«, kicherte ich: »Ich bin Prinzessin Diana, Sissi ist Prinzessin

Sissi …« Ich sah Emma an. »Jetzt fehlt nur noch, dass du auch eine Prinzessin bist.«

»Oh, das bin ich tatsächlich!«, platzte Emma heraus.

Sissi und ich fuhren herum. »Wie bitte??!!«

»Na ja … zumindest werde ich so genannt«, erklärte Emma zögernd und errötete schon wieder. »Aber darauf bin ich nicht gerade stolz.«

»Aha, und wer nennt dich Prinzessin?«, wollte Sissi wissen.

Ich selber kannte die Antwort ja schon, erinnerte mich gut an die kleine Szene zu Beginn der Einschulungsfeier vor ein paar Tagen.

Emma seufzte. »Mein Vater! Er sagt ständig, dass ich seine kleine Prinzessin bin. Früher fand ich das ja auch ganz niedlich und so. Da hab ich mich sogar selber dauernd als Prinzessin verkleidet! Bei jeder Geburtstagsparty bin ich im rosa Rüschenkleidchen rumgelaufen und habe darauf bestanden, eine goldene Krone zu tragen.« Emma schielte uns unter ihren dunklen Ponyfransen an. »Schrecklich peinlich, oder?«

Ich schüttelte den Kopf. »Nö, warum denn? Das haben wir doch alle getan, oder, Sissi?«

Sissi nickte glucksend. »Ja, klar! Meint ihr etwa, ICH hätte mich jemals als Piratin oder Indianer oder so was verkleidet …?«

Stimmt, das war bei Sissi unvorstellbar!

»Wisst ihr, wovor ich richtig Angst habe?«, gestand Emma uns dann leise. »Dass Papa mich mal vor anderen Leuten ›Prinzessin‹ rufen könnte!«

Ich kicherte. »Aber das hat er doch schon getan!«, platzte ich heraus. »Ganz laut! In der Feierstunde! Ich hab's genau gehört!«

»Was? Das habt ihr mitgekriegt?!! Oh Gott, das ist ja schrecklich!« Emma sah so verzweifelt aus, dass ich einen Moment lang fürchtete, sie würde in Tränen ausbrechen. Himmel, musste ich denn damit herausplatzen?! Komplett bescheuert! Aber ich konnte es nicht mehr rückgängig machen. Ich konnte Emma nur noch trösten, indem ich mich selber outete, und zwar auf der Stelle. – Ich gab mir einen Ruck. »Mach dir nichts draus, Emma! Mein Vater nennt mich auch Prinzessin! – Und wenn Papa nicht genau wüsste, dass ich ihn dafür auf der Stelle massakrieren würde, riefe er mich mit Sicherheit quer durch die Pausenhalle des Schiller-Gymnasiums ›süße kleine Prinzessin‹ – und zwar mindestens bis zu meinem 80. Geburtstag!«

»Wirklich?«, fragte Emma glücklich.

Ich nickte grinsend. »Großes Prinzessinnen-Ehrenwort!«

»Das fand ich ja toll von dir«, sagt Emma und legt den Arm um mich. »Dass du gleich gemerkt hast, wie ultrapeinlich mir das war!«

»Und ich fand's toll, dass du mir mein dummes Rausplatzen so schnell verziehen hast«, sage ich und drücke sie ein bisschen.

»Und ich kapiere bis heute nicht, worüber ihr beiden euch überhaupt derartig aufgeregt habt«, sagt Sissi kopfschüttelnd. »Es ist doch schön, ›Prinzessin‹ genannt zu werden. Wisst ihr, wie mein Vater mich manchmal ruft?« Sissi macht eine dramatische Pause, bevor sie uns ihr düsteres Geheimnis anvertraut. »Er ruft mich PUPSI! – Könnt ihr euch das vorstellen?«

Emma prustet los. »Pupsi! Das ist ja der Untergang!! – Echt?«

Sissi nickt empört. »Ja, aber ich habe mich gerächt!«

»Gerächt?«, frage ich. »Wie denn?«

Inzwischen kenne ich Sissi schon gut genug, um zu ahnen, dass es nicht unbedingt empfehlenswert ist, sich mit ihr anzulegen.

»Oh, ich hab Papas Freunden einfach verraten, dass Mama Papa gerne ›Bärchi‹ nennt!« Sissi grinst. »Und prompt haben sie Papa auch so angeredet. Vor allem, als sie merkten, dass sie Papa damit prima ärgern können ...«

»Und das war für deinen Vater so schrecklich peinlich, dass er dich seitdem nie mehr Pupsi genannt hat?«, fragt Emma beeindruckt.

»Nicht wirklich«, gibt Sissi seufzend zu. »Er macht es leider immer noch. Bei allen passenden und unpassenden Gelegenheiten. Vor allem bei den unpassenden!« Sissi schleudert ihre langen Locken nach hinten. »So, und jetzt lasst uns bitte über etwas anderes reden, ja? Sonst kriege ich noch Pickel!«

»Um Himmels willen«, gluckse ich. »Prinzessin Pupsi kriegt Pickel! – Das geht nun wirklich nicht ...!«

Na, kommt ihr drei mit der ›Prinzessin auf der Erbse‹ gut voran?«, erkundigte sich Frau Hasemann ein paar Tage später. »Oder braucht ihr noch Hilfe?«

»Nö … äh … alles klar«, stammelte ich.

Auch Sissi und Emma nickten. »Alles bestens!«

»Schön, ich bin nämlich schon sehr gespannt!«, lächelte Frau Hasemann und ging weiter.

Sissi, Emma und ich senkten die Köpfe. Na toll, unser erstes Referat an der neuen Schule – und wir fingen schon an zu schlampen!

»Serena und Hilal sind mit ihrem Märchen-Bericht schon fast fertig«, verkündete Emma niedergeschlagen. »Und die sind sogar noch drei Tage später dran als wir!«

»Die beiden machen ja auch ›Schneewittchen‹. Das ist viel leichter als unsere blöde Erbsentussi«, jammerte ich.

»Wieso hast du dich denn für die ›Prinzessin auf der Erbse‹ entschieden, wenn du das Märchen gar nicht magst?«, stichelte Sissi.

»Weil DU es dir ausgesucht hattest und ich gern was mit dir zusammen machen wollte.« Jetzt konnte ich ja ehrlich sein.

»Ach so, deswegen …« Sissi lächelte. »Tja, ich mag alle Märchen von Andersen. Obwohl einige richtig finster sind. Kennt ihr zum Beispiel ›Das Mädchen mit den Schwefelhölzern‹?«

Emma und ich nickten.

»Das ›Mädchen mit den Schwefelhölzern‹ ist wirklich total traurig. Es erzählt, wie ein kleines Mädchen an einem eisigen Silvesterabend vergeblich versucht, auf der Straße Schwefelhölzchen (das sind so eine Art Streichhölzer) zu verkaufen. Aber niemand kauft ihr etwas ab. Alle Leute gehen achtlos vorüber. Schließlich zündet das Mädchen selber ein Hölzchen nach dem anderen an. Bis es schließlich in der bitteren Kälte einschläft und erfriert. – Es ist eine todtraurige Geschichte. Oma hat sie mir nur ein einziges Mal vorgelesen. Und am Ende bin ich in Tränen ausgebrochen. Ich hatte bis zuletzt gehofft, ein Prinz oder zumindest eine gute Fee würden das Mädchen finden und retten. Ich konnte einfach nicht glauben, dass ein Märchen so ein trauriges Ende hat.«

Natürlich wollte auch in unserer Klasse keiner »Das Mädchen mit den Schwefelhölzern« vorstellen. Die meisten haben sich lustige Märchen ausgesucht wie »Des Kaisers neue Kleider« oder »Hans im Glück«.

»Was gefällt dir denn eigentlich an der ›Prinzessin auf der Erbse‹?, fragte ich Sissi. Schließlich musste unsere Arbeitsgruppe ja wirklich langsam mal in die Hufe kommen. Und vielleicht war diese Frage ja gar kein schlechter Einstieg.

»Hmm …« Sissi dachte nach. »Ich glaube, als ich die ›Prinzessin auf der Erbse‹ zum ersten Mal gehört habe, stellte ich es mir einfach toll vor, in einem so hohen Bett zu schlafen, auf all den Matratzen und den vielen weichen Decken.«

»Also, ich hätte ja Angst gehabt, im Schlaf von da oben runterzufallen«, sagte Emma und biss in ihr Vollkornbrot. »Mensch, Mama hat mir schon wieder Tomaten auf den Käse gelegt! Dabei kann ich Tomaten nicht ausstehen!« Angewidert klappte Emma ihr Brot auseinander und begann, die glitschigen roten Scheiben herauszuangeln.

»Komm, gib sie mir!«, sagte Sissi und hielt die Hand auf. »Ich hab wieder nur ein Croissant von gestern mit.«

»Können wir vielleicht mal beim Thema bleiben?!«, fragte ich genervt. »So wird das nämlich nie was! – Also, wo waren wir?« Ich dachte kurz nach. »Ach ja, stört es euch beide denn gar nicht, dass die Prinzessin so empfindlich ist? Ich meine, wie sie sich anstellt wegen dieser blöden Erbse …!«

»Wer weiß, vielleicht war sie ja auch einfach nur besonders clever!«, meinte Sissi. »Vielleicht hatte sie ja zufällig mitgekriegt, dass die Königin ihr diese Erbse ins Bett gelegt hat.« Sissi schob sich nachdenklich Emmas Tomatenscheiben in den Mund. »Na ja, zumindest wird sie sich gewundert haben, dass die Königin ihr so ein komisches Bett gebaut hat. Das MUSSTE doch irgendeinen Grund haben.«

»Ja, genau«, fiel Emma eifrig ein. »Vielleicht war sie ja misstrauisch, hat ihr Bett genau untersucht, die Erbse gefunden und geahnt, was von ihr erwartet wird.« Sie sah uns triumphierend an. »Das ist doch zumindest möglich, oder?«

Aber ich war nicht überzeugt. »Und woher wusste sie, dass Überempfindlichkeit beweisen würde, dass sie eine echte Prinzessin ist?«

Sissi zuckte die Achseln. »Das haben die Leute eben früher gedacht!«

»Überleg doch mal, Diana«, sagte Emma eifrig. »Echte Prinzessinnen mussten ja nicht arbeiten. Sie bekamen also keine rauen Hände vom Wäschewaschen oder Holzhacken oder Kartoffelnausbuddeln. Deswegen blieb ihre Haut immer ganz hell und zart. – So zart, dass sie eine Erbse durch zwanzig Matratzen hindurch fühlen konnten, jedenfalls im Märchen.« Emma runzelte die Stirn. »Eigentlich zeigt dieser Erbsentest nur, dass die Prinzessin in ihrem ganzen Leben noch nie einen Finger gerührt hat. Und ihre Eltern und Großeltern auch nicht. Von denen hat sie nämlich die Empfindsamkeit geerbt.«

Ich blickte Emma misstrauisch an. »Bist du da allein draufgekommen?«

»Na ja, nicht ganz«, gab Emma zu, »das meiste hat mir meine Mutter erklärt.«

»Ach so.« Ich war erleichtert. Einen Moment lang hatte ich schon befürchtet, in unserer Runde die Einzige ohne Durchblick zu sein.

»Bei der Prinzessin auf der Erbse habt ihr ja vielleicht recht«, sagte ich. »Aber ich finde das Märchen trotzdem bescheuert! Ich meine, eine wirkliche Prinzessin erkennt man doch an ganz anderen Dingen …«

»So?«, fragte Sissi neugierig. »An was denn?«

Auch Emma blickte mich erwartungsvoll an.

»Na ja«, ich setzte mich zurecht und überlegte einen Moment. »Also, ich denke, eine wirkliche Prinzessin tut Gutes. Und zwar … na ja, regelmäßig! So wie … meinetwegen … wie Prinzessin Diana. Die hat sich ja gegen Landminen eingesetzt. Ihr wisst schon: Das sind diese gefährlichen Bomben, die im Boden vergraben sind. Und ich glaube, das hätte Diana auch ohne das ganze Trara drum herum gemacht.«

»Trara?«, fragte Emma verständnislos. »Was meinst du denn mit Trara?«

Ich seufzte. Manchmal war Emma echt ein bisschen schwer von Begriff! »Ich meine, Prinzessin Diana hätte auch dann versucht, etwas gegen diese Minen zu unternehmen, wenn keine zig Fernsehkameras dabei gewesen wären.«

»Genau«, rief Sissi begeistert aus. »Weil eine echte Prinzessin – das ist das zweite Kennzeichen – nicht zuerst an sich selbst denkt, sondern an andere. Deshalb merkt sie auch immer schnell, wenn jemand Hilfe braucht.«

Einverstanden. Ich nickte eifrig.

»Drittens«, schaltete sich jetzt auch Emma ein. »Eine echte Prinzessin lügt nicht.«

»Niemals?«, fragte ich. »Nicht mal in Notfällen?«

Emma legte nachdenklich den Finger an die Nase. »Hmm … das muss im Einzelfall entschieden werden. Aber ich denke, es müssten schon sehr große Notfälle sein.«

Jetzt meldete sich wieder Sissi zu Wort. »Viertens«, sagte sie. »Eine wirkliche Prinzessin spricht nicht schlecht über andere. Auch wenn es ihr schwerfällt.«

»Was? Nicht mal über Nashorn-Kevin?«, kicherte ich.

Sissi schüttelte energisch den Kopf. »Nicht mal das!«

Ich atmete auf. »Dann ist es vielleicht ganz gut, dass wir keine richtigen Prinzessinnen sind, oder was meint ihr?«

»Hmm …« Sissi hatte den Kopf schief gelegt und dachte nach. Man konnte förmlich sehen, wie die Gedanken in ihrem Kopf Achterbahn fuhren.

»Was grübelst du, Sissi?«, fragte ich. »Komm, spuck's schon aus!«

Sissi blickte mich strafend an. »Fünftens: Eine wirkliche Prinzessin drückt sich gewählt aus. Und nicht so wie du, Diana!«

»Wenn sie Zeit dafür hat und nicht gerade dringend einen gefährlichen Drachen erledigen muss«, gab ich ungerührt zurück. »Nun sag schon, Severine Amalie: Was hast du ausgebrütet?«

Sissi klatschte in die Hände und sah uns triumphierend an: »Ich habe mir gerade überlegt, dass wir einen Club gründen sollten!«

»Wie? Was denn für einen Club?«, fragte ich.

»Na, einen Prinzessinnenclub natürlich!«, rief Sissi aus.

»Einen Prinzessinnenclub?«, echote Emma. »Wie kommst du denn darauf?«

Sissi verdrehte die Augen. »Mensch, Emma, das ist doch wohl klar: Wir sind alle drei Prinzessinnen. – Auf die eine oder andere Art jedenfalls.«

»Ich würde ja sagen: mehr auf die andere«, kicherte ich, was mir gleich einen weiteren bitterbösen Blick von Sissi eintrug.

»Also, wir sind alle drei Prinzessinnen«, wiederholte Sissi energisch. »Und deshalb können wir doch auch mal versuchen, uns so zu benehmen. Wie Prinzessinnen eben.«

»Und warum?«, fragte Emma.

»Na, weil es bestimmt einen Riesenspaß macht!«, rief Sissi begeistert aus. »Ich stelle es mir jedenfalls total spannend vor, mich mal ganz anders zu verhalten als sonst, öfter etwas Gutes zu tun und so.«

»Ich stelle es mir anstrengend vor«, sagte ich.

Emma nickte. »Ich auch.«

»Vier Wochen«, sagte Sissi.

»Was ›vier Wochen‹?« Emmas Gesicht war ein einziges Fragezeichen.

»In vier Wochen, genauer gesagt: am 28. September, habe ich Geburtstag«, erklärte Sissi feierlich. »Und bis dahin halten wir uns an die Prinzessinnenregeln, die wir gerade aufgezählt haben.«

Sissi war aufgesprungen und sah Emma und mich gespannt an. »Das wünsche ich mir von euch. Als Vorab-Geburtstagsgeschenk. – Seid ihr einverstanden?« Sissis Augen blitzten. »Jetzt kommt schon, ihr zwei, sagt Ja! Ich bin sicher: Es wird ganz toll!«

Emma und ich wechselten einen unsicheren Blick. Das mit dem Prinzessinnenclub kam ziemlich überraschend! Außerdem hatte ich keinen blassen Schimmer, was man da so anstellte (vermutlich gab es auch keine anderen Prinzessinnenclubs, an denen man sich orientieren konnte). Aber Sissi war so begeistert von ihrer Idee! Und es war schwer, Sissi etwas abzuschlagen. Wer weiß, vielleicht würde es ja wirklich ganz lustig werden. Und ... na ja ... was konnte schlimmstenfalls passieren? Doch nur, dass wir unseren Prinzessinnenclub in ein paar Tagen wieder auflösen würden.

Ich sah Sissi an und nickte. »Also gut, ich bin einverstanden! – Und was sagst du, Emma?«

»Meinetwegen«, seufzte Emma. »Muss ich in den vier Wochen jetzt immer die Tomaten auf meinem Pausenbrot essen? Gehört das auch zu unseren Prinzessinnenregeln?«

Sissi lachte. »Nö, die Tomaten nehme dir gerne ab und verbuche das für mich als gute Taten.«

Verblüfft schaute ich Sissi an. Hey, sie war wirklich geschickt! Wahrscheinlich würde Sissi in einer

Woche die guten Taten für ein ganzes Jahr zusammenhaben und konnte sich auf ihre faule Prinzessinnenhaut legen, während Emma und ich uns total abschuften mussten …

Sissi sah uns feierlich an: »Also schön, dann machen wir es jetzt ganz offiziell: Verehrte Prinzessin Diana«, Sissi verbeugte sich vor mir, »und verehrte Prinzessin Emma (tiefe Verbeugung vor Emma), seid herzlich willkommen in unserem …

PRINZESSINNENCLUB!!!«

»Nach der Schule sind wir ins Eiscafé gegangen und haben unsere sieben goldenen Prinzessinnenregeln aufgeschrieben«, erinnert sich Emma.

»Schreiben musstest du, Emma, weil du die schönste Schrift von uns dreien hast«, ergänzt Sissi. »Ich hab dir meinen goldenen Stift dafür geliehen, weißt du noch?«

Sissi hatte den Zettel später mit vielen kleinen goldenen Kronen verziert und sorgfältig gerahmt. Da ich als Einzige von uns dreien einen abschließbaren Schreibtisch besaß, beschlossen wir, die sieben goldenen Prinzessinnenregeln bei mir aufzubewahren. Schließlich sollten unsere geheimen Clubregeln keinesfalls Sissis Geschwistern oder Emmas besorgter Mutter in die Hände fallen!

Langsam ziehe ich jetzt die unterste Schublade meines Schreibtisches auf, hole den kleinen verschnörkelten Goldrahmen hervor und stelle ihn auf den Tisch.

Die sieben goldenen Regeln des Prinzessinnenclubs

1. Eine Prinzessin tut Gutes (mindestens dreimal pro Woche. Bei größeren guten Taten oder Ausfall durch Krankheit reicht manchmal auch eine gute Tat pro Woche).

2. Eine Prinzessin denkt nicht zuerst an sich selbst, sondern an andere. Deshalb merkt sie sofort, wenn jemand Hilfe braucht, und schreitet, ohne zu zögern, zur Tat.

3. Eine Prinzessin lügt nicht. Nur in äußerster Notlage. Und keinesfalls häufiger als einmal täglich.

4. Eine Prinzessin lästert niemals über Abwesende. Auch dann nicht, wenn sie allergrößte Lust dazu hat und es jede Menge Anlass und herrlichsten Stoff dafür gibt.

5. Eine Prinzessin vermeidet Wutausbrüche und Schimpfworte aller Art – jedenfalls in der Öffentlichkeit.

6. Eine Prinzessin steht für die andere ein. In guten, vor allem aber in schlechten Zeiten gilt: eine für alle – alle für eine!

7. Eine Prinzessin bewahrt immer (auch im Falle von Katastrophen aller Art, inklusive Erdbeben, Vulkanausbrüche, Todesdrohungen etc.) striktes und absolutes Stillschweigen über Inhalte, Mitglieder und Regeln des Prinzessinnenclubs.

Gelesen und unterzeichnet von den eingetragenen Clubmitgliedern Prinzessin Diana, Prinzessin Emma, Prinzessin Sissi

Die 6. Regel hatte ich vorgeschlagen, weil wir drei schließlich nicht nur Prinzessinnen, sondern auch gute Freundinnen sein wollten! Und auf der 7. Regel hatte Emma bestanden. Weil sie panische Angst davor hatte, dass irgendjemand von unserem Club erfahren und sich darüber lustig machen könnte.

Meinen ersten Nachmittag als frisch gebackenes Mitglied des Prinzessinnenclubs verbrachte ich zu Hause und zerbrach mir den Kopf darüber, wie ich auf meine drei guten Taten pro Woche kommen sollte.

»Ihr werdet sehen: Es ist ganz einfach«, hatte Sissi uns mit einem beglückten Lächeln versprochen und ihre Locken geschüttelt. »Wer mit offenen Augen durch die Welt spaziert, entdeckt bald unendlich vieles, was er für andere tun kann.«

Emma und ich hatten uns angestoßen und vielsagend mit den Augen gerollt. Manchmal sprach Sissi schon selber wie die »Sissi« im Film (sie hatte alle drei Filme auf DVD!). Und das klang dann immer ziemlich komisch …

»Dianaaa!« Mamas Ruf riss mich aus meiner Grübelei. »Hilfst du mir mal eben?«

Seufzend trottete ich in die Küche. Oje, Mama war dabei, den Kühlschrank abzutauen! Eine Arbeit, die sie hasste, weil diese Aktion aus unerfindlichen Gründen immer in einer Überschwemmung endete. Oder damit, dass Mama versehentlich die Kühlschrankdecke ankokelte, weil sie versuchte, das Abtauen mithilfe von Teelichtern zu beschleunigen. Mama war schrecklich ungeduldig und bei unangenehmen Arbeiten noch mehr als sonst.

Während mir Mama Butter, Käse und Gemüse in die Hand drückte, überlegte ich, ob ich diese Arbeit hier bereits auf meinem Gute-Taten-Konto verbuchen konnte. Klar, warum nicht? Auch wenn ich mir meine guten Taten als Prinzessin natürlich etwas aufregender vorgestellt hatte. Mehr so in Richtung von »einen kleinen Hund aus einem brennenden Haus retten« …

Ordentlich stapelte ich Radieschen, Gurken und Tomaten auf dem Küchentisch und sah die Szene glasklar vor mir: Wie ich todesmutig und rußgeschwärzt mit einem winselnden Hündchen auf dem Arm in letzter Sekunde aus einem lichterloh brennenden Haus stürzte. Wie ich dann mühsam nach Atem rang, während der Hund sich Schutz suchend an mich kuschelte. Wie schließlich Feuerwehrleute mit Decken auf mich zustürzten, um mich zum Krankenwagen zu geleiten, und die Hundebesitzerin (natürlich eine reizende, alte Dame) mir vor Dankbarkeit aufschluchzend um den Hals fiel und versprach, mich für den Rest meines Lebens mit selbst gebackenem Streuselkuchen zu versorgen, weil ich ihren Poldi vor dem sicheren Flammentod gerettet hatte … Ich seufzte und merkte, wie mir fast die Tränen in die Augen stiegen, so gerührt war ich schon allein von der Vorstellung meiner Heldentat!

Obgleich, ganz so dramatisch müsste es vielleicht gar nicht sein. Ich könnte mir auch andere gute Taten, mehr so für die Allgemeinheit, vorstellen. Zum Beispiel könnte ich irgendwo in Afrika einen Brunnen für die Armen bauen! Ja, das wäre was! Schon sah ich mich, umringt von Hunderten dankbarer Kinder, in glühender Mittagssonne kraftvoll Stein auf Stein häufen: (Halt, musste man für einen Brunnen nicht erst mal ein Loch buddeln? Egal.) Jedenfalls würde ich so lange und so unermüdlich schuften, bis ich dem trockenen, harten Steppenboden endlich die ersehnte Wasserfontäne abgerungen hatte. Glücklich lächelnd würde ich dann zusehen, wie die Kleinen jubelnd ihre Flaschen mit dem kostbaren Nass füllten, während ich auf meiner Hüfte ein süßes dunkelhäutiges Baby schaukelte – genauso wie Angelina Jolie das immer machte, wenn sie nicht gerade irgendwo anders ein Kind adoptierte, und dann würde ich –

»Nanu, du lächelst ja so, Diana«, unterbrach Mama plötzlich meinen Tagtraum. »Hast du an etwas Schönes gedacht?«

»Was? Äh … nein, nein …« Ich schüttelte abwehrend den Kopf. »Ich hab nur eben überlegt … also … findest du eigentlich, Mama, dass du genug Gutes tust? Für andere, meine ich.«

Mama ließ ihren Putzschwamm sinken. »Ja, findest du das etwa nicht?« Mama holte tief Luft, um dann mit erhobener Stimme loszulegen: »Also wirklich, Diana, ich bin berufstätig, ich kümmere mich um dich und um Papa, ich koche, ich mache den größten Teil der Hausarbeit, ich erledige dauernd irgendwelche Besorgungen für Oma. Und wenn eine Nachbarin oder Freundin Hilfe braucht – was ja nicht gerade selten vorkommt –, dann sage ich auch niemals Nein!« Mama stützte die Hände in die Hüften und blickte mich aufgebracht an. »Ich bemühe mich doch wirklich, Diana! Was soll ich denn noch machen?«

Wow, das war ja nach hinten losgegangen! Jetzt half nur noch Schadensbegrenzung, sonst riss Mama mir noch die Ohren ab. »Aber das weiß ich doch alles, Mama! Das meinte ich doch gar nicht.«

»Was meintest du denn dann?«

»Ich meine, so richtig gute Taten eben, die anderen helfen.«

»Ach so, jetzt verstehe ich«, sagte Mama bereits versöhnlicher. »Du meinst soziales Engagement, also zum Beispiel ehrenamtliche Arbeit in einem

Obdachlosenheim oder Hausbesuche bei einsamen alten Menschen, so etwas in der Art, stimmt's?«

Ich nickte. So richtig wusste ich ja selber nicht, was ich gemeint hatte. Aber ich war froh, dass Mama nicht mehr sauer war. Jetzt griff sie wieder zu ihrem Putzschwamm und bearbeitete energisch die Einlegeböden des Kühlschranks. »Ich finde es bewundernswert, wenn Menschen sich sozial engagieren, und, wer weiß, vielleicht suche ich mir später, wenn ich wieder mehr Zeit habe, auch eine solche Aufgabe. Aber jetzt würde das nur Stress bedeuten und letztendlich niemandem nutzen.« Mama strich sich eine Haarsträhne hinters Ohr. »Im Moment reicht meine Zeit eben nur für die kleinen guten Taten des Alltags. Aber die sind auch wichtig, finde ich.«

Aha, endlich näherten wir uns meinem Thema! »Was kann man denn im Alltag so alles Gutes tun?«, fragte ich eifrig.

»Och, da gibt's doch jede Menge Möglichkeiten!« Mama zwinkerte mir zu. »Und ich hoffe, das meiste davon machst du schon ganz automatisch, ohne darüber nachzudenken, einfach weil du es bei uns gesehen hast. Zum Beispiel einer Mutter mit Kinderwagen auf der Treppe helfen, im Bus für ältere Menschen aufstehen. Ja, selbst jemand, der schwer bepackt ist, die Tür aufzuhalten, ist schon eine gute Tat, wenn auch nur eine klitzekleine.«

Ich runzelte die Stirn. Natürlich ließ ich keinen humpelnden Opa im Bus stehen, während ich mich selber auf einem Sitzplatz breitmachte. Aber würde Sissi das Aufhalten einer Tür oder das Aufstehen im Bus schon als gute Tat gelten lassen? Ich seufzte. Die Meisterin der Prinzessinnenregeln verlangte sicher mehr Einsatz.

»Wie kommst du denn eigentlich auf dieses Thema, Diana?« Mama sah mich forschend an. »Warum ist es dir plötzlich so besonders wichtig, Gutes zu tun?«

Ich klappte den Mund auf. Und gleich wieder zu. Was sollte ich denn jetzt sagen, ohne zumindest eine der sieben Prinzessinnenregeln zu brechen? Und das schon vier Stunden nach Gründung des Prinzessinnenclubs!! Wenn ich jetzt ehrlich antwortete, brach ich Regel Nr. 7 (die Stillschweigeregel), und wenn ich eine Ausrede erfand, brach ich Regel Nr. 3 (keinesfalls lügen!). Also saß ich in der Falle! Ich biss mir auf die Lippen. So ein Mist! (Schimpfworte denken war erlaubt, nur das Aussprechen war verboten – Regel Nr. 5.)

Mama sah mich mit wachsender Verwunderung an. Klar, je länger ich schwieg, desto merkwürdiger musste ihr mein Verhalten ja vorkommen! Ich entschloss mich zu einer Notlüge: »Ach, wir … na ja, wir haben in der Schule über Hilfsorganisationen wie UNICEF gesprochen und … äh … wie wichtig es ist, Gutes zu tun, so im Allgemeinen.«

Das mit UNICEF war mir im letzten Augenblick eingefallen, weil Oma da seit einer Ewigkeit Mitglied ist. Eigentlich hatte ich ja jetzt nur halb gelogen. Schließlich hatten Emma, Sissi und ich heute in der Schule wirklich über gute Taten gesprochen. Ich wischte mir den Schweiß von der Stirn. Puh, so kompliziert hatte ich es mir nicht vorgestellt, Mitglied eines Prinzessinnenclubs zu sein …!

Mama hatte inzwischen damit begonnen, den Kühlschrank wieder einzuräumen. Sofort sprang ich auf und reichte ihr eifrig die Sachen. Mama warf mir einen erstaunten Blick zu. Klar, sonst brauchte ich immer eine Extraaufforderung. Und meistens jammerte ich dann so lange rum, bis sie mich irgendwann genervt in mein Zimmer schickte und die Arbeit alleine machte. Aber jetzt … wer weiß, vielleicht konnte ich mir meine drei guten Taten pro Woche ja mit mehreren solcher kleinen guten Einzeltaten verdienen? So ähnlich, wie man an der Losbude Punkte sammeln kann, um dann irgendwann doch noch den Hauptgewinn einzuheimsen. Ich würde die »Gute-Tat-Regeln« noch mal mit Sissi und Emma besprechen müssen …

»Übrigens kommt Oma gleich«, sagte Mama. »Sie ist nebenan beim Friseur und wollte anschließend auf einen Sprung bei uns reinschauen.«

»Prima!«, sagte ich.

Mit Oma war es immer gemütlich, denn im Gegensatz zu Mama verbreitete sie eigentlich niemals Stress oder Hektik. Außerdem brachte Oma meistens Kuchen oder Kekse mit, wenn sie auf einen »Sprung« vorbeikam. Dabei war ich auf Omas Kuchen gar nicht mehr angewiesen! Seit es Sissi gab, war meine Versorgung mit Süßkram mehr als gesichert. Sissi schien einfach immer ein paar Nugatkringel oder Croissants bei sich zu haben! Sie selber aß kaum etwas Süßes, aber Emma stürzte sich jede Pause wie ein Habicht darauf, während ihre Mutter sich vermutlich wunderte, warum Emma seit Neuestem so wenig von dem gesunden heimischen Dinkel-Kartoffel-Eintopf aß.

Kaum hatte Mama ihre nagelneue Kaffeemaschine (ein chromblitzendes Ungetüm in Größe eines mittleren Kleinwagens) angeworfen, klingelte es bereits an der Tür. »Machst du auf, Diana? Das wird Oma sein!«

Ich drückte auf den Summer und kurz darauf hörte ich Oma die Treppen hinaufschnaufen. Sicher würde sie uns gleich wieder erzählen, dass sie den beschwerlichen Aufstieg in den dritten Stock nun bald nicht mehr schaffen würde, auch wenn sie es noch so gern wollte … Dabei war Oma topfit! Sie machte nämlich regelmäßig Nordic Walking. (Das ist dieses Spazierengehen mit Stöcken, was angeblich so waaahnsinnig gesund ist.) Bis vor drei Jahren hatte Oma sogar noch Tennis gespielt. Papa behauptete immer, Oma habe ihre Gegnerinnen so unbarmherzig über den Platz gejagt, dass sie im Tennisklub nur die »eiserne Gerdi« genannt wurde … Leider hatte sich bisher noch keine Gelegenheit ergeben, Oma unauffällig zu fragen, ob das stimmte.

Japsend stieß Oma nun unsere Wohnungstür auf und ließ sich in den nächstbesten Sessel plumpsen. »Na, Mädelchen«, sagte sie. »Ich glaube, ihr habt seit meinem letzten Besuch noch ein paar Treppenstufen draufgebaut, stimmt's?«

Natürlich hätte ich Omas Frage gerne beantwortet. Schließlich bin ich höflich und gut erzogen und all so was, aber ich konnte nicht. Beim besten Willen nicht! Das Einzige, was ich konnte, war, Oma sprachlos anzustarren und mit aller Kraft zu versuchen, KEINESFALLS laut herauszuprusten! Aber es fiel mir verdammt schwer …! Mannomann, was hatte der Friseur denn mit Omas Haaren angestellt? Sie sah ja aus wie ein frisch explodierter Fliederbusch! Alle ihre Haare waren hoch auftoupiert, mit mindestens zwei Tonnen Haarspray eingenebelt und – das war das Schlimmste! – in einem zarten Lilaton gefärbt! Ich presste die Lippen fest aufeinander. Was Mama wohl zu Omas Fliederbusch-Frisur sagen würde?

Ich hätte es wissen müssen: Mama verzog natürlich keine Miene, als sie Oma jetzt mit einer herzlichen Umarmung begrüßte. »Hallo, Gerdi! – Na, das ging ja richtig fix beim Friseur, was? Der Kaffee ist gleich fertig. Diana, deckst du bitte den Tisch?«

Erleichtert, möglichen Fragen nach Omas Frisur entfliehen zu können, spurtete ich in die Küche und begann, eifrig mit Tassen und Tellern zu hantieren. Aber Oma folgte mir auf dem Fuße.

»Was … äh … sagt ihr denn zu meiner neuen Frisur?« Oma drehte ihren Kopf hin und her, wie ein Model auf dem Laufsteg, damit wir die Fliederbusch-Explosion von allen Seiten betrachten konnten. Es sah von allen Seiten gleich schrecklich aus. »Die Farbe ist schon etwas … hm … etwas ungewöhnlich, oder?« Oma lachte unsicher. »Was meinst du, Carla?«

Mama nickte Oma aufmunternd zu. »Och, ich finde, es ist mal etwas anderes!« Sie lächelte. »Du siehst jedenfalls schön frisch damit aus!«

»Ja, meinst du wirklich?« Omas besorgtes Gesicht entspannte sich.

Als wir dann am Tisch saßen, gab Oma Sahne in ihren Kaffee, rührte um und ließ sich von Mama ein großes Stück Himbeertorte auf den Teller legen. Gerade als ich aufatmend dachte, dass das Thema Fliederbusch-Frisur glücklich überstanden war, sah Oma mich plötzlich forschend an. »Was sagst du eigentlich zu meinen Haaren, Mäuschen? Ihr jungen Leute seid ja eher mal für was Modisches, oder?«

Ich erstarrte und hätte mich fast an meinem Kuchen verschluckt. Himmel, was sollte ich denn jetzt sagen? Prinzessinnenregel Nr. 3 verbot mir doch strikt eine weitere Lüge für heute. Und ich wollte nicht gleich am ersten Tag anfangen, die Clubregeln zu brechen. Andererseits konnte ich Oma doch auch nicht die Wahrheit über ihre Fliederbusch-Frisur sagen! Damit würde ich ihr wehtun! Und verletzend durfte eine Prinzessin ja wohl erst recht nicht sein, oder? Also, was tun? Ich überlegte angestrengt. Wahrscheinlich sollte ich zumindest versuchen, so nahe wie möglich an der Wahrheit zu bleiben. Das war ich dem Prinzessinnenclub schuldig.

Oma sah mich erwartungsvoll an. Mein langes Schweigen schien sie zu verunsichern, kein Wunder!

»Also, ich finde …«, begann ich zögernd. »Also, ich denke … na ja … äh …«

In diesem Moment klingelte das Telefon. Wie angestochen sprang ich auf, sprintete in den Flur – und hatte noch mal Glück: Der Anruf war für mich! Es war Nele, die sich mit mir fürs Wochenende verabreden wollte. Ich verwickelte sie in ein längeres Gespräch. Puh, fürs Erste war ich gerettet!! Und bis ich zurückkam, hatten Oma und Mama sicher längst das Thema gewechselt.

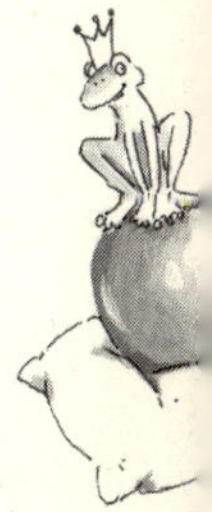

»Arme Diana«, kichert Sissi. »Du hast ja wirklich versucht, dich an unsere Regeln zu halten.«

»Ja, natürlich«, nicke ich. »Die Ausnahmen haben wir ja erst später festgelegt.«

»Wisst ihr, was ich inzwischen gelesen habe?« Sissi schüttelt empört ihre Locken nach hinten. »Erwachsene lügen im Durchschnitt dreißig Mal am Tag!«

»Dreißig Mal?«, echot Emma ungläubig. »Das kann nicht sein!«

»Doch«, bekräftigt Sissi. »Und das Verrückteste ist: Sie merken nicht mal, wenn sie lügen!«

»Wie das denn?«, hake ich nach. Inzwischen weiß ich nämlich, dass Sissi zu Übertreibungen neigt.

»Na ja, zum Beispiel wenn jemand gefragt wird: ›Wie geht's dir?‹, sagt der doch immer ›gut‹, auch wenn das gar nicht stimmt«, erklärt Sissi. »Und wenn einer anruft und

fragt: ›Störe ich?‹, heißt es jedes Mal: ›Nein, nein, kein bisschen!‹ Auch wenn der andere gerade in der Wanne sitzt oder einen Krimi guckt.«

»Stimmt, da wird oft geschwindelt«, gebe ich zu. »Aber stellt euch mal vor, alle würden auf die Frage ›Wie geht's?‹ immer ehrlich und ausführlich antworten!«

»Dann würden die Leute den ganzen Tag grüppchenweise zusammenstehen und sich gegenseitig von ihren Problemen erzählen«, grinst Emma.

»Ohne ein bisschen Schwindelei geht es anscheinend nicht!«, stelle ich fest. »Das haben wir ja alle gemerkt – und deswegen ziemlich schnell die Prinzessinnenregel Nr. 3 ergänzt: ›Notlügen erlaubt‹!«

»Ich finde ja, dass wir unsere 7. Prinzessinnenregel, die Schweigepflicht, auch lockern sollten«, schlägt Sissi vor. »Ich meine, wir können doch stolz sein auf unsere Prinzessinnentaten.«

»Aber nicht auf alle…«, sagt Emma düster.

Kevin Nashorn gab am nächsten Tag in der Schule die erste Märchenvorstellung. Er hatte sich kurzfristig für »Hans im Glück« entschieden, nachdem Frau Hasemann zu seinem Ärger ja weder »Superman« noch »Spiderman« akzeptiert hatte. Lockenkopf Raphael (den Emma »total süß« fand, wie sie mir unter dem Siegel der Prinzessinnenverschwiegenheit anvertraut hatte) wollte gleichfalls »Hans im Glück« vorstellen und so hatten sich die Jungs zusammengetan. Beide wollten unbedingt mit ihrem Referat als Erste drankommen. Um es »hinter sich und wieder mehr Zeit für Fußball zu haben«.

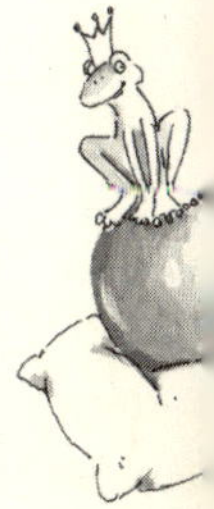

Zuerst erzählte uns Kevin, was in »Hans im Glück« so passiert. Obwohl die meisten von uns das Märchen natürlich kannten. Es geht darin um einen Mann, der als Lohn für sieben Jahre Arbeit einen Klumpen Gold bekommt. Allerdings tauscht er das Gold schon bald gegen ein Pferd ein, das Pferd gegen eine Kuh, die Kuh gegen ein Schwein, das Schwein gegen eine Gans und so weiter, bis er am Ende mit leeren Händen dasteht.

»Aber das macht dem Hans gar nichts aus«, erklärte Kevin. »Im Gegenteil, er ist heilfroh, dass er sich um nix mehr kümmern muss und endlich Zeit hat rumzuchillen.«

Als Emma sich meldete, ahnte ich schon, was jetzt kommen würde, und richtig –

»Was ist denn bitte ›tschillen‹?«

»Boah ey«, machte Kevin und verdrehte die Augen. »Mensch, chillen bedeutet abhängen, kein Generve, also das Gegenteil von Schule, klar?«

»Na, na«, mahnte Frau Hasemann, aber man sah ihr an, dass sie gerne gelacht hätte. Dann war Raphael an der Reihe. Ich stieß Sissi an und linste dann rüber zu Emma, die kerzengerade dasaß und gebannt nach vorn blickte. Anscheinend war sie wild entschlossen, kein Wort von dem zu verpassen, was der »süße« Raphael uns über »Hans im Glück« zu erzählen hatte. Aber ich musste zugeben, dass Raphael seine Sache gut machte. Er berichtete, dass »Hans im Glück« zu der Märchensammlung der Brüder Grimm gehört (wusste ich natürlich schon), wann und wo die Geschichte zum ersten Mal veröffentlicht wurde und so weiter.

»Vielleicht verratet ihr uns auch noch, warum

ihr euch gerade für ›Hans im Glück‹ entschieden habt?«, forderte Frau Hasemann Kevin und Raphael zum Schluss auf.

Die beiden sahen sich ratlos an. Schließlich sagte Kevin: »Weil da keine Prinzessin drin vorkommt!«

»Und 'n Schloss auch nicht«, ergänzte Raphael. Anscheinend hatte Emmas Angebeteter nicht allzu viel Sinn für Romantik …

»Außerdem find ich es cool, dass der Hans immer gut drauf ist«, setzte Kevin hinzu. »Der lässt sich seine Laune nicht verderben, egal was passiert.«

»Findest du denn, dass Hans sich klug verhält, Kevin?«, wollte Frau Hasemann wissen. »Ich meine, macht er eher gute oder eher schlechte Tauschgeschäfte?«

Kevin überlegte angestrengt. Ich seufzte. Himmel, die Frage war doch nun wirklich keine harte Nuss! Schließlich verschlechtert sich Hans mit jedem Tausch, bis er am Schluss nur noch diesen doofen Schleifstein hat. Und den lässt er dann auch noch in einen Brunnen plumpsen!

»Kevin würde wahrscheinlich seinen eigenen Kopf gegen einen Fußball eintauschen!«, zischte ich Sissi zu. »Aber egal, den Unterschied würde sowieso keiner merken!«

Nanu, warum sah Sissi mich denn plötzlich so

strafend an? – Was hatte ich denn verbrochen? – Jetzt schnappte sich Sissi mein Heft und malte eine große 4 mit zehn fetten Ausrufezeichen hinein. Ach so, klar, ich hatte gegen Regel 4 des Prinzessinnenclubs verstoßen. Wir durften ja nicht lästern! Nicht mal über das blondierte Nashorn! – Ach, zu schade …!

»Na, wie hat euch das Referat über ›Hans im Glück‹ gefallen?«, fragte Emma Sissi und mich in der Pause. »Also, ich finde, Raphael hat das echt gut hingekriegt, oder?« Emma errötete leicht.

»Ich fand es auch ganz okay!«, sagte ich gnädig. »Und unser Kevin ist doch zumindest immer … äh … unterhaltsam! Oder was meinst du, Sissi?«

Sissi hockte am Boden und nestelte mal wieder an ihren Schnürsenkeln. Zu ihren obligatorischen Stiefeletten trug sie einen langen blauen Rock mit Spitzenrand. Ihr Haar war ein Gesamtkunstwerk aus ineinandergeschlungenen Zöpfen und feinen Knoten. Unglaublich, wie sie das immer hinbekam …!

»Ihr müsst bedenken«, sagte Emma, »dass es das erste Referat in der neuen Klasse war. Ich meine, wir kennen uns ja alle noch kaum.«

Emma hatte recht. Wir standen noch total am Anfang. Zwar hatte ich mir inzwischen von fast allen in der Klasse den Namen gemerkt, und ich wusste, von welcher Schule jeder kam, aber das war's dann auch schon.

»Ich bin jedenfalls froh, dass wir drei uns gefunden haben«, gestand Emma. »Sonst würde ich mich ganz schön verloren fühlen!«

Sissi hatte den Kampf mit ihren Schnürsenkeln endlich gewonnen und tauchte wieder auf. »Triffst du dich eigentlich noch manchmal mit Mädchen aus deiner alten Klasse?«

Emma schüttelte den Kopf. »Nein, so richtige Freundinnen hatte ich da auch gar nicht. Ich war ja so lange krank. Und als ich endlich wieder zur Schule konnte, hatte ich ständig das Gefühl, Mama hätte alle vorgewarnt. Ihr wisst schon: dass sie Rücksicht auf mich nehmen sollten und so.« Emma seufzte. »Ihr könnt euch gar nicht vorstellen, wie schrecklich peinlich das war!«

Sissi stupste sie in die Seite. »Gibt es eigentlich irgendetwas auf dieser Welt, was dir nicht ›schrecklich peinlich‹ ist, Emma?«

Emma überlegte angestrengt, aber dann schüttelte sie den Kopf. »Ehrlich gesagt, im Moment fällt mir nichts ein!«

»Ich sehe schon: Daran müssen wir arbeiten«, stellte Sissi energisch fest. Sie sah mich an. »Mit ›wir‹ meine ich natürlich den Prinzessinnenclub!«

In Emmas Augen flackerte Panik auf. »Und w-wie soll das gehen?«, fragte sie unsicher. »Ich meine, nicht dass das dann irgendwie superpeinlich wird …«

Sissi und ich sahen uns an – und prusteten los. In manchen Dingen war Emma wirklich ein hoffnungsloser Fall …!

In den letzten beiden Stunden hatten wir Biologie bei Herrn Dickefett. Herr Dickefett sah keineswegs so aus, wie man es bei seinem Namen erwartet hätte. Er war nämlich eher dünn und schmächtig. Herr Dickefett versuchte seit Kurzem, uns die vier Mägen der Kuh schmackhaft zu machen, oder besser: uns ihre Funktionen zu erklären. Bisher mit eher mäßigem Erfolg.

»Wer kann uns denn sagen, was eine Kuh frisst?« Herr Dickefett schaute erwartungsvoll in die Runde. »Na, Serena?«

»Eine Kuh frisst etwa siebzig Kilo Gras am Tag«, ratterte Serena herunter, »und sie trinkt fast einhundert Liter Wasser!«

Herr Dickefett nickte erfreut. »Sehr gut, Serena! Und kannst du uns jetzt auch noch die vier Mägen der Kuh nennen?«

»Ja … also da wäre zuerst der Pansen«, begann Serena, »dann der Netzmagen und dann … äh …«

Sie stockte und schaute sich Hilfe suchend nach ihrer Tischnachbarin Babette um. Die reagierte sofort. »Herr Dickefett«, flötete Babette zuckersüß. »Sie waren doch im Urlaub im Allgäu! Gab es da eigentlich auch viele Kühe?«

Babette, so hatten wir von Serena erfahren, besaß eine ältere Schwester in der 8. Klasse, und von der wusste sie, dass Herr Dickefett nichts lieber tat, als über seine Urlaube zu referieren. Wenn man ihm das richtige Stichwort gab, laberte Herr Dickefett sofort los, und nichts auf der Welt konnte ihn mehr aufhalten. Hatte Babettes Schwester jedenfalls behauptet.

Und tatsächlich: Ein wundersames Strahlen ging über Herrn Dickefetts blasses Gesicht und dann legte er los. Die Kuhmägen waren vergessen. Jetzt kam das Allgäu. Mit all seinen Kühen und Kitzen und Bauern und Berggipfeln und …

Wir lehnten uns entspannt zurück.

»Ältere Geschwister sind eben sehr praktisch«, sagte Sissi, als wir drei Prinzessinnen uns nach Schulschluss am Tor verabschiedeten. »Echt ungerecht, dass ich nur die drei Nervzwerge zu Hause habe!«

»Also, ich hätte sehr gern einen kleinen Bruder oder eine kleine Schwester«, meinte Emma schüchtern.

Sissi warf ihr einen vernichtenden Blick zu. »Das sagst du nur, weil du nicht weißt, wie es ist, wenn dich ständig drei kleine Ungeheuer umzingeln, deine Sachen kaputt machen, mit Kaugummi vollkleben und als Dank von dir verlangen, ihre bescheuerte Kugelbahn aufzubauen.«

»Zumindest kommst du auf diese Weise doch schnell zu deinen guten Taten«, warf ich ein.

»Och, dafür brauche ich keine Kugelbahnen aufzubauen.« Sissi grinste. »Meine erste gute Tat ist bereits erledigt! Ich habe nämlich gestern einer Kundin ein Stück Schokoladentorte vorbeigebracht. – Na, was sagt ihr nun?«

Seltsamerweise war ich kein bisschen erstaunt darüber, dass ausgerechnet Sissi als Erste von uns dreien mit einer guten Tat auftrumpfen konnte.

»Ist das denn bei euch üblich?«, hakte ich nach. »Ich meine, liefert die Konditorei Lilienthal öfter Kuchen zu Leuten nach Hause?«

Sissi winkte ab. »Da hätten wir ja viel zu tun. Nein, aber die alte Frau Blümlein kauft schon seit einer Ewigkeit jeden Tag ein Stück Torte bei uns, für ihren Nachmittagstee. Aber vor einem halben Jahr hat sie sich das Bein gebrochen, seitdem kann sie nicht mehr so gut laufen. Und deswegen bringe ich ihr jetzt den Kuchen jeden Nachmittag nach Hause.«

»Na super!«, zischte ich empört. »Das heißt also, du musst dir gar nicht den Kopf zerbrechen, wie du zu deinen guten Taten kommst, Sissi! Weil du mit deiner Kuchenlieferung sowieso jeden Tag etwas ›Gutes‹ tust, und zwar ganz automatisch! Während Emma und ich nur darauf hoffen können, irgendwelche Hilfsbedürftigen zu treffen. Oder Abfall aufpiksen zu dürfen, den irgendein Depp einfach auf die Straße geschmissen hat, oder …«

»Aber so ist das doch gar nicht, Diana!«, vertei digte sich Sissi. »Das mit Frau Blümlein zähle ich doch nur –«

»Wartet mal eben, ihr zwei!«

Emma hatte ihre Schultasche achtlos zu Boden geworfen und rannte die Straße hinunter auf die große Kreuzung zu, wo ein Mann mit einer gelben Armbinde und einem weißen Stock unsicher an der Ampel stand.

»Was hat sie denn jetzt vor?«, fragte Sissi verwundert.

»Werden wir ja gleich sehen«, sagte ich.

Emma war inzwischen bei dem Mann mit der gelben Armbinde angelangt. Kurzerhand hakte sie ihn unter und lotste den Blinden dann fürsorglich über die Straße. – Aber was war das? Kaum hatten die beiden die andere Seite erreicht, hob der Mann wild gestikulierend seinen Stock und begann, lautstark auf Emma einzuschimpfen! Sissi und ich wechselten einen verwirrten Blick. Nanu, was war denn da los? Emma hatte dem Mann doch geholfen!

»Komm.« Sissi zog mich am Arm. »Schnell! Wir müssen zu ihr! Anscheinend hat sie einen Verrückten erwischt!«

Entschlossen rannten wir los. Emma war mittlerweile knallrot angelaufen. Wie ein begossener Pudel ließ sie seine Schimpfkanonade über sich ergehen. Als der Mann endlich von ihr abließ und sichtlich empört davonmarschierte, blieb Emma mit gesenktem Kopf und heißen Wangen zurück.

»Was war denn los?«, rief ich ihr atemlos entgegen. »Wieso hat der Typ dich denn so runtergemacht?«

Emma sah aus, als würde sie gleich in Tränen ausbrechen. »Ich … wollte ihm doch nur helfen, auf die andere Seite zu kommen«, erklärte sie, »weil er doch blind ist. Aber er … er wollte gar nicht auf die andere Straßenseite!«

»Nicht?«, fragte ich.

Emma schüttelte beschämt den Kopf. »Nein, er war nur stehen geblieben, um zu verschnaufen und sich zu orientieren. Und ich … ich …« Sie brach ab. »Ich packe den armen Mann am Arm wie einen Dreijährigen und schleife ihn gegen seinen Willen über die Kreuzung! Oh, es war so, so … schrecklich peinlich!« Emma schlug sich die Hände vors Gesicht.

»Aber Emma, du hast es doch nur gut gemeint!«, versuchte ich, sie zu trösten. »Blind oder nicht: Der Typ hätte nicht so heftig reagieren müssen! – Komm, reg dich nicht auf! Bitte!« Ich legte Emma den Arm um die Schulter. »Diese Schimpferei war nun wirklich übertrieben! Findest du nicht auch, Sissi?«

Sissi hatte sich abgewandt. Doch ich hatte genau gesehen, dass es um ihre Mundwinkel verdächtig zuckte.

»Was ist denn mit dir?«, zischte ich ihr leise zu. Aber Sissi schüttelte nur den Kopf und streckte abwehrend die Hände aus: Ich sollte sie in Ruhe lassen. Aber es war zu spät! Schon konnte Sissi sich nicht länger beherrschen. Ihre Nasenflügel weiteten sich, ihr ganzer Körper schien zu beben und dann gab es kein Halten mehr: Sissi prustete los! Sie gluckste und kiekste und japste vor Lachen und konnte gar nicht mehr aufhören! – Erschrocken blickte ich zu Emma. Ob sie jetzt beleidigt war? Würde sich der Prinzessinnenclub wegen Sissis Lachkrampf etwa auflösen, bevor er richtig zum Einsatz gekommen war?

Einen Moment lang sah es tatsächlich so aus.

Stumm starrte Emma die glucksende, nach Luft schnappende Sissi an … aber dann, so plötzlich, als habe jemand einen Schalter umgelegt, verschwand die steile Falte auf Emmas Stirn, und auch sie begann zu kichern. »… er … er … wollte gar nicht über die Straße«, japste sie. »Und ich … ich … hab ihn einfach gepackt und dann hab ich ihn …« Der Rest ging in heillosem Gekiekse unter. Jetzt konnte auch ich nicht mehr an mich halten. Ich kicherte los. Und schließlich prusteten und lachten wir drei Prinzessinnen, bis uns die Tränen über die Wangen liefen …

»Oje«, seufzt Emma, »wenn ich daran denke, werde ich jetzt noch rot.«

»Musst du aber nicht«, sagt Sissi, »denn eigentlich war das doch der echte Beginn von unserem Prinzessinnenclub … Findet ihr nicht auch?«

»Doch, das sehe ich genauso.« Ich nicke. »Seit diesem Augenblick wussten wir, dass wir zusammenhalten würden – egal was kommt.«

Das nächste Treffen des Prinzessinnenclubs fand bei Sissi statt. Dabei wäre es ihr vermutlich lieber gewesen, wenn wir uns noch mal bei mir getroffen hätten, damit sie weiter in Mamas »Prinzessin Diana«-Fotobänden schmökern konnte. Aber zugegeben, ich war neugierig auf Sissis Zuhause.

»Wir wohnen direkt über der Konditorei«, hatte Sissi Emma und mir morgens in der Schule erklärt. »Aber ihr braucht nicht durch den Laden zu gehen. Der Eingang zu unserer Wohnung ist nebenan!«

Schade eigentlich! Ich hätte mir die Konditorei Lilienthal gerne aus der Nähe angeguckt! Zwar war ich früher schon mal mit Papa dort gewesen. (Ich erinnerte mich noch dunkel an eine köstliche Nuss-Sahne-Torte!) Aber das war schon eine halbe Ewigkeit her und damals hatte ich mich natürlich kaum umgesehen.

»Ob wir Sissis Eltern kennenlernen?«, fragte ich Emma, als wir vor der Konditorei standen.

»Nö, das glaube ich nicht.« Emma schüttelte den Kopf. »Die müssen doch bestimmt um diese Zeit arbeiten. Aber vielleicht sind ihre Geschwister ja da.«

»Du meinst, die Nervzwerge«, grinste ich.

Sissi hatte uns bisher nicht mal die Namen ihrer kleinen Geschwister genannt. Sie bezeichnete ihren siebenjährigen Bruder und die vierjährigen Zwillinge immer nur als die »Nervzwerge«.

»Soll ich klingeln?«, fragte Emma.

»Nee, warte noch mal!«

Ich stellte mich auf die Zehenspitzen und lugte neugierig in die Konditorei. Ob die Frau dort hinter dem Tresen mit dem leicht angespannt wirkenden Gesicht Sissis Mutter war? Bestimmt! Sie schien eine ähnlich zierliche Figur wie Sissi zu haben und die gleichen schönen rotbraunen Locken. Nur dass ihre Haare kurz geschnitten waren.

Plötzlich erklang Sissis Stimme knisternd und ungeduldig durch die Gegensprechanlage. »Diana, Emma! Ich hab euch schon von oben kommen sehen! Wieso klingelt ihr denn nicht?«

Sie drückte den Türöffner und wir traten ein.

»Wollt ihr was trinken?«, rief Sissi statt einer Begrüßung von oben.

Emma und ich nickten. »Ja, gern.«

»Die Treppe hoch und dann geradeaus durch«, wies Sissi uns an. »Ich komme gleich nach.«

Gehorsam trotteten wir nach oben. Aber an der Tür zu Sissis Zimmer blieb Emma wie angewurzelt stehen. »Wahnsinn! Guck mal, Diana!«

Neugierig drängte ich mich an Emma vorbei und kam aus dem Schauen gar nicht mehr heraus. Sissis Zimmer war winzig, kaum mehr als eine kleine Kammer, aber was für eine …! Das schmale Bett hatte ein fein geschwungenes Gestell aus Messing, die Tagesdecke darüber war aus weinrotem Samt, ebenso die Kissen, die überall lagen. An der zartrosa und weiß tapezierten Wand neben dem Bett hing ein großer verschnörkelter Spiegel, selbst Sissis kleines Bücherregal und ihr Kleiderschrank waren mit Glitzer- und Spiegelornamenten verziert. Die hellen Vorhänge, die sich rund um das schmale Fenster bauschten, wirkten hauchzart. Und von der Decke baumelte ein vierarmiger Kronleuchter, an dem Dutzende von bunten Glassteinen glitzerten.

»Den Leuchter habe ich selber auf dem Flohmarkt ergattert«, sagte Sissi stolz, während sie das Tablett mit dem Apfelsaft auf ein winziges Tischchen stellte. »Ich habe so lange gebettelt, bis die Frau mit dem Preis runtergegangen ist. Es haben ein paar Steine gefehlt, aber die habe ich inzwischen ersetzt.«

»Er ist echt toll!«, sagte ich beeindruckt.

Emma und ich setzten uns auf Sissis Bett. Andere Sitzgelegenheiten gab es keine. Nicht mal einen Schreibtischstuhl! Wo Sissi wohl ihre Hausaufgaben machte?

Sissi selber hatte sich auf dem Boden niedergelassen und kreuzte graziös die Beine. »Gefällt euch mein Zimmer?«, fragte sie.

Emma und ich nickten, immer noch sprachlos.

»Eigentlich ist unsere Wohnung ja viel zu klein für eine sechsköpfige Familie«, meinte Sissi. »Meine Eltern wollen auch schon lange ein Haus für uns suchen, aber sie kommen einfach nicht dazu. Und für sie ist es natürlich enorm praktisch, direkt über der Konditorei zu wohnen. – Na ja, ich bin an die Enge gewöhnt.«

Emma sah sich neugierig um. »Du hast ja überhaupt nichts aus Plastik in deinem Zimmer, Sissi! Kein Stück! Nicht mal eine alte Barbie!«

»Im 19. Jahrhundert gab es wahrscheinlich noch kein Plastik«, sagte ich oberschlau.

»Bitte?«, fragte Emma. »Wieso im 19. Jahrhundert?«

Ich seufzte, bevor ich Emma geduldig aufklärte: »Das ist die Zeit, in der Prinzessin Sissi gelebt hat. Also, die richtige Prinzessin Sissi, meine ich natürlich.«

»Ach so, klar«, nickte Emma errötend.

Sissi lächelte nur.

Plötzlich wurde die Tür aufgerissen und ein sommersprossiger Junge von sieben oder acht Jahren steckte seinen Kopf ins Zimmer. »Sissi, hilfst du mir mal eben bei Mathe?«

»Du könntest zumindest erst mal Hallo sagen«, verlangte Sissi unwirsch. »Und anklopfen wäre auch nicht schlecht!«

Der Junge fuhr sich verlegen durchs Haar. Auch er hatte Sissis dichte rotbraune Locken. Anscheinend eine Art Familienmerkmal.

»Hi«, grüßte er Emma und mich ungeduldig. »Sissi, kommst du? Bitte!«

»Später, Ferdi«, sagte Sissi.

»Versprochen?« Ferdi schien nicht so leicht aufzugeben.

»Versprochen«, seufzte Sissi. »Und jetzt zisch ab, ja?«

»Wo sind denn die Zwillinge?«, erkundigte sich Emma. »Es sind ein Junge und ein Mädchen, oder? Sehen sie sich eigentlich ähnlich?«

»Ja, aber nicht allzu sehr.« Sissi warf einen schnellen Blick auf die Uhr. »Tilda und Mats sind noch im Kindergarten. Ich muss sie nachher abholen. Aber das hat noch Zeit.« Sie legte ein herzförmiges Kissen in ihren Schoß, stützte die Arme darauf und blickte uns erwartungsvoll an. »So, jetzt erzählt doch mal lieber, Prinzessinnen! – Was machen die guten Taten? Ich bin neugierig!«

Emma verdrehte die Augen. »Na, ihr habt ja selber gesehen, was ich bisher geleistet habe …! Peinlichkeitsfaktor tausend!«

»Aber du hast es gut gemeint mit dem Blinden«, verteidigte ich Emmas Aktion. »Und darauf kommt es an, finde ich! – Überleg mal, wie oft man liest, dass Menschen in Not einfach im Stich gelassen wurden.«

»Genau«, ereiferte sich Sissi. »Alle gaffen, aber keiner tut was! Schrecklich! – Da ist es doch viel besser, einmal zu oft einzugreifen!«

»Wenn ihr meint«, sagte Emma und sah schon etwas getröstet aus.

Sissi und ich nickten energisch. »Auf jeden Fall!«

Wir schwiegen einen Moment.

»Ich glaube, meine Mutter fragt sich langsam, was mit mir los ist …«, platzte Emma dann heraus. »Gestern habe ich ihre Dinkel-Möhren-Suppe stehen lassen. Zum allerersten Mal!«

»Wie ›zum allerersten Mal‹?«, echote Sissi verwirrt.

Emma zuckte die Achseln. »Na ja, Mama hat gefragt: Schmeckt's dir? Und ich habe ›nein‹ geantwortet.« Sie sah uns bedeutungsvoll an. »Versteht ihr? Prinzessinnenregel Nr. 3: keine Lügen!«

»Also, ich kapiere nur Bahnhof«, sagte ich. »Tust du denn sonst immer so, als wenn dir alles schmeckt, was deine Mutter kocht?«

Emma nickte. »Bisher schon! Weil sie sich jeden Tag so viel Mühe macht! Mama holt alle Zutaten frisch vom Biomarkt und so. Ich hab immer ein schlechtes Gewissen, wenn ich etwas nicht mag.« Emma lächelte schief. »Ich hab ja sowieso dauernd ein schlechtes Gewissen.«

»Aber warum denn?«, fragte Sissi verwundert.

Emma zögerte. »Na ja, weil meine Eltern so viel für mich tun! Als ich letztes Jahr krank wurde, hat meine Mutter sogar aufgehört zu arbeiten. Seit meiner Krankheit erfüllen meine Eltern mir jeden Wunsch! Ihr könnt euch das nicht vorstellen: Zu Hause dreht sich alles immer nur um mich! Ständig gucken meine Eltern besorgt, wie es mir geht! Ob ich vielleicht blass bin oder erschöpft oder ich-weiß-nicht-was ...« Emma brach ab.

Sissi und ich wechselten einen Blick. »Und du meinst, wenn du jetzt tapfer die Dinkel-Möhren-Suppe deiner Mutter verweigerst, ist das zumindest ein Anfang, dich gegen diese übermäßige Betüddelei zur Wehr zu setzen?«, fragte ich schließlich.

»Mit irgendwas muss ich mal anfangen!« Emma zog eine Grimasse, dann straffte sie die Schultern. »Schließlich bin ich jetzt eine Prinzessin, oder?«

»Oh ja, das bist du!«, bestätigte ich eifrig.

Sissi nickte bekräftigend. »Und bloß keine Sorge, Emma! Das mit den guten Taten kriegst du auch noch hin! So schnell lässt sich eine Prinzessin schließlich nicht entmutigen.«

Ich zögerte einen Moment, aber dann sagte ich es doch: »Allerdings haben Emma und ich es mit unseren guten Taten ja wirklich viel schwerer als du, Sissi!«

So, das hatte ich mir jetzt nicht verkneifen können! Irgendwie war ich nämlich immer noch ein bisschen sauer darüber, dass Sissi mit ihren regelmäßigen Kuchenlieferungen an diese nette Frau Blümlein fein raus war. So konnte sie jeden Tag eine »gute Tat« vorweisen, ohne sich großartig Gedanken machen zu müssen.

Sissi schnappte sich ein Samtkissen, holte aus und warf es mir an den Kopf. »Liebe Prinzessin Diana«, sagte sie dann gespreizt, »damit du mir endlich wieder gewogen bist, biete ich der holden Prinzessin Emma und dir untertänigst an, mich und meinen Kuchen morgen Nachmittag zu der Dame Blümlein zu begleiten. Dann vollbringen wir alle drei eine gute Tat!« Sie grinste. »Einverstanden?«

Ich nahm das Kissen auf wie einen Fehdehandschuh und pfefferte es zu Sissi zurück. »Deine gute

Frau Blümlein denkt doch, wir haben nicht mehr alle Tassen im Schrank, wenn wir da zu dritt mit einem Stück Kuchen auftauchen!«

»Diana hat recht«, bekräftigte Emma. »Das wäre bestimmt furchtbar peinlich!«

»Quatsch!«, sagte Sissi wenig prinzessinnenhaft. »Ich bin sicher, dass Frau Blümlein sich über Gesellschaft freut! Seit ihrem Unfall ist sie nämlich ziemlich viel allein. Deswegen bleibe ich oft ein bisschen länger bei ihr und wir trinken zusammen Tee. Sie ist total nett!«

»Trotzdem ...«, sagte ich widerstrebend.

Sissi warf ihre Locken nach hinten und stöhnte theatralisch. »Also gut, dann rufe ich Frau Blümlein eben vorher an und frage, ob sie damit einverstanden ist, ja?«

Emma und ich guckten uns unsicher an. Aber schließlich nickten wir. »In Ordnung, wenn du das wirklich für eine gute Idee hältst.«

Es war wirklich schwer, Sissi etwas abzuschlagen ...

»Am nächsten Tag sind wir dann zum ersten Mal zu Frau Blümlein gegangen«, erinnert sich Emma.

»Weißt du eigentlich, Emma, dass deine Mutter noch am gleichen Abend aufgeregt meine Mutter in der Konditorei angerufen hat, um sich zu vergewissern, dass Frau

Blümlein wirklich eine harmlose alte Dame ist und nicht etwa einen gefährlichen Drogen- oder Mädchenhandel betreibt?«, grinst Sissi.

»Nein!«, kreischt Emma entsetzt. »DAS hat Mama wirklich getan?«

Sissi nickt kichernd. »Ich hab dir nichts davon erzählt, weil ich dachte, dass es dir sicher schrecklich …« Sie sieht uns erwartungsvoll an. »Na …?«

»… SCHRECKLICH PEINLICH gewesen wäre«, rufen Emma und ich im Chor.

Sissi hatte uns gebeten, sie nachmittags in der Konditorei abzuholen. Laut Sissi hatte Frau Blümlein freudig zugestimmt, als sie sich telefonisch vergewisserte, ob es der alten Dame auch recht wäre, wenn Sissi uns mitbrachte.

Trotzdem war meine Laune an dem Tag unglaublich mies! Und das nur, weil mich Herr Dickefett morgens in der Biostunde an die Tafel zitiert hatte. Ich sollte – was auch sonst? – die vier Mägen der Kuh und ihre besonderen Merkmale anschreiben. So langsam hatte ich das Gefühl, Herr Dickefett würde uns bis zum Abitur mit den vier Mägen der Kuh quälen. Leider hatte selbst Babette sich nicht getraut, Herrn Dickefett ein weiteres Mal nach seinem schönsten Ferienerlebnis zu fragen, und so waren die vier Mägen der Kuh und ich ganz allein da vorne an der Tafel. Prompt hatte ich total versagt, mich derartig zwischen Lab- und Blättermagen, Netzmagen und Pansen verheddert, dass ich sogar von Tiffany, der es dank ihrer schnippischen Art bereits gelungen war, sich den hart umkämpften Titel der Klassen-Schlange zu sichern, mitleidige Blicke erntete. Was etwas heißen sollte.

Das Schlimmste aber war: Als ich Mama beim Mittagessen von meiner Blamage berichtete, schlug sie sich nicht etwa auf meine Seite, wie ich das selbstverständlich erwartet hatte. Sondern erklärte mir stattdessen, dass ich künftig wirklich mehr für die Schule tun müsste. »Es hilft doch nichts, Diana! Auf dem Gymnasium wird eben mehr von euch verlangt als auf der Grundschule! – Und da fällt mir ein: Wie weit seid ihr eigentlich mit eurer Gruppenarbeit?«

Oje – »Die Prinzessin auf der Erbse«! Bereits am kommenden Montag waren Sissi, Emma und ich mit unserem Vortrag dran. Und bisher hatten wir lediglich die Inhaltsangabe fertig! Na ja, um ehrlich zu sein: Die hatte Emma eigentlich allein geschrieben!

»Äh ... wir wollen heute dran weiterarbeiten«, versprach ich Mama und senkte den Kopf schnell noch etwas tiefer über meine Spaghetti. Eigentlich hatte ich ja Mama von unserem geplanten Besuch bei Frau Blümlein erzählen wollen, aber das unterließ ich jetzt wohl besser. Mannomann, ob es bei den guten Taten Punktabzug gab, wenn ich dafür vorher Mama belügen musste? Oder sagen wir vielleicht doch lieber, wenn ich Mama gewisse Informationen vorenthielt? Ach, das Prinzessinnenleben konnte ganz schön kompliziert sein …!

Sissi erwartete uns schon vor der Konditorei. Sie trug ein kleines violettes Hütchen, das auf jedem anderen Kopf albern ausgesehen hätte – und ein Kuchenpaket.

»Du siehst toll aus!«, rief Emma bewundernd.

»Danke«, sagte Sissi und schlug bescheiden die Augen nieder. »Ich habe für uns auch ein bisschen Kuchen eingepackt. Ich meine, wir können Frau Blümlein ja schlecht beim Essen zuschauen, oder?«

»Um Himmels willen«, sagte ich. »Das wäre ihr doch sicher schrecklich …« Ich blickte Sissi und Emma erwartungsvoll an.

»… schrecklich peinlich«, fielen die beiden ein.

»Ganz genau«, grinste ich.

Und dann machten wir uns auf den Weg.

»Ich gehe inzwischen richtig gern zu Frau Blümlein«, erzählte Sissi unterwegs. »Es ist so gemütlich bei ihr. Außerdem hat sie immer Zeit für mich.« Sissi lachte verlegen. »Mittlerweile ist sie so eine Art Ersatzomi für mich. Meine richtigen Großeltern sehe ich nämlich nicht oft. Sie wohnen total weit weg, am Bodensee. Und Papas Eltern sind leider schon gestorben.«

»Das ist aber traurig«, sagte Emma.

»Ja, an meinen Opa kann ich mich kaum erinnern, aber meine Oma Hanna mochte ich sehr.«

»Ist das die, die dir die Geschichte von eurem Urahnen und dem geretteten Prinzen erzählt hat?«, fragte ich.

Sissi nickte. »Ja, das war Oma Hanna. Sie konnte ganz toll Geschichten erzählen. – So, wir sind gleich da. Nur noch diese Straße hinauf, Frau Blümlein wohnt in dem letzten Haus an der Ecke.«

Kurz darauf standen wir vor einem großen roten Backsteinbau. Sissi zeigte auf einen Balkon im ersten Stock. »Seht ihr, da oben wohnt Frau Blümlein!«

»Oje«, machte Emma. »Die Blumen in ihren Balkonkästen haben aber schon lange kein Wasser mehr bekommen. Die sind ja völlig vertrocknet!«

»Stimmt, das ist mir noch nie aufgefallen«, sagte Sissi. Es klang fast ein bisschen schuldbewusst. »Na kommt, gehen wir hoch!«

Nachdem Sissi geklingelt hatte, dauerte es eine Weile, bis der Türsummer ertönte. Klar, Frau Blümlein konnte ja nicht mehr so gut laufen! Vielleicht war es für sie ja schon mühsam, sich aus dem Sessel hochzurappeln!

Einen Moment lang war ich richtig froh, dass meine Großeltern noch so fit waren. Allen voran Oma Gerdi! Da nahm ich ihren derzeitigen Fliederbusch-Look gerne in Kauf …

Im Hausflur wären wir fast mit einer alten Dame zusammengestoßen, die gerade dabei war, ihren Briefkasten zu leeren. Aha, eine Nachbarin von Frau Blümlein! Wir grüßten höflich. Anscheinend hatte die alte Dame gerade eingekauft. Denn zu ihren Füßen standen zwei prall gefüllte Plastiktüten. Emma und ich wechselten einen schnellen Blick. Wenn das hier nicht eine wunderbare Gelegenheit für eine gute Prinzessinnentat war …! Nichts wie ran!

Also holte ich tief Luft und fragte fix: »Sollen wir Ihnen vielleicht die Taschen nach oben tragen?«

Die alte Dame wandte sich überrascht um und musterte uns einen Moment. Aber anscheinend sahen wir nicht aus, als würden wir hauptberuflich alten Damen die Einkaufstüten abluchsen, denn auf ihrem herzförmigen Gesicht erschien jetzt ein Lächeln. »Ja, wenn ihr euch wirklich die Mühe machen wollt! Ich wohne im 3. Stock. Puppel steht an der Tür.«

»Alles klar.« Emma und ich nahmen die beiden Einkaufstaschen und sausten die Treppe hinauf.

Sissi folgte uns bis zum ersten Stock. »Frau Blümlein? Ich bin es: Sissi!«

Seltsam, die Wohnungstür von Frau Blümlein stand offen, aber von ihr war nichts zu sehen. Ging es ihr so schlecht, dass sie nicht länger stehen konnte? Oder wollte sie etwa die Begegnung mit ihrer Nachbarin vermeiden?

Nachdem Emma und ich die Tüten im dritten Stock abgestellt hatten, liefen wir schnell wieder nach unten.

»Danke!« Frau Puppel lächelte uns im Vorbeigehen zu. »Das war nett von euch!« Anscheinend hatte sie ihr Misstrauen endgültig überwunden.

»Gern geschehen!«

Emma klopfte bereits an die Tür von Frau Blümlein.

»Kommt nur rein«, rief eine Stimme von drinnen. »Wir sind in der Küche!«

»Darf ich vorstellen, Frau Blümlein«, strahlte Sissi. »Das sind meine Freundinnen Emma und Diana. Ich habe Ihnen ja schon von den beiden erzählt.«

Frau Blümlein reichte uns lächelnd die Hand. »Guten Tag, schön, dass ihr mitgekommen seid! Mögt ihr vielleicht eine Tasse Tee?«

Ich verstand sofort, dass Sissi Frau Blümlein zur Ersatzomi erkoren hatte. Mit ihren gepflegten grauen Locken, ihrem freundlichen Lächeln, den strahlend blauen Augen und der zartrosa Bluse sah sie aus wie eine Oma aus dem Bilderbuch.

»Gern«, sagte ich. »Aber machen Sie sich bitte nicht so viel Mühe!«

»Oh, das ist keine Mühe! Ich habe so eine tolle moderne Maschine, die kocht Tee, Kaffee oder Cappuccino von ganz allein. Das behauptet mein Sohn jedenfalls.« Frau Blümlein zwinkerte uns zu und deutete auf das gleiche verchromte Monstrum, das auch in unserer Küche stand. »Ein Geschenk von meinem Sohn«, fuhr Frau Blümlein fort. »Es kann angeblich alles außer Kühe melken und zum Mond fliegen.« Sie lächelte. »Leider kann ich mit dem Wunderding nicht umgehen. Die Bedienungsanleitung ist zwar fünfzehn Seiten lang, aber reinstes Fachchinesisch! Und mein Sohn hat nie genug Zeit, es mir zu erklären. Er muss sehr viel arbeiten, wisst ihr? – Na, ich glaube, wir kochen das Teewasser besser ganz altmodisch mit dem Wasserkessel, einverstanden?«

Emma nickte zustimmend, und ich merkte, wie ich mich entspannte. Ehrlich gesagt hatte ich befürchtet, dass Sissis alte Dame sehr krank und hinfällig sein könnte. Oder dass es in ihrer Wohnung nach Mottenpulver und Fußcreme müffeln würde. Aber keine Spur. Die Wohnung war sehr gemütlich. Und Frau Blümlein selbst roch höchstens dezent nach 4711. Das ist so eine Art Duftwasser, das ältere Damen gern zur Erfrischung benutzen. Oma Gerdi nimmt es auch, obwohl Mama ihr jedes Jahr zum Geburtstag ein anderes brandneues Parfum schenkt. Vor einiger Zeit habe ich zufällig entdeckt, dass Oma Mamas Geburtstagsparfums der letzten fünf Jahre ordentlich verpackt im hintersten Fach ihrer Kommode aufbewahrt. Aber davon ahnt Mama natürlich nichts. Und ich werde mich hüten, Oma bei ihr zu verpetzen.

»Das Tischdecken übernehmen wir, Frau Blümlein«, rief Sissi und machte bereits den Küchenschrank auf. »Setzen Sie sich doch einfach in Ihren Sessel.«

»Meint ihr wirklich?«, fragte Frau Bümlein zweifelnd.

Sissi nickte. »Keine Sorge, wir kriegen das schon hin! Und machen auch nichts kaputt, versprochen!«

Frau Blümlein lächelte dankbar und humpelte ins Wohnzimmer hinüber. Wenig später saßen wir gemütlich um den gedeckten Tisch.

»Genau wie bestellt«, strahlte Frau Blümlein, als Sissi ihr ein Stück Schwarzwälder Kirschtorte auf den Teller schob. »Was würde ich nur ohne meine kleine Kuchenlieferantin machen?«

Sissi grinste. »Dann müsste Ihr Sohn eben öfter den Kuchenboten spielen.«

»Ach, dafür hat der Bernd ja gar keine Zeit«, seufzte Frau Blümlein. »Er arbeitet bei der Stadt, wisst ihr? In sehr verantwortungsvoller Position.«

Es klang, als sei der viel beschäftigte Bernd mindestens Geheimagent oder Minister. Dabei hatte Sissi uns erzählt, dass Frau Blümleins Sohn hinter irgendeinem Aktenberg im hiesigen Einwohnermeldeamt saß.

»Seit einiger Zeit hat Bernd wohl besonders viel zu tun, deswegen kann er mich nicht so oft besuchen«, sagte Frau Blümlein entschuldigend. »Und ich bin ja nicht mehr so beweglich, seit die dumme Sache mit dem Bein passiert ist. Vorher, ja, da war ich ständig unterwegs … im Theater, im Kino, sogar gekegelt habe ich!« Sie seufzte. »Aber damit ist es vorbei. Jetzt bin ich auf Besucher angewiesen, wenn ich Unterhaltung haben möchte. Es ist schon schade, dass mein Sohn wegen seiner Arbeit so wenig Zeit hat.«

»Haben Sie denn Enkelkinder?«, erkundigte ich mich.

»Nein, leider nicht.« Frau Blümlein schüttelte betrübt den Kopf. »Bernd ist nicht verheiratet.«

Emma und ich wechselten einen Blick. Soso, der Typ hatte also noch nicht mal eine Familie, um die er sich kümmern musste! Dann war doch wohl genug Zeit, öfter mal bei seiner Mutter reinzuschneien!

Einen Moment lang entstand ein betretenes Schweigen, dann warf Sissi schnell ein: »Emma ist aufgefallen, dass Ihre Balkonblumen ganz vertrocknet sind.«

»Ja, leider!« Frau Blümlein nickte. »Dabei hat Bernd mir extra so ein kompliziertes Gerät zur Bewässerung geschenkt. Damit ich die schwere Gießkanne nicht tragen muss.«

»Aber … vermutlich hatte Ihr Sohn noch keine Zeit, das Gerät zu installieren?«, fragte Sissi taktvoll.

Frau Blümlein nickte zögernd und fügte dann hinzu: »Er hat eben so viel zu tun.«

Ich stieß Sissi unauffällig in die Seite. Ob sie diesen Bernd Blümlein jemals kennengelernt hatte? Er schien ja wirklich eine ziemliche Schnarchnase zu sein!

Emma war aufgestanden, um die vertrockneten Blumen in Augenschein zu nehmen. »Hmm … ich glaube, die sind nicht mehr zu retten.« Sie wandte sich zu Frau Blümlein um. »Aber wenn Sie wollen, pflanze ich Ihnen neue.«

»Nun ja …« Frau Blümlein sah Emma überrascht an.

»Ich … ich kann das gut!«, versicherte Emma errötend. »Papa sagt immer, ich hätte einen grünen Daumen.«

»Oh, das glaube ich dir gern, mein Kind«, sagte Frau Blümlein. »Ja, also, ich würde mich natürlich sehr freuen über neue Blumen! – Aber … macht das nicht viel zu viel Mühe?«

Emma lächelte. »Wären Sie mit Geranien und Lavendelheide einverstanden?«

»Ich war ja echt von den Socken, als du das mit den Balkonblumen vorgeschlagen hast, Emma«, erinnert sich Sissi.

»Na ja, ich hatte schon ein bisschen Angst, aufdringlich zu sein. Ich meine, das wäre ja wirklich …«

»… schrecklich peinlich gewesen?«, werfe ich hilfsbereit ein.

Emma pufft mich kräftig in die Seite. »Doofe Nuss!«

»Selber«, sage ich liebevoll und strecke ihr die Zunge raus.

Am Wochenende bekamen wir endlich unsere »Prinzessin auf der Erbse« fertig. Es wurde auch Zeit. Schließlich sollten wir am Montag unser Referat halten! Sissi hatte am Samstag in der Stadtbücherei eine alte Verfilmung der »Prinzessin auf der Erbse« entdeckt, die wir uns bei mir zu Hause auf DVD anschauten. Später surfte ich mit Mamas Hilfe im Internet und fahndete erfolgreich nach Infos über den Verfasser des Märchens, Hans Christian Andersen.

Am Sonntagnachmittag traf ich mich endlich mal wieder mit Nele. Wurde auch Zeit! Zweimal hatten wir unsere Verabredung schon verschieben müssen! Seltsam, ich war fast ein bisschen aufgeregt. Dabei waren Nele und ich uns doch so vertraut …

Natürlich erzählten wir uns erst mal ausführlich von unseren neuen Schulen. Ich ertappte mich dabei, dass ich das Schiller-Gymnasium wie eine Wohlfühloase anpries … Dabei gab es durchaus Dinge, die ich an meiner neuen Schule nicht so toll fand. Aber irgendwie wollte ich Nele wohl doch noch unter die Nase reiben, was sie verpasst hatte. Natürlich erzählte ich ihr auch von Emma und Sissi. Aber als ich über die beiden sprach, spürte ich, dass Nele eifersüchtig war. Und ehrlich gesagt, ging es mir bei Neles ausführlichen Berichten über ihre supertollen neuen Orchesterfreundinnen auch nicht anders …! – Vielleicht mussten wir uns beide erst daran gewöhnen, dass wir nicht mehr alles miteinander teilten und für die andere nicht mehr immer und überall an erster Stelle standen. So wie früher.

Selbstverständlich erzählte ich Nele kein Sterbenswörtchen von meiner Mitgliedschaft im Prinzessinnenclub. Und das keineswegs nur wegen unserem Stillschweigeschwur (Prinzessinnenregel Nr. 7)! – Nein, weil ich wusste: Nele hätte unseren Club total albern gefunden! Einfach lächerlich! Und wenn es nur deswegen gewesen wäre, weil sie selber eben nicht dazugehörte …

Am Montagmorgen war ich ziemlich aufgeregt. Kein Wunder, schließlich stand heute unser Märchen-Referat an! Die Prinzessin auf der Erbse! Aber meine eigene Nervosität war nichts gegen Emmas Zustand! Die Arme war schon mit jeder Menge hektischer roter Flecke am Hals in die Schule gekommen und musste der besorgten Frau

Hasemann mindestens ein Dutzend Mal versichern, dass dies kein gefährlicher ansteckender Ausschlag war, sondern nur ein harmloses Anzeichen von Nervosität. – Arme Emma! Natürlich war ihr Frau Hasemanns lautstark geäußerte Besorgnis wieder mal »schrecklich peinlich«.

»Oh Gott, Diana, meinst du, Raphael hat das mitgekriegt? Das mit meinen Flecken? Und was Frau Hasemann dazu gesagt hat?«

Während ich mich noch bemühte, Emma glaubhaft zu versichern, dass ihr Schwarm Raphael zwar süß, aber ansonsten taub und blind wäre (zumindest an diesem Tag!), rief uns Frau Hasemann schon nach vorne. »Die Prinzessin auf der Erbse« hatte ihren Auftritt.

Zu meiner Überraschung wurde unser Referat ein voller Erfolg. Die Klasse hörte von Anfang bis Ende aufmerksam zu, selbst als ich mich dreimal hintereinander verhaspelte und Emma einmal zwischendurch völlig den Faden verlor. Es funkte uns auch niemand mit dämlichen Bemerkungen dazwischen, nicht mal Tiffany oder das Nashorn. Im Gegenteil, als Sissi mit ihrem Vortrag an der Reihe war, hing Kevin geradezu entzückt an ihren Lippen … sehr verdächtig!

Hinterher stellten ein paar Leute sogar richtig gute Fragen. Glücklicherweise gehörte Raphael nicht dazu (ich bin sicher, Emma wäre auf der Stelle im Boden versunken, wenn ihr Schwarm sie angesprochen hätte).

»Ihr habt ›Die Prinzessin auf der Erbse‹ wirklich sehr schön rübergebracht«, lobte uns Frau Hasemann am Ende der Stunde. »Und ich hatte den Eindruck, die Gruppenarbeit hat euch richtig Spaß gemacht, oder?«

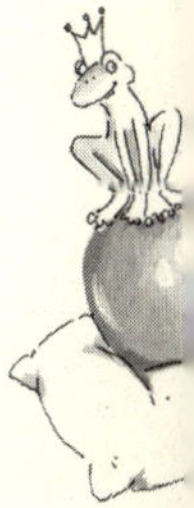

Emma, Sissi und ich grinsten uns an. Oh ja, das konnte man sagen!

Als wir später den Erfolg unserer »Prinzessin auf der Erbse« bei einem Milchshake feierten, meldete sich Emma zu Wort: »Hört mal her, Prinzessinnen, morgen könnte ich eure Hilfe gebrauchen! Ich gehe zu Frau Blümlein. Ihr wisst schon: die Balkonkästen bepflanzen! Kommt ihr mit?«

Sissi winkte ab. »Tut mir leid. Ich muss auf die Nervzwerge aufpassen!«

»Wieso das denn«, erkundigte ich mich, »sind sie nicht im Kindergarten?«

Sissi schüttelte die Locken. »Leider nicht! Sie haben Windpocken ...!«

»Was? Alle drei?«, fragte ich entsetzt.

Sissi rollte vielsagend die Augen. »Jawohl, alle drei!«

»Ach, die armen Würmer!«, seufzte Emma mitleidig.

»Wie? ›Die armen Würmer‹?«, fauchte Sissi empört. »Was ist denn mit mir? Ich bin diejenige, die dir leidtun sollte…«

»DU tust mir natürlich auch leid«, versicherte Emma schnell.

»Also, mir nicht so«, stichelte ich. »Denk bloß mal, Emma, wie viele gute Taten Sissi jetzt wieder anhäufen kann mit ihrer selbstlosen Kinderkrankenpflege! Da können wir beide doch nur von träumen…«

»Das habe ICH nicht nötig«, trumpfte Emma auf, »ICH bepflanze morgen die Balkonkästen einer gebrechlichen alten Dame. Also, wenn das keine gute Tat ist…!«

»Oh, dann komme ich natürlich mit!«, kicherte ich. »Wo treffen wir uns?«

Als Emma um die Ecke bog, traute ich meinen Augen nicht: Sie transportierte die Blumenerde-Säcke und die Kisten mit den Setzlingen doch tatsächlich in einem alten Kinderbuggy!

»Ist der etwa noch von dir?«, fragte ich.

Emma nickte. »Sicher! Meine Eltern heben ja alles auf!«

»Und… ist es dir nicht entsetzlich… peinlich (inzwischen liiiiebte ich dieses Wort!), dieses Ding durch die Gegend zu schieben?«

»Nö, das ist nicht peinlich, sondern praktisch«, versetzte Emma seelenruhig. »Guck mal, was das alles zusammen wiegt!«

Probeweise hob ich einen Sack mit Blumenerde an. Und ließ ihn gleich wieder fallen. »Alles klar«, gab ich kleinlaut zu, »jetzt weiß ich, was du meinst!«

Emma nickte selbstzufrieden.

»Hast du deiner Mutter gesagt, wo du mit dem Buggy hinwillst?«, erkundigte ich mich.

»Ja. Aber es war ein schwerer Kampf! Mama wollte mich heute nämlich eigentlich zu einem neuen Heilpraktiker schleppen.«

»Wieso? Bist du krank?«

»Nein, es war ein Vorsorgetermin.« Emma sah mich vielsagend an. »Verstehst du? Damit ich gar nicht erst krank werde.«

»Aber warum solltest du denn krank werden?« Ich war etwas verwirrt.

»Eben«, versetzte Emma, »das habe ich Mama auch gefragt. Deswegen habe ich mich ja auch geweigert hinzugehen. Zu diesem neuen Heilpraktiker, meine ich.«

»Emma, ich bin stolz auf dich«, sagte ich beeindruckt.

Sie zog eine Grimasse. »Ehrlich gesagt: ich auch. Aber glaub mir, Diana, es ist total schwer, mich in diesen Dingen gegen meine Eltern zu behaupten.« Sie schwieg einen Moment, dann fügte sie hinzu: »Ohne den Prinzessinnenclub würde ich das gar nicht schaffen!«

Verblüfft sah ich sie an. »Na hör mal, jetzt übertreibst du aber!«

»Doch, ganz sicher.« Emma nickte bekräftigend. »Du und Sissi, ihr seid beide so …«, sie suchte nach Worten, »na ja, so stark und selbstsicher …«

»Sissi schon. Aber ich?«, sagte ich zweifelnd.

»Ja, Sissi ist wirklich cool, oder?«, meinte Emma bewundernd. Sie schien einen Moment zu zögern, aber dann fragte sie leise: »Du, Diana, glaubst du eigentlich, dass … na ja … dass Sissi ihre Geschwister lieb hat? – Ich meine nur, weil sie immer so genervt wirkt.«

»Also, ehrlich gesagt, ich … weiß es nicht.« Ich versenkte die Hände in den Taschen meiner Jeans. »Hat nicht jeder seine Geschwister irgendwie automatisch lieb?«

Emma zuckte die Achseln. »Keine Ahnung! Ich habe ja keine.«

Ich seufzte. »Genau wie ich.«

»Oje, haben wir jetzt etwa gegen Prinzessinnenregel Nr. 4 verstoßen?«, fragte Emma plötzlich ängstlich.

»Das Lästerverbot?« Ich schüttelte den Kopf.

»Nein, bestimmt nicht. Wir machen uns doch nur Gedanken über Sissi. Oder sogar ein bisschen Sorgen.«

»Aber um Sissi braucht man sich doch keine Sorgen zu machen!«, meinte Emma verdutzt.

»Da bin ich mir manchmal nicht so sicher …«, sagte ich leise.

»Aha, SO redet ihr also über mich!«, schnaubt Sissi. »Das ist ja interessant!«

Ich beiße mir auf die Lippen. Mist, wieso habe ich nicht daran gedacht, diese Seiten vorher auszusortieren? Das hätte Sissi nun wirklich nicht lesen müssen!

»So haben wir nur ein einziges Mal über dich gesprochen«, verteidige ich mich. »Und das ist schon eine ganze Weile her! – Außerdem wart ihr beide damit einverstanden, dass ich die Geschichte des Prinzessinnenclubs aufschreibe. Und zwar so, wie sie war. Nicht geschönt.«

»Da kann ich mich nicht dran erinnern«, murrt Sissi.

F*rau Blümlein* hatte Emma und mich anscheinend schon erwartet. Sie stand am Fenster und winkte uns zu.

Emma stellte ihren vollgepackten Buggy im Treppenhaus ab, dann schleppten wir die beiden Säcke mit der Blumenerde und die Pflanzenkisten nach oben.

»Ist das nicht viel zu schwer für euch?«, fragte Frau Blümlein besorgt.

»Ach was!«, lächelte Emma. Statt ihrer braven Pagenkopf-Frisur trug sie heute einen hoch am Kopf sitzenden, locker gebundenen Pferdeschwanz. Einige Strähnen hatten sich gelöst und fielen ihr in die Stirn. Zum ersten Mal bemerkte ich, dass Emma ein paar kleine Sommersprossen auf der Nase hatte.

»Das sieht total hübsch aus, wenn du die Haare so trägst«, sagte ich.

»Findest du?« Emma schien sichtlich verlegen.

»Deine Freundin hat ganz recht«, bestätigte Frau Blümlein. »Der Pferdeschwanz steht dir, Emma! –

So, jetzt setze ich mich mal hierher und schaue euch bei der Arbeit zu.« Sie zog sich einen gepolsterten Balkonstuhl heran und ließ sich aufstöhnend darauf nieder.

»Fühlen Sie sich nicht gut heute?«, erkundigte sich Emma besorgt.

»Nein, nein, es geht schon!« Frau Blümlein lächelte tapfer. »Das dumme Bein ärgert mich eben manchmal.« Sie seufzte. »Ich muss mich endlich damit abfinden, dass ich nicht mehr so beweglich bin wie früher.«

»Wie machen Sie das eigentlich mit dem Einkaufen?«, erkundigte ich mich und begann, die vertrockneten Blumenreste in die große Tüte zu befördern, die Emma dafür bereitgestellt hatte.

»Ach, das ist kein Problem«, erklärte Frau Blümlein. »Alles, was ich brauche, liefert mir der Supermarkt einmal die Woche ins Haus.«

»Und die frischen Sachen, also Brötchen oder Obst, bringen Ihnen sicher Ihre Nachbarn mit, oder?«, fragte ich.

Bei uns im Haus war das nämlich so. Wenn Mama oder Papa einkaufen gingen, fragten sie den alten Herrn Stoppe im Erdgeschoss oft, ob er vielleicht auch etwas vom Markt oder aus der Apotheke brauchte.

»Ach, das ist nicht nötig.« Frau Blümlein schüttelte den Kopf. »Und so gut kenne ich die Leute hier im Haus auch gar nicht.«

»Auch nicht diese nette ältere Dame aus dem dritten Stock?«, fragte ich verwundert.

»Puppel heißt sie, glaube ich«, ergänzte Emma. »Wir haben ihr letzte Woche die Einkäufe nach oben getragen.«

Frau Blümleins freundliches Gesicht verschloss sich plötzlich. Es war, als habe jemand eine Jalousie heruntergelassen. »Marlies Puppel und ich pflegen keinen Kontakt mehr«, erklärte sie reserviert.

Emma und ich tauschten einen Blick. Nanu, was war denn da los? Das klang ja richtig nach … ja, nach Streit! Dabei war Frau Blümlein doch so liebenswürdig! Ich konnte mir überhaupt nicht vorstellen, dass sie auf irgendjemanden wirklich böse war. Was mochte diese Frau Puppel denn bloß angestellt haben? Da musste doch mehr dahinterstecken als ein ungebohnertes Treppenhaus oder ein zu lauter Fernseher. Aber was? Hmm … ich überlegte … Ob es sehr unhöflich war nachzufragen? Wahrscheinlich. Aber meine Neugier siegte.

»Haben Sie beide sich gestritten?«, fragte ich so beiläufig wie möglich, während ich ein bisschen unmotiviert in dem Sack mit der alten Blumenerde herumstocherte. Nebenan war Emma bereits eifrig dabei, die neuen Pflanzen in die Blumenkästen einzusetzen. Es sah sehr geschickt aus, wie sie da hantierte.

Frau Blümlein hatte sich in ihrem Sessel zurückgelehnt und die Augen geschlossen, so als wolle sie die Nachmittagssonne genießen. Tatsächlich war das Wetter noch mal wunderschön heute. Ein tiefblauer Himmel mit kleinen weißen Wölkchen.

Frau Blümlein blinzelte. »Früher waren wir mal sehr gut befreundet, Marlies Puppel und ich.«

»Und jetzt nicht mehr?«

Frau Blümlein schüttelte den Kopf. »Nein, das ist lange vorbei. Dabei hatten wir eine schöne Zeit. Wir sind zusammen ins Café gegangen, wir haben Rommé gespielt, manchmal sogar zwei-, dreimal in der Woche. Aber dann …«, sie zögerte und blickte auf ihre Hände.

»… dann?«, fragte ich gespannt. »Was ist dann passiert?«

»Na ja«, Frau Blümlein schien nach den richtigen Worten zu suchen. »Ich weiß gar nicht, wie ich dir das erklären soll.« Sie lächelte verlegen. »Es ist ein bisschen albern, weißt du, in unserem Alter … Aber … eines Tages, da –«

»Schauen Sie doch mal eben, Frau Blümlein«, unterbrach Emma plötzlich. »Was meinen Sie: Soll ich die rosa Geranien hier in einen Extrakasten pflanzen? Oder mögen Sie es lieber bunt gemischt?«

»Warte, Kind, ich komme.« Offensichtlich ganz erleichtert über die Unterbrechung, stand Frau Blümlein auf, um nach Emmas Geranien zu sehen. Der Augenblick der Wahrheit war vorbei!

Ich hätte Emma erwürgen können!

Auf dem Heimweg schimpfte ich wie ein Rohrspatz: »Mensch, Emma, Frau Blümlein war kurz davor, mir von diesem geheimnisvollen Streit zwischen ihr und Frau Puppel zu erzählen. Und da fängst du plötzlich mit deinen blöden Geranien an!«

»Aber woher sollte ich denn das wissen?«, verteidigte sich Emma beleidigt.

»Ja, hast du denn gar nicht zugehört?«, fragte ich.

Emma schüttelte den Kopf. »Nö, wenn ich mit den Händen arbeite, bin ich total konzentriert. Dann kriege ich nichts anderes mit.«

»Das habe ich gemerkt«, murmelte ich verärgert.

Langsam wurde auch Emma sauer. »Ich versteh überhaupt nicht, wieso das so wichtig sein soll!«, fauchte sie. »Ich meine, es geht uns doch gar nichts an, warum sich Frau Blümlein mit dieser Frau Popel gestritten hat!«

»Puppel«, verbesserte ich. »Sie heißt Marlies Puppel. Und du hast recht, es geht uns nichts an, aber es interessiert mich eben! Ich spüre irgendwie, dass da ein richtiges Drama dahintersteckt.« Ich sah Emma erwartungsvoll an. »Fühlst du das nicht auch?«

Emma zuckte die Achseln. »Weiß nicht. Nö.«

Ich seufzte resigniert. Anscheinend fehlte Emma jeder Sinn für Dramatik! Himmel, gab es denn keine achte Prinzessinnenregel, die ein derartiges Desinteresse an menschlichen Geheimnissen strikt untersagte?

»Mensch, da hast du vielleicht einen Aufstand gemacht...!«, sagt Emma kopfschüttelnd. »Ich hab überhaupt nicht verstanden, was das Theater sollte.«

»Hab ich gemerkt«, antworte ich trocken.

»Jetzt hört aber mal auf, ihr zwei!«, sagt Sissi streng. »Wir sind dem Geheimnis von Frau Blümleins und Frau Puppels Streit doch noch auf die Spur gekommen.«

»Ja, aber bestimmt nicht durch Emma!«, sage ich spitz.

»Nein«, lächelt Sissi, »durch meine Mutter und die Konditorei Lilienthal...«

I*n den nächsten Tagen* saß ich nachmittags meist zu Hause, um zu lernen. Wir mussten jetzt ziemlich viel für die Schule tun. Die Schonzeit für uns Neulinge schien bereits vorbei zu sein. Einige Lehrer hatten sogar schon die ersten Klassenarbeiten angekündigt.

»Wenn ich in der Bioklausur die vier Mägen der Kuh beschreiben soll, kriege ich einen Schreikrampf«, prophezeite ich Sissi und Emma.

»Keine Sorge«, unkte Sissi, »so leicht wird Herr Dickefett es uns bestimmt nicht machen.«

Ich stöhnte. »Bio ist ja nur der Anfang! Nächste Woche schreiben wir dann auch noch die Mathearbeit.«

»Och, was wir zurzeit in Mathe machen, hab ich einigermaßen verstanden«, sagte Emma eifrig. »Wenn du willst, erkläre ich es dir, Diana!«

Ich stieß Emma in die Seite. »Gib zu, Prinzessin: Du willst dir doch nur auf leichte Weise eine gute Tat verdienen!«

»Ph… das habe ich gar nicht nötig«, gab Emma

mit erhobener Nase zurück. »Ich habe nämlich gestern Frau Blümlein ihre Torte gebracht. Weil Sissi nicht konnte.«

»Soso«, sagte ich. »Und wie machen sich unsere Balkonblumen?«

Emma strahlte vor Stolz. »Sehen super aus! Frau Blümlein hat mir übrigens erzählt, dass ihr Sohn Bernd unsere Aktion auch ganz toll fand.«

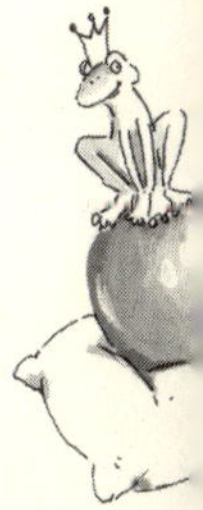

»Sag bloß, er hat seine Mutter inzwischen mal besucht?«, fragte Sissi ungläubig.

Emma schüttelte den Kopf. »Natürlich nicht! Frau Blümlein hat ihm am Telefon davon erzählt. – Aber anscheinend hat er sie ins Theater eingeladen! Nächsten Mittwoch will Bernd Blümlein seine Mutter in den ›Sommernachtstraum‹ führen. Ihr könnt euch vorstellen, wie sehr sie sich darauf freut …!«

»Schafft sie das denn mit ihrem Bein?«, fragte ich zweifelnd.

»Klar«, meinte Emma. »Ihr Sohn holt sie mit dem Auto ab und bringt sie anschließend wieder nach Hause.«

»Vielleicht haben wir ihm ja unrecht getan. Und er ist doch nicht so eine Schnarchnase«, überlegte Sissi.

»Abwarten«, sagte ich skeptisch. Eine einzige Theatereinladung reichte mir noch nicht aus, um meine Meinung über Frau Blümleins wunderbaren hochbeschäftigten Sohn nachhaltig zu ändern. Da musste schon ein bisschen mehr passieren …

»Was willst du eigentlich an deinem Geburtstag machen, Sissi?«, warf Emma etwas unvermittelt ein. »Es sind ja nur noch zehn Tage bis dahin, oder?«

Sissi nickte und schob ihr Haarband zurecht. Emma und ich beugten uns erwartungsvoll vor.

»Ehrlich gesagt, ich hab noch keinen blassen Schimmer!«

Passend zu dem Haarband trug Sissi eine eng anliegende bestickte Weste aus weinrotem Samt. Wieder einmal wirkte ihr Outfit gleichzeitig altmodisch und total »hip«. Ich seufzte. Neben Sissi hatte ich immer das Gefühl, total langweilig auszusehen. Andererseits wusste ich ganz genau, dass ich selber gar nicht den Mut hätte, mit so auffallenden Klamotten herumzulaufen. Aber Sissi schien es überhaupt nichts auszumachen, wenn sie verwundert angestarrt wurde.

»Wie wär's denn mit einer Übernachtungsparty?«, schlug ich vor.

»In meinem kleinen Kämmerchen?« Sissi zog eine Grimasse. »Und nebenan die drei Nervzwerge? Wie soll das denn gehen?«

»Okay«, gab ich zu. »Keine gute Idee! – Also sag

lieber mal, was wir dir schenken sollen! Hast du einen Wunsch?«

Sissi lächelte. »Euer Geschenk habe ich doch schon: den Prinzessinnenclub! An meinem Geburtstag ist unsere vereinbarte Zeit vorbei. Vier Wochen hattet ihr mir versprochen!«

»Und dann?«, fragte Emma besorgt. »Was machen wir danach?«

Sissi zuckte die Achseln. »Dann entscheiden wir drei Prinzessinnen, ob wir weitermachen wollen.«

»Komisch, an unsere Regeln habe ich mich inzwischen richtig gewöhnt«, sagte ich und begann aufzuzählen: »Also, ich finde, ich drücke mich mittlerweile ziemlich gewählt aus –«

»Ach, tatsächlich?«, grinste Sissi.

»Ich sage die Wahrheit«, fuhr ich ungerührt fort.

Emma zog die Augenbrauen hoch.

»Okay«, gab ich zu, »ich sage *meistens* die Wahrheit. – Was noch?« Ich überlegte. »Ach ja, ich bin eine sehr zuverlässige Freundin.«

Emma und Sissi nickten eifrig.

»Und das mit unseren guten Taten klappt doch inzwischen auch, findet ihr nicht? Und zwar nicht nur wegen unserem Einsatz für Frau Blümlein.«

Tatsächlich hatten wir alle drei festgestellt, dass

sich in den letzten Wochen etwas verändert hatte. Wir erkannten inzwischen viel schneller, wenn jemand Hilfe oder Unterstützung brauchte, und wir waren insgesamt, ja, aufmerksamer als früher. Klar, meistens waren unsere »guten Taten« nur kleine Gesten. Wir hoben ein heruntergefallenes Spielzeug auf, sammelten herumliegenden Müll ein, ließen eine Mutter mit einem quengelnden Kleinkind an der Kasse vor oder erklärten Kevins Tischnachbarn Jannis, der in Mathe noch weniger schnallte als Sissi und ich, eine Algebraformel. Aber egal was es war. Es erzeugte fast immer ein gutes Gefühl im Bauch.

»Nur dass wir kein klitzekleines bisschen lästern dürfen«, seufzte ich. »Das ist wirrrrrklich schade!«

»Hmm … wir könnten uns ja eine kleine Ausnahmeregel überlegen«, schlug Sissi vor, »für besondere Fälle.«

»Gute Idee«, nickte Emma.

»Sehr gute Idee«, bekräftigte ich.

Zwei Tage später trafen wir uns bei Sissi, um gemeinsam für die bevorstehende Mathearbeit zu üben. Emma hatte als Einzige von uns drei Prinzessinnen begriffen, wie man ein gleichschenkliges Dreieck im Koordinatenkreuz spiegelte, und großzügig angeboten, Sissi und mir auf die Sprünge zu helfen.

»Ihr müsst aber zu mir kommen«, hatte Sissi gesagt. »Ferdi ist immer noch krank. Ich kann ihn nicht den ganzen Nachmittag alleine lassen.«

Während die Zwillinge Mats und Tilda sich schnell von ihren Windpocken erholt hatten und schon wieder in den Kindergarten gingen, sah der arme Ferdi weiterhin aus wie ein Streuselkuchen und kratzte jammernd an seinen grässlich juckenden roten Pusteln herum.

»Natürlich langweilt er sich zu Tode«, hatte Sissi uns stöhnend erzählt. »Deswegen ruft er alle zwei Minuten nach mir! Ich schwöre euch: Ich werde noch wahnsinnig!«

Emma hatte Ferdi eine gelbe Wasserpistole mitgebracht und damit anscheinend genau seinen Geschmack getroffen. »Super Teil«, rief er begeistert, »die probiere ich gleich aus!«

»Oh nein, das lässt du schön bleiben!«, bestimmte Sissi. »Wenn du hier alles nass machst und wir dein Bett neu beziehen müssen, flippt Mama aus!«

»War wohl doch keine so tolle Idee von mir, Ferdi ausgerechnet eine Wasserpistole zu schenken«, meinte Emma zerknirscht.

»Mach dir bloß keine Gedanken«, winkte Sissi ab. »Bei uns ist doch sowieso immer Chaos! Darauf kommt's auch nicht mehr an.« Sie schloss die Tür zu Ferdis Zimmer. »Kommt mit, wir setzen uns in die Küche.«

Wir breiteten gerade unsere Mathesachen aus, als im Treppenhaus schnelle Schritte zu hören waren.

Sissi wandte sich überrascht um. »Oh, hallo, Mama, was machst du denn hier?«

»Na, das ist ja eine Begrüßung …!« Frau Lilienthal strich Sissi flüchtig übers Haar. »Ich wollte nur mal rasch nach Ferdi sehen. Aber so lerne ich endlich auch deine neuen Freundinnen kennen.« Sie reichte Emma und mir lächelnd die Hand. »Hallo, ihr beiden!«

Ich fand Sissis Mutter sehr hübsch. Sie wirkte so klein und zierlich, irgendwie konnte man sich gar nicht vorstellen, dass sie vier Kinder hatte. Mit einer ungeduldigen Handbewegung strich sie sich eine Locke aus der Stirn. »Habt ihr alles, was ihr braucht? Oder soll ich euch noch ein bisschen Obst hinstellen?«

»Kein Problem, wir bedienen uns schon selber«, sagte Sissi.

»Gut.« Sissis Mutter schien zu überlegen, was noch zu erledigen war. Ich kannte diesen Blick. Mama hatte ihn auch oft, vor allem an hektischen Tagen.

»Übrigens, Sissi, zu Frau Blümlein brauchst du heute nicht zu gehen!«

»Oh, bringt ihr jemand anders ihren Kuchen?«, erkundigte sich Emma.

»Vielleicht ja Frau Puppel?« Ich wusste selbst nicht, wieso mir dieser Satz rausgerutscht war. Völlig unsinnig! Schließlich hatte Frau Blümlein keinen Zweifel daran gelassen, dass sie ihre frühere Freundin wohl kaum um einen Gefallen bitten würde.

Auch Sissis Mutter blickte mich verwundert an. »Meinst du ihre Nachbarin? – Nein, Frau Puppel ganz bestimmt nicht! Ich glaube, die beiden sind noch immer heillos zerstritten.«

Aha, Frau Lilienthal wusste also über den Streit Bescheid!

»Wissen Sie eigentlich, was zwischen den beiden passiert ist?«, erkundigte ich mich.

»Also wirklich, Diana!« Emma puffte mich vorwurfsvoll in die Seite. »Jetzt sei doch nicht wieder so schrecklich neugierig.«

Aber Sissis Mutter zwinkerte mir zu. »Ich kann schon verstehen, dass euch das interessiert …«

»Kennen Sie denn den Grund für den Streit?« Plötzlich war ich richtig aufgeregt.

Sissis Mutter warf einen Blick auf ihre Uhr. »Eigentlich hab ich ja gar keine Zeit, aber gut …!« Sie setzte sich zu Sissi auf die Bank. »Du kennst die Geschichte auch nicht, oder?«

»Nein.« Sissi schüttelte ungeduldig den Kopf. »Erzähl!«

»Also«, begann Sissis Mutter, »es ist einige Zeit her, da kamen Frau Puppel und Frau Blümlein jede Woche ein- oder zweimal zu uns ins Café Lilienthal. Sie saßen immer am selben Tisch, tranken Tee, aßen Torte und manchmal spielten sie auch zusammen Rommé. Ich hatte den Eindruck, dass die beiden sich sehr gut verstanden, beste Freundinnen eben.« Sissis Mutter machte eine kleine Pause. »Eines Tages saß plötzlich ein älterer Herr am Tisch der beiden Damen. Die drei amüsierten sich bestens. Es wurde gelacht und geplaudert, Sherry getrunken ... und seitdem war dieser Mann immer dabei. – Ich muss sagen, er sah gut aus: groß und stattlich, gut angezogen, volles graues Haar ...« Sissis Mutter lächelte. »Ich habe die drei oft beobachtet, weil die beiden älteren Damen so sichtlich aufblühten. Sie trugen plötzlich schickere Kleider, mehr Make-up, sie sprachen lauter, lachten häufiger ... Na ja, die üblichen Anzeichen.«

»Anzeichen wofür?«, unterbrach Emma verwirrt.

Ich stöhnte auf. »Mensch, Emma! Dafür dass Frau Blümlein und Frau Puppel sich in den Typ verknallt hatten, ist doch klar!«

Sissis Mutter nickte. »Es war tatsächlich ganz offensichtlich, dass der charmante ältere Herr beiden Damen sehr gut gefiel – und das wurde wohl mit der Zeit zum Problem.« Sissis Mutter trank einen Schluck Wasser. »Einmal, als ihr Begleiter früher gegangen war, hörte ich zufällig, dass Frau Blümlein und Frau Puppel richtig miteinander stritten. Jede warf der anderen vor, den alten Herrn zu ›umgarnen‹ und ihn für sich allein haben zu wollen.«

Sissis Mutter unterbrach sich und blickte uns fragend an. »Versteht ihr? Es war ein richtiges Eifersuchtsdrama!«

»Aber Frau Blümlein und Frau Puppel sind doch schon so alt!«, wandte ich verblüfft ein.

Sissis Mutter lachte. »Denkst du etwa, wenn man älter ist, kann man sich nicht mehr verlieben? Und nicht mehr eifersüchtig sein?«

»Doch schon.« Ich überlegte. »Aber so doll, dass man sich mit seiner allerbesten Freundin streitet …? Hmm!«

»Jedenfalls ist die Freundschaft der beiden alten Damen offensichtlich daran zerbrochen«, fuhr Sissis Mutter fort. »Nach diesem Streit sind sie nie mehr zusammen ins Café gekommen. – Einoder zweimal habe ich Frau Puppel dann allein mit dem Herrn gesehen, aber danach …«

»Also hat er sich für Frau Puppel und gegen Frau Blümlein entschieden?«, fragte Sissi empört.

Ihre Mutter nickte. »Ja, so sah es aus.«

»Die arme Frau Blümlein«, seufzte Emma mitleidig.

»Ihrer früheren Freundin erging es aber auch nicht viel besser«, berichtete Sissis Mutter. »Einige Wochen später sah ich den charmanten Herrn mit der nächsten älteren Dame flirten. Anscheinend hatte er Frau Puppel ziemlich schnell abserviert ...«

»So ein Schuft!«, rief ich wütend. »Erst macht er die Freundschaft der beiden Frauen kaputt. Und dann ist er noch nicht mal treu, sondern zieht sich gleich die Nächste an Land!«

»Gemein, nicht wahr ...?« Sissis Mutter erhob sich und lächelte uns zu. »So, jetzt muss ich aber wirklich nach Ferdi sehen und dann schnell wieder runter ins Café!«

»Moment noch!«, bat ich. »Wie lange ist das Ganze eigentlich her?«

Sissis Mutter war schon an der Tür. »Oh, bestimmt schon fünf oder sechs Jahre!«

»Was? So lange sind die beiden schon zerstritten?«, fragte ich erschrocken.

Sissis Mutter nickte. »Ja. Schade um die schöne

Freundschaft! Besonders jetzt, wo Frau Blümlein kaum noch aus dem Haus geht … Tja, manchmal können die Menschen ganz schön unversöhnlich sein. – Und nun seid schön fleißig, ja?«

Die Tür schloss sich hinter ihr.

Einen Moment lang schwiegen wir, dann sagte Emma leise: »Was für eine traurige Geschichte!«

»Komisch, dass Mama mir noch nie davon erzählt hat!«, meinte Sissi. »Aber als das Ganze passiert ist, da war ich ja erst … Moment«, sie rechnete, »sechs oder sieben Jahre alt. – Arme Frau Blümlein. Zu dumm, dass man da gar nichts machen kann …«

Ich holte tief Luft und sah meine beiden Freundinnen streng an. »Sagt mal, habt ihr eigentlich ganz vergessen, wer wir drei sind?«

Emma und Sissi wechselten einen Blick.

»Prinzessinnen?«, fragte Emma schließlich vorsichtig.

»Richtig.« Ich nickte. »Und was haben Prinzessinnen für eine Aufgabe?«

»Gutes tun?«, versuchte es Sissi.

Ich nickte wieder. »Also, worauf warten wir noch?«

»Ganz so schnell ging es ja dann doch nicht«, erinnert sich Emma.

»Stimmt«, bestätigt Sissi, »aber nur, weil Diana die Geschichte ihrer Mutter erzählt hat, die natürlich prompt meinte, dass wir uns da keinesfalls einmischen sollten.«

»Erwachsene wollen ja nie, dass Kinder sich in ihre Angelegenheiten mischen«, sagt Emma.

Ich grinse. »Nur gut, dass wir uns da nicht immer dran halten …«

Tatsächlich hatte Mama sich am Abend meine Geschichte vom Streit der beiden alten Damen in Ruhe angehört, aber mir danach gleich einen warnenden Blick zugeworfen und gesagt, dass uns die ganze Sache nicht das Geringste anginge.

»Bitte mischt euch da nicht ein, Diana! Wenn Frau Blümlein und Frau Puppel ihren Zwist in all den Jahren nicht alleine beilegen konnten, dann wird das drei elfjährigen Mädchen wohl auch kaum gelingen. – Und wie weit seid ihr überhaupt in Mathe gekommen?«

Manchmal war es zum Verrücktwerden mit Mama! Sie hatte die Angewohnheit, mitten im Satz das Thema zu wechseln. Und anstatt mit mir ausführlich das Liebesdrama von Frau Blümlein zu erörtern, wie ich es mir erhofft hatte, musste ich Mama jetzt in Sachen »Achsenspiegelung im Koordinatensystem« Rede und Antwort stehen. Zum Glück hatte Emma mit ihrer Engelsgeduld und ihrer stoischen Ruhe (die mich ja sonst manchmal ganz kribbelig machte) tatsächlich das Unmögliche geschafft: Sissi und ich hatten die meisten Aufgaben kapiert!

Als Sissi kurz darauf in Mathe an die Tafel gerufen wurde, konnte sie direkt mit ihren frisch erworbenen Kenntnissen punkten.

»Heißen Dank, Emma«, seufzte sie in der Pause, »wenn du uns das nicht so gut eingetrichtert hättest, wäre mein heutiger Auftritt ein gigantischer Flop geworden.«

»Du kannst dich gerne revanchieren«, sagte Emma. »In Englisch habe ich nämlich ein Brett vor dem Kopf!«

»Und ich in Bio«, sagte ich.

Sissi wickelte eine Haarlocke um ihren Finger und strahlte uns an. »Ist es nicht toll, dass wir uns immer so prima ergänzen?«

Emma nahm einen Biss von ihrem Käsebrot. »Schtimmt, dasch isch äuscherscht praktisch!«

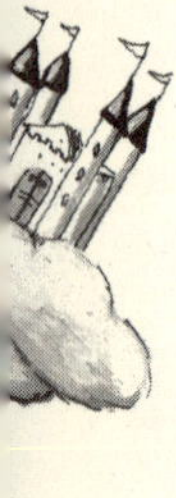

»Mensch, Emma!« Ich warf ihr einen strafenden Blick zu. »Eine Prinzessin spricht nicht mit vollem Mund!«

Emma schluckte geräuschvoll. »Tut sie wohl, aber sie ist schlau genug, sich nicht dabei erwischen zu lassen.«

»Jetzt hört doch mal auf mit dem Quatsch!«, unterbrach uns Sissi. »Wisst ihr eigentlich, dass heute

Mittwoch ist? Frau Bümleins großer Theaterabend! Ich habe versprochen, ihr dafür eine schöne Frisur zu machen.«

»Kannst du das denn?«, fragte Emma beeindruckt.

»Sehr gut sogar!« Sissi lächelte. »Also, kommt ihr mit? Danach können wir ja noch in den Stadtpark und Dianas neue Speedminton-Schläger ausprobieren.«

Sissi hatte ihren Korb auf Frau Blümleins Kommode abgestellt und begann eifrig, ihre Schätze auszupacken: Rundbürste, Föhn, Haarspray, heizbare Lockenwickler … Im Handumdrehen sah Frau Blümleins Wohnzimmer aus wie ein Frisiersalon.

»Was ziehen Sie denn eigentlich an heute Abend?«, wollte Emma wissen.

Frau Blümlein deutete stolz auf ein dunkelblaues Seidenkleid, das in einer Plastikhülle an der Garderobe hing.

»Oh, schick!«, lobte ich. »Das steht Ihnen bestimmt sehr gut!«

»Ja, meint ihr?« Frau Blümlein war richtig aufgekratzt. Ihre Augen leuchteten und ihre Wangen waren gerötet. »Ach, was würde ich nur ohne meine drei fleißigen Helferinnen machen?« Sie strahlte uns an. »Dass ihr extra hierherkommt, um mich alte Frau zu frisieren … das ist wirklich lieb von euch!«

»Sie sind keine alte Frau!«, sagte Sissi energisch und begann vorsichtig, Frau Blümleins graue Haare auszubürsten. »Sie sind eine Dame in den besten Jahren.«

Das war wieder so ein echter Sissi-Spruch!

»Ehrlich gesagt, heute fühle ich mich auch gar nicht alt«, gab Frau Blümlein zu. »Ich freue mich ja so sehr auf den Abend! Wisst ihr, es ist bestimmt schon zehn Jahre her, dass ich den ›Sommernachtstraum‹ gesehen habe. Ich glaube, es war in Berlin. Damals lebte mein Mann noch und wir waren oft zusammen –«

Das Telefon klingelte und Frau Blümlein unterbrach sich. »Nanu, wer kann denn das sein?«

Emma reichte ihr den Hörer.

»Ach, du bist es, Bernd!« Frau Blümlein lächelte. »Du, rate mal, wer gerade hier ist, um mich zu frisieren …? – Was sagst du da?« Sie presste den Hörer dichter an ihr Ohr und lauschte eine Weile. »Ach so«, sagte sie dann. »Ich verstehe. – Nein, natürlich, da kann man nichts machen.« Ihre Stimme klang leise und tonlos. – »Nein, ich bin dir nicht böse. Dann gehen wir eben ein anderes Mal … – Mach dir keine Gedanken. Das ist gar kein Problem. Ja, tschüs tschüs, mein Schatz.«

Frau Blümlein schaltete das Telefon aus und legte es achtlos zur Seite. Ihr eben noch strahlendes Gesicht wirkte wie erloschen. Ein paar Sekunden lang sagte niemand ein Wort.

Endlich fragte Sissi leise: »Hat Ihr Sohn abgesagt?«

Frau Blümlein nickte langsam. »Sein Chef hat heute Geburtstag und er hat Bernds Abteilung überraschend zu einem Umtrunk eingeladen, nach Feierabend.« Frau Blümlein nestelte an ihrer Bluse. »Da darf Bernd natürlich nicht fehlen. Das würde keinen guten Eindruck machen. Das sehe ich ein. – Na ja«, sie versuchte ein tapferes Lächeln, »dann gehen wir eben ein anderes Mal ins Theater, Bernd und ich. Davon geht die Welt nicht unter, oder?« Aber dabei sah Frau Blümlein aus, als wäre ihre Welt gerade mit Mann und Maus im Ozean versunken.

»Nein, natürlich nicht«, beeilte sich Emma zu sagen. »Das holen Sie beide sicher bald nach.«

Ich schaute Sissi an. Ihr Blick war voller Mordlust. Und mir ging es nicht anders: Ich hätte mit den Füßen aufstampfen können vor Wut! Wie konnte dieser bescheuerte Bernd seine Mutter nur so enttäuschen? Wie sehr hatte sich Frau Blümlein auf diesen Abend gefreut! Seit Tagen! Und nun war alles dahin!

»Soll ich uns … vielleicht einen Tee kochen?«, bot Sissi an.

Aber Frau Blümlein schüttelte den Kopf. »Ich glaube, ich würde mich jetzt lieber ein bisschen hinlegen.« Sie lächelte uns entschuldigend an. »Ihr seid mir nicht böse, ja?«

»Aber nein, natürlich nicht«, versicherte Emma.

So leise wie möglich packte Sissi ihre Friseurutensilien wieder ein, dann verabschiedeten wir uns schnell. Als wir gingen, saß Frau Blümlein ganz still in ihrem Sessel und blickte aus dem Fenster.

»So ein … so ein Blödmann!«, rief Sissi aus, sowie die Wohnungstür hinter uns ins Schloss gefallen war. »Ich könnte diesen Bernd Blümlein auf der Stelle –«

»Auf den Mond schießen?«, schlug ich hilfsbereit vor.

Sissi schnaubte. »Lieber noch auf den Mars!«

»Äh«, unterbrach Emma, »verstoßt ihr nicht gerade gegen Prinzessinnenregel 4 und 5?«

»Quatsch«, schäumte Sissi. »Das ist keine Lästerei, das ist die pure Wahrheit! Für Frau Blümleins Sohnemann fallen mir noch ganz andere Worte ein …! Ich fasse es einfach nicht: Wie kann er seine Mutter derartig enttäuschen?« Sissi warf ihre Locken nach hinten. »Es wäre ja nicht schlimm, wenn er statt heute Abend dann nächste Woche mit ihr ins Theater gehen würde. Aber das wird er nicht tun!«

»Nein, stattdessen schickt er ihr bestimmt wieder irgendeine überflüssige Küchenmaschine«, prophezeite ich.

»So geht das nicht weiter, wir müssen etwas tun!« Sissi war stehen geblieben und schaute uns an. »Seid ihr bereit, Prinzessinnen?«

Emma und ich nickten.

Und dann fassten wir einen Plan

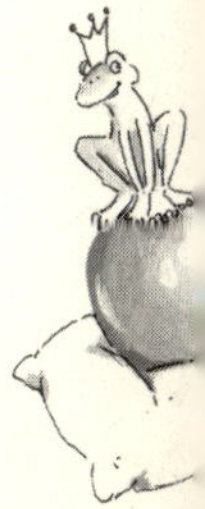

Eine halbe Stunde später standen Emma, Sissi und ich vor dem Einwohnermeldeamt.

Mit einer theatralischen Geste zeigte Sissi auf das Gebäude. »Da hockt er also drin, der Schuft!«, zischte sie aufgebracht.

»Bist du dir sicher, dass Bernd Blümlein dort arbeitet?«, fragte Emma zweifelnd.

Sissi nickte. »Klar, Frau Blümlein hat es mir oft genug erzählt!«

Von Frau Blümlein aus waren wir direkt ins nächste Café marschiert. Sissi hatte die Kellnerin um ein Telefonbuch gebeten und dann hatten wir die Adresse des Einwohnermeldeamts herausgesucht. Es war nicht mal besonders weit. Nur fünf Stationen mit dem Bus. Wir hatten uns sofort auf den Weg gemacht.

»Und was jetzt?«, fragte Emma zaghaft.

»Jetzt gehen wir rein. Was denn sonst?« Sissi steuerte bereits mit fliegenden Röcken auf die große Eingangstür zu. Emma und ich folgten in ihrem Kielwasser.

»Können Sie uns bitte sagen, wo Herr Blümlein arbeitet?«, bat ich den Pförtner, so höflich ich konnte.

Der Mann musterte uns drei verwundert, blätterte dann aber in seinem Verzeichnis. »Zweiter Stock links, Zimmer 214.«

»Danke!«

Bevor der Pförtner auf die Idee kommen konnte, uns zu fragen, was wir von Herrn Blümlein wollten, stürmten wir schon die Treppe hinauf. Keine von uns hätte die Ruhe gehabt, auf den Fahrstuhl zu warten.

»Hier ist es«, rief Sissi, die vorausgelaufen war, und deutete auf eine Tür.

Unsicher blickten wir uns um. Vor Zimmer 214 standen mehrere Leute. Alle schienen zu warten.

Eine Frau in einer grünen Strickjacke nickte uns freundlich zu. »Ihr müsst eine Nummer ziehen. Dann werdet ihr aufgerufen.« Sie zögerte. »Seid ihr auch sicher, dass ihr hier richtig seid? – In Zimmer 214 beantragt man neue Personalausweise!«

»Das ist genau richtig, danke!« Sissi schenkte der Frau ihr nettestes Lächeln.

Wir zogen eine Nummer und warteten.

Die Minuten dehnten sich wie Kaugummi.

»Was sollen wir ihm denn eigentlich sagen?«, wisperte Emma schließlich. »Ich meine, das wird doch sicher ganz schrecklich …«

»… peinlich?«, fragte ich.

Emma nickte besorgt. »Und wer von uns dreien soll überhaupt reden?« Sie seufzte. »Also, ich bringe bestimmt kein einziges Wort raus.«

»Abwarten! Das klappt schon.« Sissis Stimme klang zuversichtlich, aber ich sah ihr an, dass sie total aufgeregt war. Mir selber ging es natürlich nicht anders. In meinem Bauch tanzten tausend Hummeln rum und meine Hände waren eiskalt. Außerdem musste ich dringend aufs Klo. Wie immer, wenn ich nervös bin. Aber dafür war jetzt keine Zeit mehr.

Emma hatte jede Menge Hektikflecke am Hals, aber um die Nase war sie kalkweiß. »Und wenn er uns rausschmeißt?«, flüsterte sie. »Oder den Wachdienst holt oder so was?« Sie stöhnte auf. »Meine Mutter kriegt einen Herzanfall, wenn sie von der Aktion erfährt.«

»Sie erfährt schon nichts«, fauchte Sissi. »Und jetzt hör auf, uns alle verrückt zu machen!«

Ich starrte auf die Anzeigetafel. Gerade war die Frau in der grünen Strickjacke hereingerufen worden. »Die nächste Nummer ist unsere!«, zischte ich. »Seid ihr bereit?«

Sissi und Emma nickten.

»Also dann, Prinzessinnen«, sagte ich, »eine für alle, alle für eine!«

Wir reichten uns die Hände. Einen Moment lang hielten wir uns ganz fest. Dann erschien unsere Nummer auf der Anzeigetafel. Wir gingen hinein.

»Puh, wenn ich das lese, wird mir immer noch ganz schlecht«, seufzt Emma. »Ich kann gar nicht mehr glauben, dass ich das tatsächlich durchgezogen habe ...«

»Hast du aber«, grinst Sissi. »Diana und ich können es bezeugen.«

»Allein hätte ich mich das nie getraut«, gibt Emma zu.

»Ich doch auch nicht«, beruhige ich sie.

»Keine von uns! Deswegen waren wir ja auch zu dritt.« Sissi lächelt. »Aber du, Emma, hast uns echt überrascht ...«

»Ich??!!« Emma läuft mal wieder rot an. »Ausgerechnet ich?!«

Ja, ausgerechnet Emma ...

Mit klopfenden Herzen betraten wir das Büro und schlossen sorgfältig die Tür hinter uns. Der Mann hinter dem Schreibtisch blätterte in einer Akte. »Was kann ich für Sie tun?«, fragte er, ohne den Kopf zu heben.

Ich fasste mir als Erste ein Herz. »Wir…äh… Sind Sie Herr Blümlein?« Eine Verwechselung wäre in diesem Falle ja echt extrem peinlich gewesen.

»Ja, warum?« Endlich riss sich der Mann von seiner Akte los und blickte uns verwundert an. »Was wollt ihr denn von mir?«

Eigentlich sah er gar nicht unsympathisch aus. Bernd Blümlein schien nicht allzu groß zu sein, er hatte einen kleinen Bauchansatz, glattes blondes Haar und genau die gleichen runden blauen Augen wie seine Mutter. Nur mit weniger Lachfältchen drum rum.

»Wir…äh… wir kennen Ihre Mutter«, preschte Sissi jetzt vor. Sie zeigte auf Emma und mich. »Das hier sind… Diana und Emma. Und ich bin Sissi, Sissi Lilienthal.«

Herr Blümlein schien zu überlegen. Plötzlich lächelte er ein wenig. »Ja, jetzt weiß ich: Ihr habt die Balkonblumen gepflanzt.« Er wandte sich an Sissi. »Und du bist das Mädchen von der Bäckerei. Die meiner Mutter immer den Kuchen liefert, stimmt's?«

»Von der Konditorei«, verbesserte Sissi automatisch. »Ja, aber deswegen sind wir nicht hier.« Sie räusperte sich und warf mir einen Hilfe suchenden Blick zu.

Herr Blümlein hatte sich leicht vorgebeugt. »Sondern?«, fragte er. »Hat meine Mutter vielleicht vergessen, ihre Rechnung zu bezahlen? Aber deswegen hättet ihr nicht extra herkommen –«

»Das ist es nicht«, unterbrach ich ihn.

»Sondern?«, fragte er noch mal. Seine Stimme hatte jetzt einen etwas ungeduldigen Klang.

»Wir … also, wir finden …«, begann Sissi zögernd, »also … wir …«

»Wir finden, dass Sie sich zu wenig um Ihre Mutter kümmern!«, stieß Emma plötzlich hervor. »Und heute haben Sie auch noch den Theaterbesuch abgesagt! Wissen Sie eigentlich, wie sehr sich Ihre Mutter auf diesen Abend gefreut hatte?!« Emma stand jetzt direkt vor Bernd Blümleins Schreibtisch und blickte grimmig auf ihn herab. »Seit Tagen spricht sie über nichts anderes mehr. Als wir vorhin bei ihr ankamen, hat sie richtig gestrahlt! Sie hatte sich schon ein Kleid zurechtgelegt fürs Theater. Und Sissi, Sissi wollte sie frisieren. Sissi kann nämlich ganz tolle Frisuren machen. Und sie hatte auch schon angefangen damit. Also mit dem Frisieren. Und dann… dann rufen Sie an und, und… sagen ab. Einfach so!« Emma schnaubte. »Sie hätten mal das Gesicht Ihrer Mutter sehen sollen! Wie enttäuscht sie war!«

»A… aber davon hat sie gar nichts gesagt«, verteidigte sich Herr Blümlein.

»Nein, natürlich nicht«, mischte sich jetzt auch Sissi ein. »Ihre Mutter nimmt Sie ja immer in Schutz. Egal was Sie tun. Das heißt, eigentlich tun Sie ja gar nichts.«

»Genau«, sagte ich. Schließlich konnte ich das Feld nicht ganz allein Emma und Sissi überlassen. »Sie besuchen Ihre Mutter ja kaum, obwohl sie seit ihrem Unfall so schlecht laufen kann. Stattdessen schicken Sie ihr all diese überflüssigen Maschinen.«

»Dabei ist Ihre Mutter eine so liebe Frau«, warf Emma etwas unvermittelt ein.

»Ja, das ist sie wirklich!« Sissi und ich nickten.

Bernd Blümlein war abwechselnd rot und blass geworden. Auf seiner Stirn hatten sich kleine Schweißperlen gebildet. Ein paarmal hatte es ausgesehen, als ob er etwas sagen wollte, aber dann hatte er den Mund doch immer wieder zugeklappt. Wahrscheinlich war es ihm zu dumm, sich mit ein paar Schulmädchen herumzustreiten.

Als wir endlich schwiegen, fragte er nur: »Seid ihr fertig?«

Emma, Sissi und ich sahen uns an. Es war alles gesagt. Mehr konnten wir nicht tun. Unsere Mission war erfüllt.

»Auf Wiedersehen, Herr Blümlein.« Mit hocherhobenem Kopf stolzierte Emma zur Tür.

Sissi und mir blieb nichts anderes übrig, als ihr eilig zu folgen.

Emma und Sissi rannten den Flur hinunter, als sei der Teufel hinter ihnen her.

»Halt, wartet doch mal!«, japste ich. »Zuerst brauche ich ein Klo!« Sissi drehte sich um. »Muss das jetzt sein, Diana?«

Als Antwort verdrehte ich nur die Augen und verschwand schon hinter der entsprechenden Tür. Emma und Sissi warteten draußen.

»Meint ihr, er hat es kapiert?« Emmas Stimme klang nicht sehr hoffnungsvoll.

»Also, wenn er DAS nicht begriffen hat, dann ist er wirklich ein hoffnungsloser Fall«, meinte Sissi. »Mensch, mir zittern immer noch die Hände!«

»Hast du eigentlich gar keine Angst, dass er sich bei deinen Eltern über dich beschweren könnte, Sissi?«, fragte Emma. »Ich meine nur, weil er deinen Nachnamen weiß.«

»Das macht er nicht«, sagte Sissi, »das ist dem viel zu …«

»… peinlich?«, rief ich aus der Kabine heraus.

»Du sagst es.« Sissi hielt mir die Tür auf.

»Puh«, seufzte ich. »Ich bin noch ganz schön durch den Wind, ihr auch?«

»Natürlich, was denkst du denn?« Emma stöhnte.

»Na hör mal, DU hast doch gerade bewiesen, dass du die Coolste von uns dreien bist«, sagte ich zu Emma.

»Allerdings«, pflichtete mir Sissi bei. »Das war doch wohl der Hammer: Diana und mir bleiben vor lauter Aufregung die Worte im Halse stecken. Und unsere schüchterne kleine Emma schwingt sich zur Rächerin der Enterbten auf! Also ich meine natürlich, von Frau Blümlein – du warst toll, Emma!«

»Wirklich?« Emma blickte uns unsicher an.

»Fand ich auch!«, rief ich. »Du hast genau das Richtige gesagt, Emma!« Ich packte die beiden am Arm und zog sie Richtung Ausgang. »Und jetzt: nichts wie raus hier!«

»Hoffentlich haben wir mit unserer heutigen Aktion nicht alles nur noch schlimmer gemacht«, unkte Emma, als wir uns trennten.

»Wie denn ›schlimmer‹?« Sissi sah Emma fragend an.

»Na ja.« Emma begann, nervös auf ihren Nägeln zu kauen. »Also, es könnte doch sein, dass Bernd Blümlein seiner Mutter von unserem heutigen Auftritt erzählt. Und dass sie dann sauer auf UNS ist. – Mein Vater sagt immer: Blut ist dicker als Wasser.«

»Und was soll das heißen?«, fragte ich.

»Es bedeutet, dass einem die eigenen Blutsverwandten, also Kinder, Eltern oder Geschwister, letztlich doch näherstehen als andere Leute«, erklärte Emma. »Und wenn Frau Blümlein denkt, wir haben ihren Sohn beleidigt …« Emma ließ den Satz im Raum stehen.

»Bereut ihr etwa, was wir getan haben?«, fragte ich.

Sissi und Emma schüttelten energisch die Köpfe.

»Aber ein bisschen mulmig ist mir schon«, bekannte Emma.

»Mulmig« war mir auch. Vor allem als ich später alleine zu Hause saß und nichts Bessres zu tun hatte, als mir die möglichen Folgen unseres Auftritts bei Herrn Blümlein in den schrecklichsten Farben auszumalen. Mama hatte ihren Saunaabend, und so war ich richtig froh, als Papa nach Hause kam.

Eigentlich hatte ich gar nicht vorgehabt, ihm von Frau Blümlein zu erzählen. Und schon gar nicht von unserem heutigen »Besuch« bei ihrem Sohn. Aber die Worte sprudelten einfach aus mir heraus. »Und … was sagst du dazu?«, fragte ich kleinlaut, als ich fertig mit meinem Bericht war.

Am Anfang hatte Papa mir ganz ruhig zugehört. Aber als ich ihm zum krönenden Abschluss den ungefähren Wortlaut unseres »Gesprächs« mit Herrn Blümlein wiedergab, wurde er doch etwas blass. Und ich muss sagen: Papa regt sich normalerweise bei Weitem nicht so schnell auf wie Mama!

»Mannomann, du machst ja Sachen, Prinzessin …!« Papa schüttelte den Kopf. »Also, erst mal finde ich es ja gut, dass ihr euch so für die alte Dame einsetzt! Ihr geht sie besuchen, ihr habt ihr die Balkonblumen gepflanzt, Sissi liefert ihr regelmäßig den Kuchen und leistet ihr Gesellschaft … Das ist ja alles ganz prima! Aber die Aktion heute … hmm.« Papa kratzte sich am Kopf. »Weißt du, Diana, es ist immer schwierig, sich in die Angelegenheiten anderer Leute einzumischen.

Vor allem aber ist es selten gut, aus Wut heraus zu handeln, so wie ihr das heute getan habt. – Es wäre sicher besser gewesen, diesen Bernd Blümlein einfach mal anzurufen und ruhig mit ihm zu sprechen.«

»Wie? ›Ruhig‹?«, fragte ich. »Du meinst, ohne ihm Vorwürfe zu machen?«

»Genau.« Papa nickte. »Darauf reagieren die meisten Menschen nämlich eher negativ oder wütend. Ist ja klar, oder?« Papa griff in die Chipstüte, die zwischen uns auf dem Sofa stand, und angelte sich eine Handvoll heraus. »Noch besser wäre es natürlich gewesen, du hättest Mama oder mir von der Sache erzählt. Dann hätten wir gemeinsam überlegt, was man da machen kann.«

»Aber ihr hättet gar nichts gemacht!«, stellte ich fest. »Garantiert! Ihr hättet gesagt: Diana, das geht uns nichts an. Halt dich da raus! Das muss Frau Blümlein alleine mit ihrem Sohn regeln.«

Papa überlegte einen Moment, aber dann nickte er. »Wahrscheinlich hast du recht. So hätten wir vermutlich tatsächlich reagiert. – Aber ihr wisst ja wirklich nicht, warum sich Herr Blümlein seiner Mutter gegenüber so verhält: Wer weiß, vielleicht verstehen sich die beiden einfach nicht gut oder dieser Bernd hat zurzeit irgendwelche riesengroße Probleme oder –«

»Oder er ist einfach eine gedankenlose Pappnase«, beendete ich Papas Satz.

Papa schmunzelte. »Das ist natürlich auch möglich …«

»Hey, Diana, du hast uns kein Wort davon erzählt, dass du unsere Geschichte ausgeplaudert hast«, beschwert sich Sissi.

»Weil ich nicht wusste, ob unsere Aktion vielleicht unter das Stillschweigegebot fällt«, gebe ich zu. »Ihr wisst schon: Prinzessinnenregel Nummer 7.«

»Also, ich finde es völlig in Ordnung, dass Diana mit ihrem Vater gesprochen hat«, springt Emma mir bei. »Ich hatte auch ein komisches Gefühl im Bauch.«

Sissi zwirbelt ihre Haare nach hinten und zieht eine Grimasse. »Meint ihr etwa, ich habe gut geschlafen in dieser Nacht …?«

Am nächsten Tag hatte ich nachmittags eine Verabredung mit Nele. Ehrlich gesagt war ich ganz froh, den Prinzessinnenclub und alles, was damit zusammenhing, für eine Weile vergessen zu können.

Aus alter Gewohnheit schlenderten Nele und ich zu dem großen Bolzplatz am Waldrand, wo wir früher so oft zusammen gespielt hatten Einmal hatte Nele hier sogar ihren Geburtstag gefeiert. Ich erinnerte mich noch genau daran: Es war nämlich eine super Party gewesen, bis plötzlich ein Gewitter aufzog und in null Komma nichts Würstchengrill, Kartoffelsalat und sämtliche Geburtstagsgäste unter Wasser gesetzt hatte. Aber Spaß hatte es trotzdem gemacht.

Nele und ich setzten uns auf die halb verrosteten Schaukeln, die inzwischen viel zu niedrig für uns waren. Und während wir im gleichen Rhythmus auf und ab schwangen, hörte ich mir geduldig an, wie Nele von ihrem Schulorchester und von ihrem neuen Ballettkurs schwärmte.

»Ist es nicht toll, dass wir beide uns immer noch so gut verstehen?«, fragte Nele mich beim Abschied strahlend.

Ich nickte nur und hatte ein bisschen ein schlechtes Gewissen, weil ich Nele im Grunde nichts von dem erzählt hatte, was mich selber im Moment beschäftigte. Aber anscheinend war Nele meine Schweigsamkeit gar nicht aufgefallen. – Ich wusste selber nicht, ob ich darüber froh oder traurig sein sollte.

Als ich nach Hause kam, klingelte das Telefon. Es war Sissi. »Ich wollte morgen zu Frau Blümlein«, sagte sie ohne lange Vorrede. »Kommst du mit, Diana?«

Natürlich würde ich Sissi nicht alleine gehen lassen. Nicht dieses Mal. Wir hatten ja keine Ahnung, was uns erwartete. Schließlich war es gut möglich, dass Bernd Blümlein uns inzwischen bei seiner Mutter verpetzt hatte. Auch Emma versprach mitzukommen. Und so machten wir uns am nächsten Tag gemeinsam auf den vertrauten Weg zu Frau Blümlein. Sissi trug wieder den kleinen violetten Hut vom letzten Mal – und das obligatorische Kuchenpaket.

»Wahrscheinlich kommen wir gar nicht dazu, den schönen Kuchen zu essen«, seufzte Emma. »Es kann ja gut sein, dass Frau Blümlein uns schon vorher rauswirft, weil wir ihren einzigen Sohn beleidigt haben.«

»Keine Sorge, Emma«, Sissi grinste, »notfalls kannst du die Nugatkringel auch noch hinterher auf der Straße essen!«

»Doofe Nuss«, brummelte Emma. »Du weißt genau, dass es mir nicht um den Kuchen geht.«

»Klar weiß ich das.« Sissi knuffte Emma freundschaftlich in die Seite. »Ich wollte uns doch nur ein bisschen aufmuntern.«

»Ist dir super gelungen, Sissi«, sagte ich trocken, während wir in Frau Blümleins Straße einbogen.

Unsere Schritte wurden immer langsamer.

»Aber jetzt im Ernst«, begann ich, als Sissi zum zweiten Mal stehen blieb, um sich umständlich ihre Schnürsenkel zuzubinden. »Ich kann mir eigentlich nicht vorstellen, dass Bernd Blümlein sich bei seiner Mutter über uns beschwert hat. Ich glaube eher, dass er jetzt noch seltener –«

Ich erstarrte.

»Was ist denn los, Diana?«, rief Emma.

Aber dann sah sie es selbst: Der Mann mit dem schütteren blonden Haar, der soeben aus Frau Blümleins Haus spaziert kam, war ganz eindeutig … Bernd Blümlein.

»Mist!«, entfuhr es Sissi. »Er war bei ihr und hat uns verpetzt.«

»Lasst uns umdrehen«, schlug Emma vor. »Schnell, bevor er uns sieht!«

Aber für eine Flucht war es zu spät. Anscheinend hatte Bernd Blümlein uns im selben Augenblick entdeckt wie wir ihn. Und jetzt steuerte er direkt auf uns zu. Ich versuchte vergeblich, in seinem Gesicht zu lesen. – War er wütend? Triumphierend? – Ich konnte es nicht sagen.

Und plötzlich musste ich an einen Western denken, den ich vor Urzeiten mal mit Papa zusammen im Fernsehen gesehen hatte. Da waren zwei verfeindete Cowboys auch so langsam aufeinander zugegangen. Quälend langsam. Schritt für Schritt, wie in Zeitlupe. Ich erinnerte mich genau. Die Spannung war kaum auszuhalten gewesen: Wer von den beiden würde als Erster den Colt ziehen? Wer würde den anderen zuerst niederstrecken? – Okay, weder Bernd Blümlein noch Sissi, Emma oder ich hielten einen Revolver in der Hand, aber ich bin sicher, es sah ganz ähnlich aus, als wir da aufeinander zugingen.

»Guten Tag«, sagte Bernd Blümlein.

Wir nickten nur. Keine von uns dreien brachte ein Wort heraus. Die Selbstsicherheit und gerechte Empörung, mit der wir gestern vor Frau Blümleins Sohn gestanden hatten, war verpufft.

Einen Moment lang war es still.

Gefährlich still.

»Ich … äh … ich war gerade bei meiner Mutter«, erklärte Herr Blümlein schließlich.

»Und«, krächzte Sissi, »haben Sie es ihr gesagt?«

Bernd Blümlein blickte sie verwirrt an. »Was denn?«

»Dass wir Sie gestern … äh … beschimpft haben«, erklärte Emma mit hochroten Wangen.

»Ach so, das.« Herr Blümlein kratzte sich am Kopf. »Nein, davon habe ich ihr nichts gesagt.«

»Nicht?!«

Ich meinte fast, hören zu können, wie der Stein von meinem Herz aufs Pflaster polterte. Eigentlich war es auch kein Stein, sondern eher ein Felsbrocken. Und zusammen mit den Steinen, die gleichzeitig von Sissis und Emmas Herzen plumpsten, war es vermutlich ein mittleres Erdbeben.

Herr Blümlein schüttelte den Kopf. »Nein, warum sollte ich?«

»Was … was haben Sie denn dann bei Ihrer Mutter gemacht?«, fragte Sissi verblüfft.

»Nun ja, ich … äh …« Bernd Blümlein zögerte. »Ich habe sie besucht.«

»Besucht?«, echote ich.

»Ja«, Herr Blümlein nickte. Seine Ohrspitzen färbten sich leicht rot. »Also, ihr … ihr habt ja auch gemeint, dass ich das etwas öfter tun sollte, und deswegen … Außerdem habe ich die Bewässerungsanlage aufgebaut.«

Wir blickten ihn fragend an.

»Für die Balkonblumen, die ihr gepflanzt habt.«

»Oh«, machte Emma und setzte dann schnell hinzu: »Schön.«

»Ja, sehr schön.« Herr Blümlein nickte. »Die Blumen, meine ich.«

»Ach so, ja, die auch.«

Herr Blümlein betrachtete seine Schuhspitzen. »Am Samstag gehen wir zusammen ins Theater. Da geben sie noch einmal den ›Sommernachtstraum‹. Ich hole meine Mutter gegen halb acht ab …«

Endlich hatte ich mich halbwegs gefangen. »Toll«, sagte ich. »Da hat sie sich sicher sehr gefreut.«

Er nickte. »Das hat sie.«

Wir schwiegen wieder.

Herr Blümlein zögerte, dann stieß er plötzlich hervor: »Ich wollte euch noch sagen, also …« Zum ersten Mal sah er uns richtig an und seine Stimme klang fester als zuvor. »Es hat mich … beeindruckt, wie ihr euch für meine Mutter eingesetzt habt. – Und mit einigen Dingen, die ihr gesagt habt, hattet ihr sicher auch recht. Ich bin manchmal wohl ein bisschen … nun ja, gedankenlos oder auch …

äh … bequem. Außerdem hat sich in meinem Leben in letzter Zeit so viel getan, dass ich oft gar nicht gemerkt habe, dass …« Er brach ab, um seine Mundwinkel erschien der Anflug eines Lächelns. Und dadurch sah er seiner Mutter plötzlich richtig ähnlich. »Also, ich … ich freue mich jedenfalls, dass meine Mutter drei so … na ja … engagierte kleine Freundinnen hat.« Herr Blümlein steckte seine Hände in die Taschen und wandte sich zum Gehen. »Ja, das war es, was ich euch sagen wollte. Und jetzt muss ich dringend zurück ins Büro. – Auf Wiedersehen!«

Bevor wir etwas antworten konnten, hatte er kehrtgemacht und schritt eilig die Straße hinunter.

Emma, Sissi und ich sahen ihm verblüfft hinterher.

»Na, was sagt ihr nun?« Emma hatte sich als Erste gefasst.

»Wahnsinn!«, kreischte ich. »Er hat sich bei uns BEDANKT! Dafür, dass wir ihn kugelrund gemacht haben!«

»Wirklich unglaublich.« Sissi schüttelte den Kopf. »Damit hätte ich nie im Leben gerechnet!«

»Und was jetzt?«, fragte ich.

»Na, was schon?« Sissi warf ihre Locken zurück und rückte ihr Hütchen zurecht. »Jetzt besuchen wir Frau Blümlein und trinken Tee.«

Im Hausflur begegneten wir Frau Puppel, die anscheinend gerade wieder vom Einkaufen zurückkam. Dieses Mal war Sissi schneller als Emma oder ich. Sie deutete auf Frau Puppels prall gefüllte Einkaufstüten. »Soll ich Ihnen tragen helfen?«

Die alte Dame nickte dankbar. »Das wäre wirklich nett!«

Während Sissi und Marlies Puppel einträchtig nach oben stiefelten, klingelten Emma und ich schon mal bei Frau Blümlein. Es war offensichtlich, dass die alte Dame allerbeste Laune hatte.

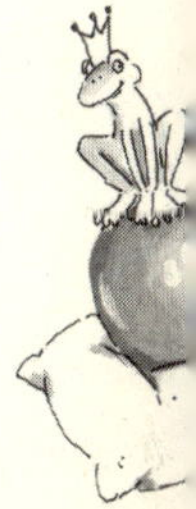

»Wisst ihr, wer gerade da war?«, strahlte sie, während sie uns ins Wohnzimmer führte. »Mein Sohn! – Er hat sich noch mal persönlich dafür entschuldigt, dass aus unserem Theaterbesuch nichts geworden ist. Jetzt gehen wir am Samstag.«

»Das ist ja toll«, sagte Emma.

»Nicht wahr?« Frau Blümlein nickte lächelnd und nahm in ihrem Lieblingssessel Platz. »Ich muss euch gestehen, ich habe mir ein bisschen Sorgen um Bernd gemacht. Er hatte in den letzten Monaten so wenig Zeit für mich. Und wenn er hier war, schien er immer unter Druck zu stehen und schnell wieder fortzuwollen.« Frau Blümlein seufzte. »Ich habe gespürt, dass ihn etwas beschäftigte.«

»Und was war das?«, fragte Sissi, die eben erst

dazugekommen war. Anscheinend hatte sie oben mit Frau Puppel noch ein Schwätzchen gehalten.

»Ja, was hat Ihren Sohn denn so sehr beschäftigt?« Vorsichtshalber vermied ich Emmas Blick. Sie fand meine Neugier wahrscheinlich mal wieder »schrecklich peinlich«.

Glücklicherweise schien Frau Blümlein meine Direktheit nicht zu stören. »Bernd hat sich verliebt!«, berichtete sie strahlend. »Endlich mal wieder! Vor einem halben Jahr, also kurz nach meinem Unfall, ist Petra neu in seine Abteilung gekommen. Und seit vier Monaten sind die beiden ein Paar.« Frau Blümlein lächelte. »Natürlich wollte Bernd jede freie Minute mit ihr verbringen!«

»Und warum hat er Ihnen nicht früher von dieser Petra erzählt?«, fragte ich verwundert. »Ich meine, es ist doch schön, wenn man sich verliebt. Glaube ich wenigstens.«

Frau Blümlein schmunzelte. »Ach, in der Hinsicht kommt Bernd ganz nach seinem Vater. Verschlossen wie eine Auster! Wisst ihr, mein Mann hat auch immer erst dann über seine Gefühle gesprochen, wenn er sich einer Sache ganz sicher war.«

»Und mit dieser Petra ist sich Ihr Sohn sicher?«, fragte Sissi.

»Es sieht so aus«, bestätigte Frau Blümlein. »Die beiden wollen sogar heiraten.«

»Wahnsinn«, staunte ich, »dann werden Sie ja vielleicht sogar noch Großmutter!«

»Na, mal sehen ...«, Frau Blümlein lachte. »So jung ist Bernd auch nicht mehr. Aber man kann ja nie wissen.«

»Wir freuen uns jedenfalls für Sie«, sagte Emma.

»Und wie!«, fügte Sissi hinzu.

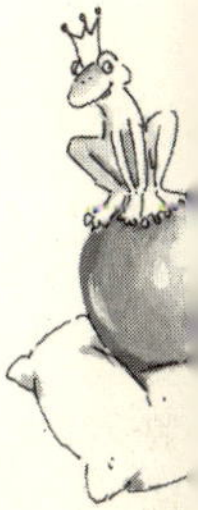

»Hat Frau Blümlein ihre künftige Schwiegertochter denn inzwischen kennengelernt?«, erkundigt sich Emma.

»Klar, schon längst«, sagt Sissi.

»Und?«, fragt Emma.

»Was, und?«

Emma seufzt. »Seit wann bist DU denn schwer von Begriff, Sissi? – Ich meine natürlich: Gefällt sie ihr?«

»Anscheinend mögen sich die beiden.« Sissi nickt. »Kein Wunder, Frau Blümlein hätte ich auch gern zur Schwiegermutter ...«

»Aber«, frage ich, ohne eine Miene zu verziehen, »würdest du dafür auch Bernd Blümlein heiraten?«

»Um Himmels willen ...!«, kreischt Sissi prustend.

Eine Woche später feierten wir dann zusammen Sissis Geburtstag.

»Ganz intim, nur wir drei Prinzessinnen«, hatte Sissi erklärt. »Die große Familienfeier steigt erst am Wochenende.«

Sissi hatte Emma und mich nun doch zu einer Übernachtungsparty eingeladen. Die Nervzwerge überließen uns dafür großzügig ihr Kinderzimmer und lagen nun selber dicht gedrängt wie die Ölsardinen in Sissis Kämmerchen.

»Ist ja lieb, dass deine Geschwister uns in ihrem Zimmer schlafen lassen«, flüsterte Emma, als wir noch einmal zu den dreien hineinspähten.

»Ja, das finde ich auch.« Sissi lächelte.

»Nacht, Sissi, schöne Party!«, murmelte Ferdi und streckte schlaftrunken die Arme nach seiner großen Schwester aus.

Auf Zehenspitzen schlich Sissi zu ihm hinüber, drückte ihn an sich und wuschelte ihm durchs Haar. »Schlaf schön, Ferdi! – Morgen darfst du kuscheln kommen! Aber ja nicht zu früh!«

Dann beugte Sissi sich hinunter zu den schlafenden Zwillingen, deckte Tilda zu und schob Mats sein Kuscheltier in den Arm. Die beiden sahen aus wie kleine rosige Marzipanengel.

Emma und ich wechselten einen Blick. Wie hatten wir nur jemals annehmen können, dass Sissi ihre kleinen Geschwister nicht lieb hatte? Inzwischen wussten wir es besser. Sissi war einfach nicht der Typ, der seine Gefühle zeigte. Jedenfalls nicht oft.

Leise schlossen wir die Tür und gingen ins Zimmer nebenan, wo Sissi uns ein üppiges Matratzenlager gebaut hatte. Es gab wirklich Unmengen von Kissen und Decken (»wie in der Prinzessin auf der Erbse«, kicherte Emma) und alles war mit bunten Teelichtern und Tüchern dekoriert. Zum Abendessen hatte uns Sissis Mutter Würstchen in knusprigem Blätterteig serviert, sogenannte »Würstchen im Schlafrock«. Dazu gab es natürlich Sissis Lieblingsgetränk: eisgekühlte Himbeerlimonade mit einer Zitronenspalte. Super lecker!! Ferdi hatte uns auch schon verraten, was uns als Nachspeise zu den »Würstchen im Bademantel« (Originalton Ferdi) erwartete: Karamelleis mit heißer Schokosoße! Aber das hatte noch Zeit. Fürs Erste waren wir nämlich pickepacke satt.

»Ich fühl mich wie im Paradies«, seufzte Emma

träge und nahm noch einen kleinen Schluck Himbeerlimonade. »Und das Beste ist, dass wir nicht mal mehr nach Hause gehen müssen. Wir können hier einfach ganz faul liegen bleiben.« Sie schob sich ein Kissen in den Nacken. »Wisst ihr eigentlich, dass ich heute zum ersten Mal seit meiner Krankheit NICHT zu Hause schlafe? – Ist richtig ungewohnt! Aber ich find's toll!«

»Ich auch! – Endlich haben wir mal genug Zeit, ungestört zu quasseln!« Ich schnappte mir ein dickes Samtkissen und balancierte es auf meinen Knien.

»Ja, darauf hab ich mich auch gefreut! Und zwar total!« Emma strahlte uns an. »Was sagt ihr? – Ist es nicht verrückt, was in dieser Woche alles passiert ist? Ich meine, wie sich unser Blümlein-Drama entwickelt hat?!«

»Ja, echt unglaublich!«, bestätigte ich und zählte die Ereignisse der letzten Tage noch mal genüsslich auf: »Also, erst erwecken wir – das heißt: der Prinzessinnenclub – Frau Blümleins Sohn erfolgreich aus seinem Trägheitskoma, dann eröffnet der gute Bernd seiner Frau Mama, dass er demnächst heiraten wird – und dann …«, ich machte eine bedeutungsvolle Pause, »dann … tatatataaaa! Versöhnt sich unsere gute Frau Blümlein urplötzlich auch noch mit ihrer einstigen Erzrivalin! – Nach fünf Jahren Schweigen und Funkstille!« Ich schüttelte den Kopf. »Ein richtiges Wunder!«

Ich konnte es wirklich kaum glauben: Als Emma gestern bei Frau Blümlein anrief, hatte diese ihr doch tatsächlich eröffnet, dass sie etwas in Eile sei, weil sie gleich ihre Nachbarin Frau Puppel zum Rommé-Spiel erwartete! – Marlies Puppel! Frau Blümleins einstige Rivalin!! Emma war völlig von den Socken gewesen!

»Wie in alten Zeiten«, hatte Frau Blümlein am Telefon geschwärmt. »Ach, ich freu mich ja so! Grüß bitte Sissi und Diana von mir! Wir müssen bald mal alle zusammen Tee trinken, ja?« Dann hatte Frau Blümlein auflegen müssen, weil sie noch schnell den Tisch decken wollte für ihren Besuch.

»Es ist wirklich ein richtiges Wunder«, sagte Emma andächtig.

Sissi schüttelte wortlos den Kopf.

»Ja, findest du das etwa nicht?«, fragte ich verwundert.

Sissi grinste verschmitzt und schob sich ein Weingummi in den Mund. »Jetzt kann ich es euch ja sagen …«

»WAS kannst du uns jetzt sagen?«, fragte Emma alarmiert.

Sissis Grinsen wurde noch ein bisschen breiter.

»Na, dass die überraschende Versöhnung von Frau Blümlein und Frau Puppel nicht wirklich ein Wunder ist! – Also, jedenfalls kein großes Wunder!«

»Nicht?« Verblüfft starrten Emma und ich Sissi an. »Was war es denn sonst?«

»Nun«, Sissi setzte sich auf und nahm einen Schluck Himbeerlimonade. Offensichtlich wollte sie es mal wieder spannend machen.

»Jetzt sag schon!«, drängte Emma.

In Zeitlupentempo stellte Sissi ihr Glas ab und sah uns an. »Erinnert ihr euch daran, dass ich letzte Woche Frau Puppel die Einkäufe hochgetragen habe? – Nachdem wir unten Frau Blümleins Sohn getroffen hatten?«

»Klar erinnern wir uns daran. Wir sind ja nicht blöd«, sagte ich ungeduldig. »Und weiter?«

»Na ja«, fuhr Sissi fort. »Als wir oben waren, habe ich Frau Puppel unter dem Siegel der Verschwiegenheit erzählt, wie traurig Frau Blümlein ist, dass sie sich damals zerstritten haben. Und dass sie sich sehr gerne wieder mit ihr versöhnen würde. Aber Angst hätte, von ihr zurückgewiesen zu werden.«

»WAAAS? – DAS hast du behauptet?«, rief Emma ungläubig aus. »Einfach so? Und dann?«

»Was hat Frau Puppel denn dazu gesagt?«, fragte ich aufgeregt.

Sissi nahm noch einen Schluck Limonade. »Och, eigentlich gar nichts. Ich vermute, das Ganze kam für sie etwas überraschend.« Sissi lächelte. »Aber das ist noch nicht alles: Als ich am nächsten Tag Frau Blümlein ihren Kuchen brachte, habe ich ihr erzählt, dass ich kürzlich Frau Puppel getroffen hätte. Und dass sie, also Frau Puppel, mir urplötzlich gestanden hätte, wie traurig sie über den Streit ist und dass sie …«

»… und dass sie sich gerne wieder mit Frau Blümlein versöhnen würde. Aber Angst hätte, von ihr zurückgewiesen zu werden?«, fragte ich atemlos.

»Ganz genau!« Sissi nickte lächelnd und sah aus wie die Katze, die den Sahnetopf ausgeleckt hat (so beschreibt Oma Gerdi immer Leute, die gerade etwas ziemlich Tolles ausgeheckt haben). »Na ja, und den Rest der Geschichte kennt ihr ja.«

»Wie?«, fragte ich verwirrt.

»Mehr musstest du gar nicht tun?«, rief Emma ungläubig aus.

»Nö.« Sissi schüttelte den Kopf. »Ich habe nicht die geringste Ahnung, wie die große Versöhnung der beiden Damen abgelaufen ist. Vielleicht sind sie sich zufällig im Treppenhaus begegnet. Vielleicht hat Frau Puppel aber auch bei Frau Blümlein geklingelt. Oder umgekehrt.« Sissi zuckte die

Schultern. »Ich denke, das werden wir nie erfahren.«

»Ist ja eigentlich auch völlig egal«, sagte ich. »Selbst wenn sie irgendwann herauskriegen sollten, wie du bei dieser Versöhnung ein bisschen nachgeholfen hast, macht das auch nichts! Was zählt, ist, dass sie wieder Freundinnen sind.«

»Freundinnen wie wir!«, sagte Emma. »Das hast du wirklich super hingekriegt, Sissi! – Aber du hättest es uns ruhig ein bisschen früher erzählen können.« Sie puffte Sissi in die Seite. »Manchmal bist du wirklich eine richtige Geheimniskrämerin!« Immer noch kichernd, blies sich Emma ihre Ponyfransen aus der Stirn. – Wie sehr sie sich seit unserer ersten Begegnung verändert hatte! Dabei war es doch erst ein paar Wochen her, seit Emma bei der Einschulungsfeier bedrückt zwischen ihren Eltern gehockt hatte. Wie viel lockerer sie jetzt wirkte! Auch wenn ihr immer noch vieles »schrecklich peinlich« war. – Klar, Emma würde nie so »total cool« sein wie Sissi. Und ich im Übrigen auch nicht! Aber das ist auch gar nicht nötig. Emma ist Emma. Ich bin ich. Und Sissi ist Sissi. Und das ist gut so. Wir drei sind so unterschiedlich, wie drei Mädchen nur sein können – und trotzdem …

»Ah, ich hab ja noch Geschenke für euch«, verkündete Sissi plötzlich.

»Wie bitte? DU hast Geschenke für UNS?« Emma und ich wechselten einen verwunderten Blick. »Du bist doch diejenige, die Geburtstag hat!«

Sissi grinste. »Na ja, ein bisschen hat der Prinzessinnenclub ja heute auch Geburtstag!«

»Stimmt«, Emma rechnete, »der wird heute genau … vier Wochen alt!«

»Richtig«, bestätigte Sissi, »und deswegen habe ich hier drei Geschenke für drei Prinzessinnen.«

Sie griff hinter sich ins Regal und zauberte im nächsten Moment drei kleine, in goldfarbenes Geschenkpapier gewickelte Päckchen hervor. Feierlich überreichte sie ein Päckchen Emma, eines mir und eines behielt sie selbst.

»Du hast deins ja auch verpackt«, lachte Emma.

»Na klar«, sagte Sissi, »ich bin schließlich auch eine Prinzessin.«

»Dürfen wir sie aufmachen?« Ungeduldig wog ich das kleine goldene Etwas in der Hand. Ich hatte keine Ahnung, was darin sein könnte.

»Achtung. Fertig. Los!« Auf Sissis Zeichen hin rissen wir drei gleichzeitig unsere Päckchen auf.

Einen Moment lang hörte man nur das Reißen und Knistern von Papier.

»Oh, wie schön!«, flüsterte Emma dann.

Jede von uns drei Prinzessinnen hielt ein zartes leuchtendes Seidentuch in der Hand. Sissi ein grünes, Emma ein rotes und ich ein himmelblaues. Jedes Tuch war kunstvoll mit einer kleinen silbernen Krone bestickt, daneben stand in zarter Silberschrift jeweils unser Name: Emma. Diana. Sissi.

»Hast du die Tücher etwa selber bestickt?«, fragte ich gerührt.

Sissi nickte. »Und vorher bemalt! Ich habe sogar die Seide selber rolliert. Mit der Hand. Das war gar nicht so leicht, aber Mama hat es mir gezeigt.« Sie sah uns gespannt an. »Gefallen sie euch?«

»O ja, und wie! – Danke!«

»Danke, Sissi!«

Emma und ich robbten zu Sissi hinüber und umarmten sie. Einen Moment lang hielten wir drei uns ganz fest umschlungen. Ich spürte die Nähe und die Wärme meiner beiden Freundinnen und wusste, dass ich diesen Augenblick nie vergessen würde. Mein ganzes Leben lang nicht. Egal wie alt ich werden würde. Und ich hatte mir vorgenommen, sehr, sehr alt zu werden …

»Oh, Diana«, seufzt Emma leise schniefend, als sie zu Ende gelesen hat.

Wortlos reicht Sissi ihr ein Taschentuch.

»Und was sagst du zu der Geschichte des Prinzessinnenclubs?«, frage ich Sissi verunsichert. »Gefällt sie dir?«

»Ja, sehr.« Sissi lächelt leise. »Es ist schon verrückt, was wir drei in der kurzen Zeit miteinander erlebt haben, oder?«

»Ja, das ist es.« Ich lege die vielen eng beschriebenen Blätter zu einem großen Stapel zusammen und stelle zum Schluss den kleinen goldenen Rahmen mit unseren sieben Prinzessinnenregeln obendrauf. Meine Arbeit ist beendet.

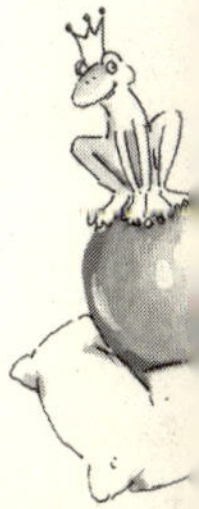

»Was soll denn jetzt werden mit dem Prinzessinnenclub?«, erkundigt sich Sissi. »Die Zeit, die ihr mir geschenkt hattet, ist ja längst um.«

»Na, hör mal!«, ruft Emma empört aus. »Wir machen natürlich weiter! Oder etwa nicht?«

»Von mir aus gern!« Sissi grinst. »Ihr wisst ja: Ich habe sowieso beschlossen, mein Leben lang Prinzessin zu bleiben – und mit euch zusammen ist es dreimal so schön.«

»Und was sagst du, Diana?«

Die beiden schauen mich erwartungsvoll an.

Natürlich könnte ich es jetzt spannend machen.

Natürlich könnte ich Emma und Sissi ein bisschen zappeln lassen.

Natürlich könnte ich noch ein bisschen bedeutungsvoll schweigen. Aber das würde sicher wieder gegen irgendeine Prinzessinnenregel verstoßen, und deswegen sage ich: »Also, ich bin mir sicher, dass wir drei mit dem Prinzessinnenclub noch eine ganze Menge erleben werden ...«

Der PrinzessinnenClub

Eine für Alle

Wie lang ist es eigentlich her, dass Emma, Sissi und ich unseren Prinzessinnenclub gegründet haben? Vier Monate? Oder schon fünf? – Ach, egal! Anfangs war unser Club ja eher eine Art Versuchsballon.

»Vier Wochen«, hatte Sissi gesagt und ihre beneidenswert langen braunen Locken theatralisch nach hinten geworfen. »Vier Wochen leben wir drei nach den sieben goldenen Regeln des Prinzessinnenclubs. Das wünsche ich mir von euch zum Geburtstag!«

Ich meine, was sollten Emma und ich dagegen sagen? Geburtstagswünsche MUSS man doch erfüllen! Jedenfalls wenn diese im Bereich des Möglichen liegen und nicht etwa ein romantisches Wochenende mit Prinz William in Buckingham Palace beinhalten oder die weibliche Hauptrolle im nächsten »James Bond«-Film. Natürlich wäre es Emma und mir damals viel lieber gewesen, Sissi hätte sich eine CD gewünscht oder einen Kinogutschein oder einen Anhänger für ihr Handy oder so. Irgendwas Normales eben. Aber so etwas ist von Amalie Severine Lilienthal, genannt Sissi, eben nicht zu erwarten. Das weiß ich inzwischen. Und Emma weiß es auch. Und noch eins haben wir beide gelernt: Wenn sich Sissi etwas in ihren braunen Lockenkopf gesetzt hat, dann setzt sie es auch durch. Und genau deshalb gibt es jetzt den Prinzessinnenclub.

Angefangen hat alles damit, dass Emma, Sissi und ich nach der Grundschule in dieselbe Klasse gekommen sind, nämlich in die 5 b des Schiller-Gymnasiums. Schon am ersten Tag erfuhren wir von unserer neuen Klassenlehrerin Frau Hasemann, dass wir bald ein Referat halten sollten, und zwar über ein selbst gewähltes Märchen. Sissi hatte sich damals blitzschnell für »Die Prinzessin auf der Erbse« gemeldet. Und Emma und ich, wir hatten uns ebenso blitzschnell entschlossen mitzumachen. Aber nur weil uns Sissi gefiel, nicht etwa die Prinzessin auf der Erbse! Die fand ich eher bescheuert, ich konnte nämlich absolut nicht einsehen, was so toll daran ist, durch zwei Dutzend Matratzen hindurch eine winzig kleine Erbse zu spüren. Und wieso eine derart dämliche Anstellerei auch noch beweisen soll, dass jemand eine »echte« Prinzessin ist. –

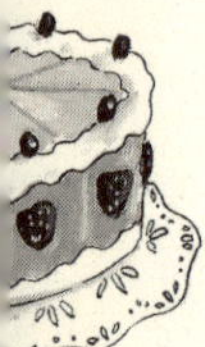

Anstatt brav unser Märchenreferat zu schreiben, diskutierten Emma, Sissi und ich dann bei den Treffen unserer Arbeitsgruppe lieber lang und breit darüber, was eine Prinzessin nun WIRKLICH ausmacht. Sieben Punkte haben wir schließlich zusammengetragen. Und dann, ich weiß selber nicht mehr genau, wie es passiert ist, aber bevor wir »piep« sagen konnten, hatte Sissi Emma und mich davon überzeugt, wie ungemein aufregend es doch wäre, wenn wir drei uns eine Zeitlang so vorbildlich und gutherzig verhalten würden wie richtige Prinzessinnen. Und damit meinte Sissi natürlich nicht die schick gestylten blaublütigen Prinzessinnen aus den Magazinen, die beim Friseur oder beim Zahnarzt herumliegen (die Magazine, nicht die Prinzessinnen), sondern »Prinzessinnen der Herzen«!

Also schrieben Sissi, Emma und ich feierlich die sieben goldenen Regeln des Prinzessinnenclubs nieder, unterzeichneten alle drei und besiegelten damit das gegenseitige Versprechen, uns fortan ebenso edel wie »echte« Prinzessinnen zu verhalten.

Die sieben goldenen Regeln des Prinzessinnenclubs

1. Eine Prinzessin tut Gutes (mindestens dreimal pro Woche. Bei größeren guten Taten oder Ausfall durch Krankheit reicht manchmal auch eine gute Tat pro Woche).

2. Eine Prinzessin denkt nicht zuerst an sich selbst, sondern an andere. Deshalb merkt sie sofort, wenn jemand Hilfe braucht, und schreitet, ohne zu zögern, zur Tat.

3. Eine Prinzessin lügt nicht. Nur in äußerster Notlage. Und keinesfalls häufiger als einmal täglich.

4. Eine Prinzessin lästert niemals über Abwesende. Auch dann nicht, wenn sie allergrößte Lust dazu hat und es jede Menge Anlass und herrlichsten Stoff dafür gibt.

5. Eine Prinzessin vermeidet Wutausbrüche und Schimpfworte aller Art – jedenfalls in der Öffentlichkeit.

6. Eine Prinzessin steht für die anderen ein. In guten, vor allem aber in schlechten Zeiten gilt: eine für alle – alle für eine!

7. Eine Prinzessin bewahrt immer (auch im Falle von Katastrophen aller Art, inklusive Erdbeben, Vulkanausbrüchen, Todesdrohungen etc.) striktes und absolutes Stillschweigen über Inhalte, Mitglieder und Regeln des Prinzessinnenclubs.

Mindestens vier Wochen lang wollten wir drei streng nach den Regeln des Prinzessinnenclubs leben – und das war zu Anfang ganz schön verzwickt. Warum? Nun, das ist eine andere Geschichte … Eine ziemlich verwirrende Geschichte von guten Taten und bösen Überraschungen, von Notlügen und Nougatkringeln, und von der wunderbaren Versöhnung zweier zerstrittener alter Damen, die durch das Eingreifen des Prinzessinnenclubs wieder allerbeste Freundinnen wurden – aber diese Geschichte habe ich ja schon erzählt.[1] Oh nein, jetzt berichte ich, wie es danach weitergegangen ist mit uns drei Prinzessinnen …

1 »Der Prinzessinnenclub«

Habt ihr schon gehört?«, rief Sissi und ließ sich auf den Platz zwischen Emma und mir fallen. »Wir kriegen einen Neuen in die Klasse.«

»Hoffentlich nicht noch so einen Witzbold wie Kevin oder Raphael«, seufzte ich und begann, kunstvolle kleine Kronen in mein Heft zu malen.

»Wieso denn nicht?«, meinte Emma, »wenn der Neue witzig ist, haben wir wenigstens was zu lachen.«

Ich verdrehte die Augen. »Mensch, Emma, der entscheidende Punkt ist doch: Jungs HALTEN sich zwar immer für total lustig, sind es aber nicht. Ihre Witze bestehen darin, uns mit Papierkügelchen zu bewerfen, die sie vorher zwei Stunden durchgekaut haben.«

»Igitt! Hör auf, Diana! Mir wird schlecht!« Sissi schüttelte sich angeekelt und schlug dann gewohnt anmutig ihre Beine übereinander. Ich warf ihr einen bewundernden Blick zu. Wie lässig Sissi sich immer bewegte! Und wie toll sie mal wieder angezogen war! Die braunen Stiefeletten und den langen Rock aus weinrotem Pannesamt kannte ich schon. Aber der helle rüschenbesetzte Unterrock, der dazwischen hervorblitzte, schien neu zu sein. Sissi trägt nie einfach Jeans und T-Shirt wie die anderen Mädchen in unserer Klasse. Und sie hat ihr Haar auch nie schlicht zum Pferdeschwanz gebunden. Oh nein! Sissis Frisuren sind wahre Meisterwerke der Flechtkunst! Ich habe mich bestimmt schon hundertmal gefragt, wann sie wohl morgens aufsteht, um diese kunstvollen Arrangements hinzukriegen … Sissis Mutter hat bestimmt nicht die Zeit, ihrer Großen die Haare zu frisieren. Schließlich hat Sissi noch drei jüngere Geschwister, deren Namen Emma und ich anfangs dauernd vergessen haben, weil Sissi die drei der Einfachheit halber immer nur die »Nervzwerge« nennt. Zuerst hat mich das gestört. »Nervzwerge« – das klingt ja nicht gerade nett. Aber irgendwann habe ich kapiert, dass Sissis Gerede über ihre Geschwister täuscht. Sie hat sie echt lieb, sehr sogar! Sissi spricht nur nicht gern über ihre Gefühle und über das, was in ihr drin vorgeht.

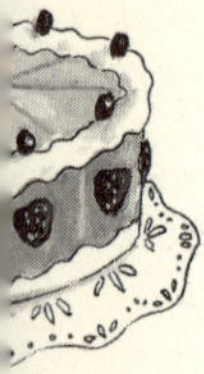

Sissis Eltern arbeiten beide tierisch viel. Sie betreiben die Konditorei Lilienthal, ein wunderschönes Geschäft mit zwei Filialen, das Sissis Uroma vor Urzeiten gegründet hat. Mama sagt immer, ihr sei völlig schleierhaft, wie Sissis Eltern das alles zusammen auf die Reihe kriegen: das Geschäft und die vier Kinder. Und ganz leicht ist das ja wirklich nicht.

Inzwischen hatte es zweimal geläutet, die Pause war zu Ende.

»Achtung, Frau Hasemann kommt!« Kevin sprang von der Tür zurück, vor der er auf der Lauer gelegen hatte, und sprintete eilig zu seinem Platz.

»Sie hat den Neuen dabei!«, verkündete er so triumphierend, als handele es sich dabei um eine echte Sensation, wie beispielsweise die erste Weltumseglung auf dem Rücken einer Süßwasserschildkröte. Ganz klar: Kevin nimmt sich einfach zu wichtig. Immer muss er den großen »Macker« spielen! Ich habe ihn schon vier Jahre in der Grundschule ertragen, was mehr als genug war. Aber anscheinend bleibt Kevin so hartnäckig an mir kleben wie der alte Kaugummi an der Sohle meiner Lieblingsturnschuhe. Seitdem wir in der Fünften sind, färbt er sich eine dicke Haarsträhne über der Stirn in ein grelles Hellblond und zwirbelt diese Strähne jeden Morgen mithilfe einer

Tonne Haarspray steil nach oben, was ihm den Namen »Kevin, das blondierte Nashorn« eingebracht hat. Aber das scheint ihn nicht zu stören.

Frau Hasemann stand jetzt vor der Klasse und klatschte in die Hände, um den Lärmpegel auf das Normalmaß zu senken. Dann lächelte sie und deutete stolz auf den schlaksigen Jungen neben sich. So als präsentiere sie uns einen begehrten Wanderpokal, den sie soeben verdientermaßen gewonnen hatte.

»Darf ich vorstellen? Das ist Johannes Brandner. Er wird ab heute in eure Klasse gehen.«

Der Neue sah nicht so aus, als fühle er sich neben Frau Hasemann besonders wohl. Kein Wunder, wer stand schon gerne derart auf dem Präsentierteller und ließ sich neugierig begaffen? Für Emma und mich jedenfalls wäre das der blanke Horror! Bei Sissi dagegen bin ich mir nicht so sicher. Wenn man sich jeden Tag so zurechtmacht wie sie, ist man daran gewöhnt, Aufmerksamkeit zu erregen. Albernes Getuschel oder Gekicher perlen an Sissi so spurlos ab wie Wassertropfen auf einem frisch polierten Auto.

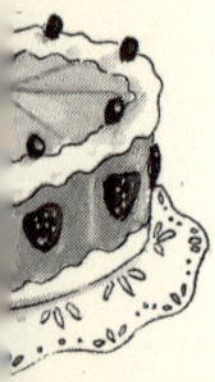

Ich nutzte die Gelegenheit, unseren Neuzugang genauer unter die Lupe zu nehmen. Johannes war größer als die meisten Jungs in unserer Klasse, er hatte tierisch lange Arme und Beine. Ja, selbst seine blonden Haare waren so lang, dass sie ihm dauernd in die Augen fielen. Bisher hatte der Typ noch kein einziges Wort gesprochen.

»Mal sehen, Johannes«, sagte Frau Hasemann, »wo haben wir denn noch einen Platz für dich?« Während unsere Lehrerin ihre Augen suchend über die Klasse wandern ließ, machte der Neue plötzlich seinen Mund auf.

»Ich heiße Jo«, sagte er.

Frau Hasemann blickte verwirrt in ihre Unterlagen. »Aber hier steht …«

»Ich heiße Johannes, aber ich werde Jo genannt«, erklärte der Neue.

Na so was, das war ja ein ganzer Satz!

Jetzt hatte Frau Hasemann kapiert. Sie nickte. »Also gut … äh … Jo, schau mal, da drüben ist noch ein freier Platz neben Tiffany.«

Der Neue schob sich durch die Reihen und ließ sich auf den Stuhl neben unserer Klassenschönheit fallen. Tiffany riss ihre tellergroßen babyblauen Augen auf, musterte Jo kurz, warf ihr langes blondes Haar nach hinten und rückte dann ein Stück zur Seite. Wobei nicht klar wurde, ob sie dem Neuen höflich Platz machen wollte oder ob sie demonstrativ auf Distanz ging. Vermutlich wusste sie selber nicht, ob es jetzt gut oder schlecht für ihr Image war, dass der Neue ausgerechnet neben ihr saß. Tiffany macht sich nämlich ständig Gedanken darüber, was wer und warum über sie denken könnte. Das spürt man irgendwie. Ich meine, mir selber ist es natürlich auch nicht gleichgültig, ob die anderen sich hinter meinem Rücken über mich kaputtlachen. Aber so ein wohlüberlegtes Leben, wie Tiffany es führt, wäre mir echt zu anstrengend.

Frau Hasemann begann mit dem Unterricht, und über so rasend spannenden Themen wie dem Unterschied zwischen der präpositionalen Bestimmung der Zeit und der des Ortes verläpperte sich das Interesse an unserem Neuzugang langsam.

Aber in der großen Pause mussten sich Emma, Sissi und ich natürlich sofort über Jo austauschen.

»Also, ich finde, er sieht echt nett aus«, sagte Emma und biss mit gutem Appetit in das Lilienthal'sche Butter-Croissant, das ihr Sissi gnädig überlassen hatte.

Sissi und ich wechselten einen vielsagenden Blick. Emma findet nämlich einfach jeden »nett«. Viel zu oft entschuldigt sie selbst das dämlichste Verhalten noch mit »fühlt sich bestimmt unsicher« oder »hatte wohl einen schlechten Tag«. Sissi und ich sind da weit weniger gnädig.

»Wenn ihr mich fragt: Er ist eine arrogante Socke!«, stellte Sissi fest, während sie ein unsichtbares Fädchen von ihrer Samtweste zupfte.

Emma verschluckte sich fast an ihrem Croissant. »Achtung, Sissi, du verstößt schon wieder gegen Prinzessinnenregel Nr. 4!«

Prinzessinenregel Nr. 4 betraf das Lästerverbot: *Eine Prinzessin lästert niemals über Abwesende. Auch dann nicht, wenn sie allergrößte Lust dazu hat und es jede Menge Anlass und herrlichsten Stoff dafür gibt.*

Vor allem Sissi und ich empfinden die Einhaltung dieser Regel manchmal als ziemlich schwierig. Allein über Kevin und Tiffany gab es ja quasi immer irgendwas zu lästern.

»Oh, Verzeihung«, hauchte Sissi und schlug schuldbewusst die Augen nieder. »Ich dachte, heute ist Dienstag.«

So ganz nahm ich Sissi ihren »Irrtum« nicht ab. Aber egal. Vor einigen Wochen hatten wir den Dienstag zu unserem »Teufelchentag« erklärt. Dem Tag, an dem alle Regeln des Prinzessinnenclubs außer Acht gelassen werden dürfen. Es erschien uns nur gerecht, dass wir, nachdem wir bereits mehrere Monate komplett auf Lästern, Lügen, Streiten und jegliche Schimpfworte verzichtet und die

Welt mit jeder Menge guter Taten beglückt hatten, zumindest jetzt EINEN Tag in der Woche ein bisschen Dampf ablassen konnten! Ehrlich gesagt hatte ich fest damit gerechnet, dass wir den Teufelchentag prompt hemmungslos ausnutzen und von früh bis spät über unsere Mitmenschen herziehen würden.

Aber es kam anders: Wir stellten fest, dass wir uns das Lästern in der Zwischenzeit fast abgewöhnt hatten! Na ja, mit der Zeit lernten wir es wieder. Sissi und ich jedenfalls. Emma ist in dieser Beziehung ja ohnehin zurückhaltend.

Eine andere Prinzessinnenregel hatten wir im Eilverfahren bereits einige Tage nach Clubgründung abändern müssen. Es war die Regel Nr. 3: *Eine Prinzessin lügt nicht. Nur in äußerster Notlage. Und keinesfalls häufiger als einmal täglich.*

Wir hatten nämlich festgestellt, dass man ganz ohne Lügen schlicht nicht durchs Leben kommt. Also, theoretisch ist es natürlich möglich … Allerdings hat man vermutlich schon sehr bald keine Freunde mehr.

Es gibt einfach zu viele Situationen, in denen Notlügen der einzige oder, sagen wir mal, der bessere Weg zu sein scheinen. Wer beispielsweise seiner Omi, die einem strahlend einen pinkfarbenen

Häkelumhang als Urlaubsmitbringsel präsentiert, schonungslos erklärt, dass dieser Umhang schlichtweg scheußlich sei, ja, dass selbst die Altkleidersammlung das Ungetüm vermutlich verschmähen würde – der hat kein Herz.

Beim Lügen gilt es eben zu unterscheiden: Handelt es sich wirklich um eine Notlüge? Oder lügt man eher, um sich selbst eine unbequeme Situation zu ersparen. – Aber dies können wir drei Prinzessinnen inzwischen recht gut unterscheiden und handeln entsprechend.

»Frau Hasemann hat uns gar nicht erzählt, warum dieser Jo Brandner die Schule wechselt«, sagte Sissi. »Ist das nicht seltsam?«

Ich biss in meinen Apfel und kaute nachdenklich. »Vielleicht war er ja auf einem dieser Elitegymnasien und hat's da nicht gepackt. Ich hab gehört, dass da noch mehr Druck gemacht wird als hier bei uns.«

Sissi nickte. »Gut möglich. Ich würde das auch nicht aushalten.« Sie seufzte. »Ich bin ja schon froh, wenn ich in Mathe eine Vier schaffe.«

»Wenn ihr wollt, kann ich demnächst mal wieder mit euch üben«, bot Emma an.

Sissi und ich nickten. Wir glänzen beide nicht in Mathe und sind heilfroh, dass Emma etwas mehr

Durchblick hat. Emma macht die 5. Klasse bereits zum zweiten Mal. Im ersten Durchgang war sie mehrere Wochen ziemlich krank gewesen und hatte so viel Unterrichtsstoff verpasst, dass ihre Eltern beschlossen, sie die Klasse wiederholen zu lassen. Gleich zu Anfang hatte Emma uns erzählt, wie unglücklich sie darüber war. Klar, sie hatte es gruselig gefunden, die »Sitzenbleiberin« zu sein! Obgleich sie diese »Ehrenrunde« ja nur wegen ihrer Krankheit drehen musste, war es nicht leicht gewesen, noch mal von vorne anzufangen.

Aber seitdem wir drei, also Sissi, Emma und ich, uns über die »Prinzessin auf der Erbse« gefunden und den Prinzessinnenclub gegründet hatten, war alles in Butter.

»Vielleicht sollten wir Jo unsere Hilfe anbieten?«, überlegte Emma. »Ihr wisst schon: Ihn ein bisschen herumführen, die Schule zeigen und so.«

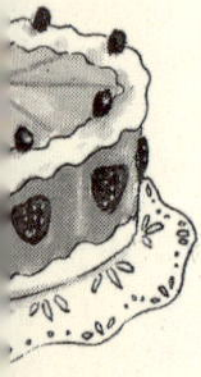

Ich kicherte. »Willst du dir so deine erste gute Tat der Woche verdienen?«

Emma schüttelte empört ihren dunklen Pagenkopf. »Phh! Das hab ich gar nicht nötig! ICH habe gestern meinem Papa beim Kelleraufräumen geholfen. Vier volle Stunden lang! Das war echter Horror! Ich hab ausgesehen, als hätte ich mich in Spinnweben gewälzt.« Sie schüttelte sich. »Ich glaube, diese Aktion zählt als Gute-Tat-Doppelpack!«

Sissi nickte gnädig. »Ihr Antrag ist genehmigt, Prinzessin Emma.«

Ich verbiss mir ein Grinsen. Sissi ist bis heute die »Wächterin der Prinzessinnenregeln«. Aus unerfindlichen Gründen ist nämlich meistens sie es, die über die Einhaltung der Regeln wacht oder entscheidet, was als »gute Tat« anerkannt wird und was nicht.

Manchmal ärgert mich das ein klitzekleines bisschen. Aber wirklich nur manchmal. Denn Sissi ist nun mal diejenige von uns dreien, die die meisten Prinzessinnen-Eigenschaften in sich vereint, sie ist eine Art »Ober-Prinzessin«.

»Ich glaube, wir können unseren Neuen ruhig Tiffany überlassen«, meinte ich grinsend. »Sie wird ihn sicher liebend gerne unter ihre Fittiche nehmen.«

»Warum sollte sie?«, fragte Sissi.

Schwungvoll warf ich meinen Apfelrest in den Papierkorb. »Ganz einfach: Weil Tiffany sich als helfenden Engel ganz toll findet.«

Sissi kicherte. »Gut möglich. – Ich glaube ja, wenn Tiffany sich das leisten könnte, würde sie sich einen persönlichen Berater engagieren, der ihr Image pflegt und ihr morgens sagt, was sie anziehen soll.«

»Und was ist daran so schlimm?« Verständnislos blickte Emma zwischen Sissi und mir hin und her. »Ich meine, wenn einem jemand sagt, was man anziehen soll? – Meine Mutter legt mir auch jeden Tag die Kleider raus. Ist doch praktisch. Da brauche ich nicht lange zu überlegen, was zusammenpasst.«

Sissi und ich wechselten einen Blick. Manchmal ist Emma derartig … unselbstständig, dass wir echt nicht wissen, ob wir lachen, ausflippen – oder lieber gnädig den Mantel des Schweigens darüber decken sollen!

Sissi und mir ist natürlich klar, dass Emmas Unselbstständigkeit eine Folge ihrer langen Krankheit ist.

Im letzten Jahr hatte Emma nach einem Zeckenbiss eine schlimme Hirnhautentzündung bekommen. Natürlich hatten ihre Eltern sie in dieser Zeit wie ein rohes Ei behandelt.

Das konnte man ja auch gut verstehen. Aber inzwischen ist Emma längst wieder gesund und fit wie ein Turnschuh. Ihre Mutter aber überwacht sie noch immer wie eine überbesorgte Glucke. Es fällt Emma verdammt schwer, sich aus dieser liebevollen Umklammerung zu befreien. Schließlich meinen ihre Eltern es ja gut, wenn sie Emma, ihrem einzigen Kind, im Hochsommer Angora-Unterwäsche anziehen und es überallhin chauffieren wollen.

Immerhin, seit es den Prinzessinnenclub gibt, ist Emma viel selbstbewusster und stärker geworden. Darauf bin ich sogar ein kleines bisschen stolz und Sissi auch.

Kaum haben Emma und Sissi die ersten Seiten der neuen Prinzessinnenclub-Geschichte auf meinem Schreibtisch entdeckt, stürzen sie sich schon darauf und fangen begierig an zu lesen. Ich wage gar nicht, zu ihnen rüberzuschauen. Hoffentlich meckern die beiden nicht gleich wieder los, weil sie meinen, dass sie in meiner Geschichte zu schlecht wegkommen …! Besonders Emma ist da ja sehr empfindlich.

Tatsächlich: Kaum gelesen, lässt Emma die Seiten sinken und mault los: »Musstest du mich denn gleich im ersten Kapitel wieder als Mamis Liebling outen, Diana?«

»Ja, bist du das denn nicht?«, kichert Sissi.

Emma verschränkt die Arme und sieht uns vorwurfsvoll an. »Also, ich finde, ich habe euch in letzter Zeit mehr als genug bewiesen, dass ich Power habe.« Sie hebt die Nase. »Ich lasse das nur nicht ständig so raushängen wie ihr zwei.«

»Stimmt«, gebe ich zu.

Auch Sissi nickt, dann sagt sie: »Keine Sorge, Emma! Deine Powereinsätze sind bestens dokumentiert!«

»Genau!« Ich deute feierlich auf den Stapel Papier vor mir. »Nämlich hier drin. Da steht die Wahrheit und nichts als die Wahrheit. Über uns und über den Prinzessinnenclub ...«

Als ich an diesem Mittag nach Hause kam, saß Mama am Küchentisch über der aufgeschlagenen Tageszeitung.

»Hast du schon gesehen?«, fragte sie und tippte auf eine fett umrandete Anzeige. »In der Moltkestraße eröffnet jetzt auch einer dieser Coffeeshops, die zurzeit überall aus dem Boden schießen.«

»Hmm«, brummelte ich desinteressiert und ließ meine Schultasche auf den Boden fallen. »Was gibt's zu essen?«

Meine Mutter legte nachdenklich den Finger an die Lippen. »Wie wär's mit Pizza? Ein paar Tomaten müssten auch noch da sein. Daraus mache ich einen Salat dazu, einverstanden, Diana?«

Ich nickte. Für mich ist es völlig normal, dass meine Mutter erst in dem Moment, in dem ich nach Hause komme, überlegt, was sie kochen könnte. Mama arbeitet bei einer großen Versicherung. Seit einiger Zeit kann sie einen Teil ihrer Arbeit von zu Hause aus erledigen. Zuerst hatte ich dieses *Home office* ganz toll gefunden. Endlich musste ich nicht mehr dreimal die Woche nach der Schule in den Hort traben, um dort ein eher ungenießbares Mittagessen zu vertilgen und anschließend mit zehn Zwergen »Mensch ärgere dich nicht« zu spielen, bis einer anfing zu heulen, weil sein Männchen zum dritten Mal hintereinander rausgekickt wurde. Insofern war es also schon besser, direkt nach der Schule nach Hause gehen zu können. Aber irgendwann wurde mir klar, dass Mama durch ihr tolles *Home office* nun in jeder freien Minute an den Schreibtisch sprintet, um noch »rasch« das eine oder andere zu erledigen. Richtig Zeit für was anderes scheint Mama kaum noch zu haben.

Während meine Mutter ihren Kopf in die Tiefkühltruhe steckte, um dort nach verschütteten Pizza Margherita zu fahnden, nahm ich mir die Zeitung vor. Eigentlich interessiert mich immer nur die letzte Seite, der »Blick in die Welt«. Da stehen nämlich oft so tolle absurde Geschichten, zum Beispiel von Menschen, die nach einem Flugzeugabsturz hundert Tage im Dschungel überlebt haben, indem sie sich von Vogelspinnen ernährten. Oder Artikel über Prinzen, die dabei erwischt werden, wie sie gegen ausländische Messepavillons pinkeln, und anschließend die Fotografen, die diese

Untat ablichten, mit Regenschirmen verprügeln. Oder Geschichten über die beiden englischen Kronprinzen: Harry (das ist der kleine Rothaarige, der immer in irgendeinem Krisengebiet stationiert ist, wenn er nicht gerade dabei beobachtet wird, wie er in einer Londoner Bar eimerweise Wodka trinkt) oder William (das ist der Thronfolger, der seit hundert Jahren dieselbe Freundin hat, sich aber partout nicht mit ihr verloben will). Ich muss zugeben, dass ich die Artikel über das britische Königshaus immer zuerst lese. Das liegt daran, dass meine Mutter eine glühende Verehrerin der englischen Prinzessin Diana ist. Leider ist diese Diana, die Mutter der Prinzen Harry und William, schon vor mehr als zehn Jahren bei einem Autounfall in Paris ums Leben gekommen. Aber vorher hat sie sich oft für Menschen in Not eingesetzt. Zum Beispiel für Opfer von Landminen. Landminen sind diese besonders fiesen, im Boden versteckten Bomben, die schon viele Kinder in Kriegsgebieten verletzt oder getötet haben.

Mama besitzt insgesamt siebzehn Prinzessin-Diana-Bildbände! Angeblich habe ich als Kleinkind lieber darin geblättert als in allen meinen Bilderbüchern. (Eine immer wieder gern erzählte Familiengeschichte, deren Wahrheitsgehalt ich inzwischen stark anzweifele). Und natürlich kommt auch mein Name nicht von ungefähr: Mama und Papa haben mich, ihr einziges Töchterlein, nach Prinzessin Diana benannt. Mama spricht meinen Namen auch gerne mal englisch aus: »Deijähna!« Papa dagegen begnügt sich damit, mich »Prinzessin« zu rufen. Das ist so eine Art Kosename, den Papa aber selbstverständlich nur benutzen darf, wenn wir beide alleine sind. In der Öffentlichkeit wäre mir das schweinepeinlich. Das weiß Papa – zu seinem und meinem Glück – auch ganz genau.

Nachdem ich die Seite »Blick in die Welt« vergeblich nach interessanten Neuigkeiten über das englische Königshaus durchforstet hatte, fiel mein Blick auf die Anzeige des Coffeeshops, von dem Mama gesprochen hatte. Und endlich fiel auch bei mir der Groschen!

»Mensch, dieser neue Coffeeshop eröffnet ja genau gegenüber von der Konditorei Lilienthal!!«, rief ich aus.

Mama befreite zwei tiefgekühlte Pizzafladen aus ihrer Plastikhülle und schob sie in den Ofen. »Das war es doch, was ich eben gemeint habe, Diana!«

Ich schüttelte empört den Kopf. »Aber warum eröffnen die denn ihren doofen Coffeeshop ausgerechnet gegenüber einer Konditorei? Die machen sich doch gegenseitig total Konkurrenz!«

Mama nickte. »Das fürchte ich auch. Einige Kunden werden Sissis Eltern bestimmt verlieren.«

»So eine Gemeinheit!«, ereiferte ich mich. »Ist das denn überhaupt erlaubt?«

»Oh ja«, meinte Mama. »Man sagt doch sogar: Konkurrenz belebt das Geschäft.«

Das kapierte ich nicht. »Und was soll das heißen?«

Mama holte Teller und Besteck aus dem Schrank und begann, den Tisch zu decken. »Ach, das ist so eine Redensart. Es bedeutet, dass es gar nicht schlecht ist, wenn Geschäfte sich gegenseitig Konkurrenz machen, weil sich dann alle mehr anstrengen und letztlich mehr Kunden anziehen.«

»Das kann ich mir nicht vorstellen«, sagte ich. »Außerdem strengen sich Sissis Eltern genug an.«

Das stimmt wirklich. Sissis Eltern arbeiten echt von früh bis spät und oft noch am Wochenende. Denn da hat die Konditorei Lilienthal auch geöffnet, zumindest für ein paar Stunden. Weil dann ja aber der Kindergarten geschlossen ist, muss Sissi samstags und sonntags häufig auf Ferdinand und die Zwillinge aufpassen. Manchmal leisten Emma und ich ihr dabei Gesellschaft. Wir haben ja beide keine eigenen Geschwister und spielen deshalb ganz gern mal bei anderen Babysitter. Vor allem die vierjährigen Zwillinge Tilda und Mats mit ihren rosigen Wangen und den weichen blonden Locken sind echt supersüß. Emma behauptet immer, die beiden duften nach Marzipan. Woraufhin Sissi regelmäßig entgegnet, das läge schlicht daran, dass die Zwillinge ständig Marzipan aus der Backstube naschen. Wie auch immer: Emma und ich helfen Sissi wirklich gern, die Nervzwerge zu hüten. Außerdem erledigen wir auf diese Weise ganz nebenbei eine der drei guten Taten, die die Prinzessinnenregeln ja pro Woche von uns verlangen. Aber immer klappt dieses fröhliche Gruppen-Babysitten natürlich auch nicht! Emma wird von ihren Eltern sonntags dauernd in irgendwelche Museen geschleppt und Mama, Papa und ich machen am Wochenende gern Ausflüge oder Fahrradtouren. Manchmal treffe ich mich sonntags auch mit Nele, meiner Freundin aus Grundschulzeiten. Früher waren Nele und ich unzertrennlich. Aber seit wir auf verschiedene Schulen gehen, sehen wir uns nicht mehr so oft. Jetzt müssen unsere Treffen immer sorgfältig geplant werden. Und ehrlich gesagt, sind mir Emma und Sissi inzwischen näher als Nele. Obwohl ich sie immer noch sehr gern mag.

An den Wochenenden, an denen Emma und ich keine Zeit haben, hockt Sissi mit ihren Geschwistern allein zu Hause. Und das nervt sie natürlich oft ganz gewaltig.

»Ich muss unbedingt Sissi anrufen«, sagte ich, während Mama mir die dampfende Pizza auf den Teller schob. »Wegen des Coffeeshops!«

»Später! Jetzt wird erstmal gegessen«, meinte Mama. »Außerdem weiß Sissi mit Sicherheit längst Bescheid über die Neueröffnung.«

Mama hatte recht. Sissi wusste schon Bescheid: »Wir haben natürlich gesehen, dass in dem Laden gegenüber wie wild renoviert wurde«, erzählte sie mir später am Telefon. »Aber bis vor einer Woche hatten meine Eltern keine Ahnung, dass da ausgerechnet ein Café reinkommt! Das ist wirklich voll blöd!«

»Es ist doch vermutlich nur ein ungemütliches Stehcafé«, versuchte ich, Sissi zu beruhigen. »Und außerdem hat so ein Coffeeshop doch eine ganz andere … äh …« Vergeblich versuchte ich, mich an das entscheidende Wort zu erinnern, das Mama vorhin gebraucht hatte, aber Sissi war mal wieder schneller als ich: »Du meinst, die haben eine ganz andere Zielgruppe als unsere Konditorei?«

»Genau: eine andere Zielgruppe!«, bestätigte

ich. Und war ein bisschen stolz, weil ich mich in der Welt der Wirtschaft so waaahnsinnig gut auskannte. Na ja, zumindest war ich imstande, Mamas Ausführungen halbwegs verständlich wiederzugeben.

»Na ja, das stimmt schon«, sagte Sissi. »In diese Coffeeshops gehen eher jüngere Leute. Unsere Kunden sind ja größtenteils älter. So wie Frau Blümlein, weißt du?«

Klar wusste ich. Frau Blümlein ist die nette alte Dame, in deren Leben sich unser Prinzessinnenclub vor nicht allzu langer Zeit tatkräftig und – ich darf sagen – überaus erfolgreich eingemischt hat.

»Aber Kunden wie Frau Blümlein sind doch perfekt«, schwärmte ich. »Sie kauft doch jetzt, wo sie wieder gut laufen kann, fast jeden Tag bei euch, oder nicht?«

»Ja, und das ist ja auch ganz prima«, bestätigte Sissi. »Aber Papa meint, dass wir langsam mehr jüngere Leute ansprechen sollten mit unserer Konditorei. Wir müssen schließlich an die Zukunft denken. Papa sagt, die älteren Kunden sterben uns irgendwann weg.«

Jetzt war ich wirklich empört. »Aber Sissi! Was redest du denn da? Das klingt ja schrecklich!«

Bei Sissis Worten hatte ich unwillkürlich reihenweise freundliche Omis und Opis vor mir gesehen, die auf dem Weg zur Konditorei Lilienthal tot umfielen.

»Aber sooo alt ist doch Frau Blümlein noch gar nicht«, protestierte ich. »Die kauft bestimmt noch total lange ihren Kuchen bei euch.«

»Mensch Diana, um Frau Blümlein geht es doch auch gar nicht!«, sagte Sissi ungeduldig. »Ich habe nur so allgemein gesprochen.«

»Es klang aber trotzdem irgendwie … herzlos«, sagte ich ehrlich. »Einer echten Prinzessin jedenfalls nicht würdig.«

Ich hörte Sissi seufzen. »Wahrscheinlich hast du recht, Diana! Aber so war das gar nicht gemeint! Ich habe vorhin nur die düsteren Mienen meiner Eltern gesehen und dann einfach nachgeplappert, was Papa gesagt hat. Außerdem ist das mit der wegsterbenden Zielgruppe nicht mal auf seinem eigenen Mist gewachsen, sondern kam von dem Bankmenschen, mit dem Papa vorhin telefoniert hat.«

Jetzt verstand ich gar nichts mehr. »Und wieso spricht dein Vater mit irgendwelchen Bankheinis über euer Geschäft?«

»Weil sich meine Eltern von der Bank Geld geliehen haben, als sie vorletztes Jahr die Lilienthal-Filiale in Maldorf eröffnet haben«, erklärte Sissi.

»Über so was weißt du Bescheid?«, wunderte ich mich. »Ich meine, deine Eltern reden mit dir über Geld und über Schulden und so was?«

»Na, hör mal, das kriege ich doch jeden Tag ganz automatisch mit«, erklärte Sissi. »Bei uns zu Hause wird ständig über das Geschäft gesprochen: Wie die Konditorei läuft, ob es Ärger mit den Angestellten gibt oder mit den Lieferanten und so weiter.«

»Das ist bei uns zu Hause ganz anders«, sagte ich. »Meine Eltern reden mit mir fast nie über Geld.«

»Weil deine Eltern ihr Gehalt jeden Monat automatisch überwiesen bekommen. Sie sind doch beide fest angestellt, oder?«

Das stimmte, klar. Ich kam mir fast ein bisschen bescheuert vor, weil ich mich in diesen Dingen so wenig auskannte. Mein Vater arbeitet als Anwalt in einer großen Kanzlei und Mama ist bei dieser Versicherung. Beide scheinen keine elementaren beruflichen Probleme zu haben. Jedenfalls reden sie mit mir nicht darüber. Und wenn bei uns beim Abendessen über Geld gesprochen wird, dann geht es höchstens mal darum, ob wir uns in diesem Jahr zwei oder drei Wochen Urlaub leisten. Ob meine Eltern je finanzielle Probleme hatten? Keine Ahnung!

Ich seufzte. Zum x-ten Male, seit wir uns kannten, fühlte ich mich im Vergleich zu Sissi wie ein ahnungsloses Kleinkind. Der einzige Trost war: Wenn ICH im Verhältnis zu Sissi ein Kleinkind war, dann war Emma ein Baby …

»Den letzten Satz hättest du nun wirklich weglassen können«, mault Emma beleidigt.

Ich zähle innerlich langsam bis drei, um nicht die Beherrschung zu verlieren. Emma versteht einfach nicht, wie Schriftsteller arbeiten! Da müssen eben auch mal unangenehme Dinge ausgesprochen beziehungsweise niedergeschrieben werden. Außerdem bin ich mit mir selber ja auch durchaus kritisch umgegangen. Oder etwa nicht?

»Jo hast du jedenfalls sehr geschickt eingeführt«, wirft Sissi ein, in dem Versuch, den drohenden Streit zwischen Emma und mir zu verhindern.

»Nicht wahr?«, lächele ich geschmeichelt. »Aber so war es ja auch: Wir spürten doch von Anfang an, dass Jo irgendein Geheimnis mit sich herumträgt.«

Sissi nickt. »Ein Geheimnis, das wir selbstverständlich gelüftet haben …«

»So schnell ging es ja nun auch nicht«, stellt Emma richtig.

Stimmt auch wieder.

A*m nächsten Morgen* hatten wir als Erstes zwei Stunden Biologie bei Herrn Dickefett. Eigentlich ist Bio eins meiner Lieblingsfächer. Nicht nur weil ich mich für Tiere und Pflanzen interessiere (das tue ich wirklich!), sondern weil es immer wieder spannend ist zu gucken, bei welchem Thema wir am Ende der Stunde landen. Herr Dickefett lässt sich nämlich wunderbar ablenken! Den Trick haben uns ein paar Schüler aus der 8. Klasse verraten. Es ist ganz einfach: Man muss Herrn Dickefett nur im richtigen Moment eine gute Frage stellen, und schon schweift er dankbar vom eigentlichen Schulstoff ab, um irgendeinen Schwank aus seinem Leben zu erzählen. Da er in den Ferien meistens bergsteigen geht, sind das oft sogar ziemlich aufregende Geschichten. Ich würde sie mir selbst dann gerne anhören, wenn sie nicht hauptsächlich dazu dienen würden, Herrn Dickefett von mündlichen Prüfungen jeder Art abzuhalten.

Heute jedoch war nichts zu machen. Herr Dickefett schien wild entschlossen, sein Programm durchzuziehen! Er hatte bereits angekündigt, dass er einige Kandidaten, die die letzte Bioarbeit in den Sand gesetzt hatten, mündlich testen wollte … oje! Ich versuchte, Dickefetts Blick auszuweichen, indem ich den Kopf senkte und auf mein Pult stierte, als gäbe es dort eine wichtige neue Mikrobenart zu entdecken. Ich schielte zur Seite. Raphael und Sissi starrten gleichfalls auf ihre Tische, ebenso Tiffany, Jannis und Arifa. Verrückt, alle meine Mitschüler schienen sich exakt so zu verhalten wie Kleinkinder, die sich beim Versteckspielen die Hände vor die Augen halten, weil sie glauben, dass sie nicht gesehen werden, wenn sie selber nichts sehen können.

Im Grunde war meine Bioarbeit gar nicht so übel gewesen, aber man weiß nie, was Lehrern so in den Kopf kommt, und eine mündliche Prüfung vor der ganzen Klasse ist echt der blanke Horror. Bei mir jedenfalls verschwindet in solchen Situationen sofort alles, was ich je gelernt oder gewusst habe, in einem undurchdringlichen Nebel des Vergessens.

Heute jedoch schien ich Glück zu haben. Herr Dickefett steuerte an mir vorbei und schlenderte langsam durch die Reihen, bis er schließlich vor Kevins Tisch stehen blieb. Das blondierte Nashorn tat so, als bemerke es Dickefetts Nähe nicht. Aber das rettete ihn natürlich auch nicht.

»Na Kevin«, sagte Herr Dickefett freundlich, »dann nenne mir doch mal die verschiedenen Merkmale der Paarhufer!«

Kevin seufzte und holte so tief Luft, als würde jetzt eine minutenlange Ansprache folgen. »Also, die Paarhufer sind … äh … Säugetiere«, begann er schließlich. »Die meisten von denen fressen … äh … Pflanzen und so – und anders als die … äh … Unpaarhufer haben sie gerade Zehen …«

»Willst du damit sagen, Kevin«, unterbrach Herr Dickefett und hob eine Augenbraue, »die Unpaarhufer leiden unter gekrümmten Zehen, sogenannten Hammerzehen?« Er blickte amüsiert in die Runde. »Oje, die Armen …«

Die Klasse lachte lauter, als es angesichts dieses eher schwachen Witzes angebracht gewesen wäre. Klar, die meisten waren einfach erleichtert, nicht selber in Dickefetts Visier geraten zu sein!

Aber Kevins Gesicht färbte sich dunkelrot. Das Nashorn über seiner Stirn schien zu beben. »Nein … ich … meinte … äh, die Unpaarhufer … äh … Quatsch … die Paarhufer, also, die haben eine gerade Anzahl von Zehen, also nicht drei oder fünf, sondern …«

»Wie viel denn? Zehn oder zwölf?«, scherzte Herr Dickefett. »Oder vielleicht zweiundzwanzig?« Beifall heischend blickte er sich um, und erst als Emma mich vorwurfsvoll in die Seite puffte, merkte ich, dass ich selber auch kicherte. Ich riss mich zusammen. Emma hatte recht! Schadenfreude stand einer Prinzessin nun wirklich nicht zu! Eine wahre Prinzessin sollte lieber fieberhaft überlegen, wie sie den armen Ritter Kevin vor dem bösen Drachen Dickefett retten könnte. Ich sah zu Emma hinüber.

»Können wir Dickefett nicht irgendwie ablenken?«, zischte sie mir leise zu.

Wie denn? Ich zuckte die Achseln. Klar, mir tat Kevin auch leid, aber ehrlich gesagt sooo doll nun auch wieder nicht! Schließlich lachte Kevin oft selber am allerlautesten, wenn jemand anders vorgeführt wurde. Da geschah es ihm doch eigentlich recht, dass er mal selber spürte, wie mies sich das anfühlte. Aber ein derartiges »Auge-um-Auge, Zahn-um-Zahn-Denken« passte vermutlich auch nicht zu einer wahren Prinzessin, oder? Ich seufzte leise. Es war nicht immer leicht, eine Prinzessin zu sein. Und heute war noch nicht mal Teufelchen-Dienstag!

Einen Moment lang war ich so in meine Gedanken vertieft, dass ich gar nicht mitkriegte, wie sich der Neue zu Wort meldete. Oder hatte Jo sich gar nicht gemeldet, sondern einfach in die Klasse hineingerufen?

»Ich habe mal gelesen, dass einige Paarhufer eng mit den Walen verwandt sind, stimmt das eigentlich?«

Herr Dickefett runzelte die Stirn. Aber schließlich nickte er Jo zu. »Da ist was dran! Tatsächlich haben neuere molekulare Untersuchungen gezeigt, dass zum Beispiel Flusspferde näher mit Walen verwandt sind als mit Vertretern ihrer eigenen Ordnung. Dies ist natürlich höchst erstaunlich, weil Wale ja …« Herr Dickefett erging sich in einem längeren Vortrag über die besonderen Körpermerkmale der Wale, was ihn über allerlei Umwege schließlich zum Thema Walfang brachte, insbesondere dem japanischen Walfang, und wie er, Arnold Dickefett, vor Jahren als Student an einer wagemutigen Aktion zur Rettung der Wale teilgenommen hatte, einer nicht ganz ungefährlichen Aktion …

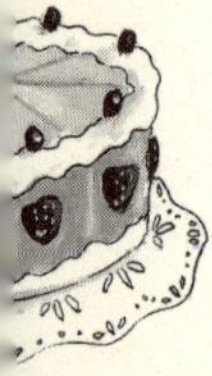

Es war tatsächlich ziemlich spannend: Gemeinsam mit anderen Umweltaktivisten hatte Herr Dickefett anscheinend damals versucht, mit einem winzig kleinen Schlauchboot einen riesigen Walfänger zu stoppen. Dabei wäre das Schlauchboot fast gekentert, wenn nicht im letzten Moment …

Herr Dickefett redete und redete. Die Zehenprobleme der Unpaarhufer schien er ebenso vergessen zu haben wie Kevins Wissenslücken. Zum Glück für das blondierte Nashorn! Als es zur Pause klingelte, hechtete Kevin als Erster nach draußen. Vermutlich fürchtete er, Dickefett könne ihn doch noch erwischen.

Nachdenklich blickte ich rüber zu dem Neuen. »Meinst du, Jo hat gewusst, dass sich Dickefett so leicht ablenken lässt?«

»Nein.« Sissi schüttelte den Kopf. »Wieso? Glaubst du etwa, er hat das Nashorn ganz bewusst gerettet?«

Ich nickte. »Was denn sonst?«

»Ach, ich denke, dass sich unser Neuer einfach für Wale interessiert«, meinte Sissi. »Ich halte ihn jedenfalls nicht für einen Robin-Hood-Typ, der sich gerne für andere einsetzt! Bestimmt nicht!«

Bei Sissi gibt es nur schwarz oder weiß, richtig oder falsch. Für sie scheint immer alles klar zu sein. Wenn Sissi sich eine Meinung gebildet hat, ist sie kaum mehr davon abzubringen, und wenn sie eine Entscheidung getroffen hat, zweifelt sie diese hinterher auch nicht mehr an. Ich selber bin da ganz anders. Ständig schwanke ich hin und her. Echt, selbst bei Kleinigkeiten! Wenn ich bei H&M zwischen zwei T-Shirts wählen muss und mich schließlich nach einer Ewigkeit für eines entscheide, bin ich spätestens zu Hause felsenfest davon überzeugt, dass das andere viel besser zu mir gepasst hätte. Tausche ich das Shirt aber um, fangen die Zweifel garantiert wieder von vorne an… In der Beziehung bin ich echt ein hoffnungsloser Fall.

Aber aus unerfindlichen Gründen reizte mich Sissis vorschnelles Urteil heute zum Widerspruch. »Lass uns Jo doch einfach fragen!«, schlug ich deshalb vor.

Sissi verstand nicht. »Ihn was fragen?«

»Na, warum er Dickefett mit den Walen gekommen ist natürlich«, half ich Sissis Gedächtnis auf die Sprünge.

»Wenn dir das so wichtig ist…« Sissi zuckte die Schultern und stand auf. »Meinetwegen.«

Ich bereute meinen Vorschlag schon, aber es war zu spät: Sissi steuerte bereits schnurstracks auf den Neuen zu. Mir blieb nichts anderes übrig, als hinter ihr herzutrotten.

»Hi«, sagte Sissi.

»Hi.« Der Neue musterte uns gleichgültig. Aber nicht lange. Dann zog er eine Banane aus seiner Schultasche und begann, sie langsam und sehr konzentriert zu schälen. Unsere Anwesenheit schien er schon wieder vergessen zu haben. Zumindest ignorierte er uns komplett. Sissi und ich wechselten einen verwunderten Blick. Wie war der denn drauf? – Sissis Augen begannen zu funkeln. Pah, so leicht ließ sich eine Amalie Severine Lilienthal nicht abspeisen! Sie warf ihre Haare nach hinten und stützte ihre Hände auf Jos Pult. »Das war wirklich geschickt, wie du Dickefett eben von Kevin abgelenkt hast.«

Jo maß Sissi mit einem abschätzenden Blick. »Hab ich das?«

Es wurde eindeutig Zeit, mich einzuschalten. »Klar«, lächelte ich zuckersüß, »wenn du diese Walfrage nicht gestellt hättest, hätte Dickefett Kevin doch garantiert noch weiter in die Mangel genommen.«

Jo nickte desinteressiert. »Kann sein.«

Besonders gesprächig war unser Neuzugang ja wirklich nicht! Am liebsten hätte ich mich einfach umgedreht und wäre wieder abgezogen. Aber das hätte natürlich völlig dämlich ausgesehen!

»Wie … äh … wie gefällt's dir denn so bei uns?«,

fragte ich schließlich. Zugegeben ein recht kläglicher Versuch, diesem einseitigen Gespräch eine neue Richtung zu geben.

Jo zuckte die Achseln. »Geht so.«

Himmel, sprach der Typ etwa immer nur in Zwei-Wort-Sätzen?! Das war ja nicht auszuhalten!

»Na ja, also … wenn du irgendwie Hilfe brauchst oder so …« Mein zögernd vorgebrachtes Angebot versickerte wie ein Wassertropfen in der Wüste.

Jo sah an uns vorbei aus dem Fenster.

»… dann sag Bescheid. Aber bitte nicht uns!«, beendete Sissi meinen Satz giftig und zog mich energisch davon.

Emma erwartete Sissi und mich bereits am Ausgang. Neugierig blickte sie uns an. »Und? Ist der Neue nett?«

»Waaahnsinnig nett!!«, sagte ich grimmig. »Ich würde vorschlagen, ihn noch heute als Ehrenmitglied in den Prinzessinnenclub aufzunehmen!«

Emma starrte mich verblüfft an. »Meinst du denn, er hätte Interesse?«

»Mensch, Emma, das war ein Scheheeerz!«, zischte Sissi. »Dieser Jo hat an gar nix Interesse. Weder an Walen noch an Kevin noch an uns. Von heute an ist er Luft für mich. Ich sehe ihn einfach nicht mehr.« Sissi hob die Nase, um zu zeigen, wie sie künftig über Jo Brandner hinwegzublicken gedachte.

»Das Letzte hättest du vielleicht nicht sagen sollen, Sissi«, meinte ich schließlich. »Also, dass er Bescheid sagen soll, wenn er Hilfe braucht. Aber bitte nicht uns! – Echt, das war ziemlich ... gemein!«

Sissis Augen funkelten. »Na, hör mal, er war doch auch gemein, oder etwa nicht? Ich meine, wir gehen zu ihm rüber, sind nett und alles. Und dieser ... dieser Johannes«, sie schnaubte wütend, »behandelt uns wie zwei lästige Schmeißfliegen.« Sie sah mich herausfordernd an. »So war es doch? Oder etwa nicht, Diana?«

»Doch schon«, gab ich zu. »Also, er war wirklich nicht gerade freundlich oder so, aber vielleicht ...«

»... vielleicht hatte er ja nur einen schlechten Tag«, ergänzte Emma hilfsbereit. Und Sissi sah aus, als bekäme sie gleich einen Schreikrampf.

»Da warst du wirklich ein bisschen ungerecht«, sagt Emma zu Sissi. »Das fand ich auch!«, pflichte ich Emma bei. »Ich meine, sooo schlimm hat sich Jo uns gegenüber ja nun echt nicht verhalten!«

»Na toll«, schnaubt Sissi. »Und was ist mit unserer sechsten Prinzessinnenregel? Eine Prinzessin steht für die

anderen ein. In guten, vor allem aber in schlechten Zeiten gilt: Eine für alle – alle für eine!«

»Das bedeutet aber doch nicht, dass wir uns gegenseitig nicht kritisieren dürfen!«, rufe ich empört aus.

»Oder dass wir immer einer Meinung sein müssen«, ergänzt Emma.

»Schade eigentlich«, sagt Sissi.

Natürlich fand das nächste Treffen des Prinzessinnenclubs ein paar Tage später bei Sissi statt.

Emma und ich wollten uns den neuen Coffeeshop, der unverschämterweise gegenüber der Konditorei Lilienthal aufgemacht hatte, unbedingt aus der Nähe ansehen.

Da Sissis winziges Prinzessinnenzimmer zur Straße hin lag, hatten wir von ihrem Fenster aus die Lage bestens im Blick. Gespannt äugten wir hinüber auf die andere Straßenseite.

»Besonders groß ist der Coffeeshop ja nicht!«, stellte Emma fest.

»Das ist auch gar nicht nötig«, erklärte Sissi. »Das meiste Geld verdienen die sowieso mit ihrem Straßenverkauf. Heutzutage ist es ja irgendwie schick, mit einem doofen Pappbecher in der Hand durch die Gegend zu laufen.«

»Dabei pladdert man sich den Kaffee doch bestimmt dauernd auf die Jacke«, meinte Emma.

»Oder man verbrennt sich höllisch den Mund«, ergänzte ich. Das behauptete meine Mutter jedenfalls immer.

Sissi zuckte die Schultern. »Ich verstehe ja auch nicht, was so toll an diesem ›Coffee to go‹ ist. Okay, es spart Zeit… Aber ist das so wichtig? – Kann man seinen Kaffee nicht besser zu Hause trinken? Mit einer frischen Apfeltasche oder einem Nougatkringel dazu?«

»Hör auf, ich krieg Hunger!«, seufzte Emma, die die Lilienthal'schen Nougatkringel zu jeder Tages- und Nachtzeit vertilgen konnte.

»Natürlich ist das schöner«, stimmte ich Sissi zu. »Aber du weißt doch, wie die meisten Leute durch die Gegend hetzen: Schnellschnellschnell – bloß keine Zeit verlieren!«

»Ich möchte nur mal wissen, was die dann hinterher eigentlich mit der kostbaren Zeit anfangen, die sie so mühsam ansparen!«, wunderte sich Emma.

»Vermutlich gucken sie abends einfach noch zwei Stunden länger fern«, sagte ich, »›Deutschland sucht den Superdepp‹ – mit sämtlichen Werbepausen.«

»Oder sie streiten sich«, mutmaßte Emma.

»Also, bei uns zu Hause geht's ja auch dauernd

darum, Zeit zu sparen«, gab Sissi zu. »Ich kenne das gar nicht anders. Ständig muss alles rasch-rasch gehen: frühstücken, anziehen, aufräumen …«

»Deine Eltern haben ja auch wirklich viel um die Ohren!«, sagte ich. »Das Geschäft und vier Kinder … Das geht doch gar nicht ohne Hektik! Aber es gibt eine Menge Leute, die sich ständig selber Stress machen. Einfach so, obwohl das gar nicht nötig wär!«

Ich dachte an Mamas nervige Freundin Kerstin, die hin und wieder für ein halbes Stündchen bei uns vorbeigehetzt kommt. Irgendwie scheint die Frau immer auf dem Sprung zu sein. Dabei hat sie einen ziemlich ruhigen Job in einer Bücherei und keine Kinder.

Ehrlich gesagt verstehe ich überhaupt nicht, warum Mama sich noch mit ihr trifft. Kerstin scheint ja doch nie richtig Zeit für sie zu haben, weil sie ständig von irgendwoher kommt und gleich noch irgendwo hinmuss: Eine wichtige Ausstellung, eine Tennisstunde, ein Trommelworkshop, eine Chorprobe, Yoga für Anfänger oder Chinesisch für Fortgeschrittene. Diese Frau scheint alles auf einmal zu machen.

Mir gegenüber tut Mama immer so, als fände sie das völlig in Ordnung. »Jeder hat seine eigene

Lebensweise, Diana. Wenn Kerstin so glücklich ist, dann ist das für mich völlig in Ordnung.«

Aber ich habe längst mitgekriegt, dass Mama Papa gegenüber ganz anders redet und sich tierisch über Kerstins »selbst erzeugten Stress« aufregt. Seltsam, dass Eltern immer glauben, sich Kindern gegenüber als waaahnsinnig tolerant präsentieren zu müssen! Auf Dauer halten sie das sowieso nicht durch.

»Einen besonders originellen Namen haben die sich ja nicht gerade einfallen lassen für ihren Coffeeshop«, sagte ich und deutete auf das glänzende Metallschild über der Eingangstür. »Ich meine, ›CoffeeCoffee‹ … wie klingt denn das?«

»Der Name ist wahrscheinlich vorgegeben«, erklärte Sissi. »CoffeeCoffee ist bestimmt eine dieser Ketten mit x Filialen und die Läden sehen überall gleich aus.«

»Aber die Einrichtung ist schick. Das muss man zugeben«, sagte ich. »Allzu viel kann man von hier aus ja nicht erkennen. Aber diese dunklen Balken und die weißen Flächen, die Spiegel und Tafeln – wirkt alles schön frisch.«

Sissi runzelte die Stirn. »Du meinst, im Vergleich zu uns?« Sie seufzte. »Ja, dagegen sieht Lilienthal fast ein bisschen altmodisch aus.«

»Aber das ist doch gerade das Schöne bei euch«, wandte Emma ein. »Dass es so gemütlich ist. Ein bisschen wie … ja, wie bei Frau Blümlein zu Hause.«

»Also bitte! So wie bei Frau Blümlein sieht es bei uns ja nun auch wieder nicht aus!«, protestierte Sissi aufgebracht.

»So hat Emma das doch gar nicht gemeint«, versuchte ich, Sissi zu beruhigen, während ich Emma über Sissis Schulter hinweg einen wütenden Blick zuwarf. Himmel, manchmal hatte Emma echt die Fähigkeit, in jedes Fettnäpfchen zu treten, das sich im Umkreis von fünf Kilometern bot! Natürlich war es ein Riesenunterschied, ob Sissi selber ihre Konditorei als »ein bisschen altmodisch« bezeichnete oder ob jemand anders eine solche Bemerkung machte! Und wie konnte Emma nur auf die Idee kommen, Frau Blümleins nette Omi-Einrichtung mit dem roten Plüschsofa, den tausend Kissen, Deckchen und »Stehrümchen«, wie Papa Gegenstände nennt, die ausschließlich der Dekoration dienen, mit der Konditorei Lilienthal zu vergleichen?!

»Machen sich deine Eltern denn große Sorgen wegen der Konkurrenz?«, fragte ich.

Sissi zuckte die Achseln. »Sie meinen, man

müsse erst mal abwarten. So schlimm würde es schon nicht werden. Schließlich hätten wir unsere Stammkunden. Papa sagt, es gibt genug Leute, die durch die halbe Stadt fahren, um unsere Torten zu kaufen.« Sissi machte eine ungeduldige Handbewegung. »Aber ich merke schon, dass meine Eltern beunruhigt sind. Jetzt überlegen sie sogar, ob sie renovieren sollten.« Sissi deutete auf die andere Straßenseite. »Ihr seht ja, was da drüben los ist! Die Leute stehen Schlange für einen dieser doofen ›doppelten Cappuccino, halbfett mit extra viel Latte und Vanille-Karamell-Aroma‹ … Dabei ist das Zeug richtig teuer!« Sie seufzte. »Ich hätte nie gedacht, dass Lilienthal mal in Gefahr geraten könnte. So lange, wie es uns schon gibt …!«

Natürlich kannten Emma und ich die Geschichte der Konditorei. Sissi hatte sie uns oft genug erzählt und dabei immer wieder neu ausgeschmückt. Neben dem Verkaufstresen der Konditorei hängt sogar ein Porträt von Sissis Urgroßmutter, jener sagenumwobenen »Amalie Severine« Lilienthal, die das Geschäft mit den süßen Leckereien vor rund achtzig Jahren gegründet hat und nach der »Sissi« getauft worden ist. Sissi kann ihren richtigen Vornamen nicht ausstehen. Sie behauptet immer, »Amalie Severine« klänge nach Klopapier und Suppenterrine.

Deshalb hat sie diese Namen irgendwann einfach abgelegt und sich »Sissi« genannt. Nicht ohne Grund. Sie ist felsenfest davon überzeugt, auf geheimnisvolle Weise mit der österreichischen Kaiserin Sissi verbunden zu sein, weil einer ihrer eigenen Urahnen vor ein paar hundert Jahren einem Urahnen jener berühmten österreichischen Kaiserin das Leben gerettet hat. Deswegen nennt sich Sissi eben Sissi – und deshalb kleidet und frisiert sie sich auch so altmodisch. Bei jedem anderen Mädchen hätten die langen, weit schwingenden Röcke und Unterröcke, die feinen Stiefeletten und schmalen Westen, all die Hochsteckfrisuren, die kunstvollen Zöpfe, Bänder und Knoten albern ausgesehen. Aber zu Sissi passt diese Aufmachung. Sie trägt ihre verrückten Klamotten so selbstverständlich, dass nur höchst selten sich mal jemand über sie lustig macht. Und falls doch, straft Sissi den Unglücklichen mit einem derart eisigen Blick, dass ihm das Lachen im Halse stecken bleibt. Sissi scheint eben die einzige *wirkliche* Prinzessin von uns dreien zu sein. Zumindest ist sie diejenige, die immer und überall ganz darin aufgeht. Sogar in ihrem winzigen Zimmer: Überall Spiegel, Glitzer, Samt und Tüll – und nirgendwo eine versteckte Plastikbarbie …

»Über mich schreibst du fast gar nichts«, schmollt Emma, nachdem sie die letzte Seite gelesen hat.

»Weil es in dieser Geschichte doch hauptsächlich um Sissi geht«, verteidige ich mich. »Aber keine Sorge, du kommst auch noch dran. Ich warte nur auf eine geeignete Stelle.«

»Aber nicht zu lange«, brummelt Emma.

Den restlichen Nachmittag behielten wir den Coffeeshop genau im Auge. Klar, die meisten Leute holten sich dort nur einen Kaffee oder andere Getränke, aber einige kamen auch mit Kuchen oder belegten Brötchen heraus. Gebäck, das es genauso gut – nein, natürlich viel besser! – auch bei Lilienthal gab!

Ich holte tief Luft. »Wir müssen uns etwas einfallen lassen.«

Sissi sah mich fragend an. »Wie meinst du das?«

»Ganz einfach«, ich verschränkte die Arme, »der Prinzessinnenclub muss ein ›Rettet-die-Konditorei-Lilienthal-Sofortprogramm‹ aufstellen!«

Sissi winkte ab. »Vielen Dank, Diana! Aber wir stehen ja nicht kurz vor der Pleite.« Sie grinste schief. »Ganz so schlimm ist es glücklicherweise nicht!«

»Noch nicht!«, sagte ich bedeutungsvoll.

»Super, Diana, du baust mich echt auf!« Jetzt war Sissi richtig empört. Ihre Augen funkelten. »Am besten, du trägst deinen genialen Vorschlag direkt meinen Eltern vor. Die springen bestimmt vor lauter Begeisterung gleich in ihre Teigmaschine!«

»Jetzt seid mal still, ihr beiden!«, unterbrach Emma uns plötzlich. »Guckt mal lieber, wer da drüben vor dem Coffeeshop hockt!« Sie deutete aus dem Fenster.

Neugierig folgten unsere Blicke ihrem Finger. Das gab's ja nicht! Auf den Stufen des Coffeeshops saß, lässig einen Becher in der Hand balancierend, unser Neuer: Johannes Brandner! Er trug ein weißes T-Shirt mit irgendeinem bunten Aufdruck und eine lässige Baggy-Hose. Seine blonden Haare fielen ihm halb über die Augen. Und wenn er wie jetzt seinen Kopf bewegte, diente dies nicht dazu, seine Haare aus dem Gesicht zu schütteln, sondern den blonden Vorhang noch weiter zuzuziehen. Unwillkürlich zwirbelte ich meine eigenen blonden Strähnen nach hinten. Mit einer Frisur wie dieser Jo würde ich durchdrehen! Der sah die Welt doch immer nur durch einen Wust von Haaren, vermutlich knallte er gegen jeden zweiten Laternenpfahl! – An Jos Seite hockte ein etwas älter wirkendes Mädchen mit rötlichen Locken, das eifrig auf ihn einzureden schien.

»Was macht DER denn hier?!« Sissi riss so empört die Augen auf, als sei Jos Anwesenheit allein schon eine Provokation.

»Meint ihr, es ist Kaffee, was Jo da trinkt?«, fragte Emma. »Also, das finde ich ja nicht gut! Meine Mutter sagt immer, dass Koffein für Kinder total schädlich ist, weil ...«

Sissi unterbrach Emma mit einer ungeduldigen Handbewegung. »Die haben da drüben vermutlich auch Smoothies!«

»Smoothies?«, fragte Emma, »was ist das denn schon wieder?«

»So 'ne Art dickflüssiger Fruchtsaft«, erklärte ich. Mama hatte letztens mal eine Flasche gekauft. Das Zeug schmeckte wie flüssiges Apfelmus. Irgendwie gewöhnungsbedürftig. Aber Emma hörte mir schon gar nicht mehr zu. »Ob das Mädchen neben Jo seine Freundin ist?«

»Wohl kaum«, meinte Sissi. »Wenn es seine Freundin wäre, müsste er sich hin und wieder mit ihr unterhalten. Und das tut er ja höchst ungern.«

»Vielleicht ja nur nicht mit euch«, bemerkte Emma.

Wie bitte?! Ich warf Emma einen überraschten Blick zu. Seit wann war sie denn so schnippisch?

Während ich noch nach einer geeigneten Antwort suchte, ging plötzlich die Tür auf und Sissis

Mutter steckte ihren Kopf ins Zimmer. Sie lächelte Emma und mir nur kurz zu, dann wandte sie sich direkt an Sissi. »Kannst du mal schnell die Kleinen vom Kindergarten abholen und anschließend auf sie aufpassen?«

Sissi zog die Augenbrauen hoch. »Muss das sein? Mensch Mama, ich hab Besuch!«

»Bitte Sissi!«, drängte Frau Lilienthal. Sie schob sich ungeduldig eine Locke hinters Ohr. Zwischen ihren Augenbrauen stand eine steile Falte.

Sissi seufzte. »Also gut. Und wie lange?«

»Wie meinst du das?« Sissis Mutter war schon fast wieder auf der Treppe.

»Ich meine: Wie lange muss ich die Nervzwerge hüten?«, rief Sissi ihr nach.

»Das kann ich noch nicht sagen! Ich hab einen wichtigen Termin!«

»Du hast IMMER irgendeinen wichtigen Termin!« Sissis Stimme bebte.

Wir hörten Frau Lilienthal die Treppe wieder hinaufhetzen. Ihr Gesicht wirkte angespannt. »Also wirklich, Sissi, nun mach es mir nicht so schwer! Du siehst doch, dass ich Stress hab! Es ist doch nicht zu viel verlangt, wenn du dich hin und wieder um deine jüngeren Geschwister kümmern musst.«

»Hin und wieder?!«, rief Sissi, ihre Stimme wurde immer schriller. »Ich habe die drei fast jeden Tag am Hals, weil du IMMER Stress hast …! Warum habt ihr überhaupt vier Kinder bekommen, wenn ihr doch keine Zeit für uns habt!?«

Bevor Frau Lilienthal etwas entgegnen konnte, warf Sissi ihre Zimmertür zu und lehnte sich schwer atmend dagegen. Ihr Gesicht war ganz blass geworden. Sie schien den Tränen nahe zu sein.

Emma und ich warfen uns einen erschrockenen Blick zu. Ich horchte angespannt. Würde Sissis Mutter zurückkommen? Hoffentlich nicht! Es war schrecklich, so einen Streit mitzuerleben! – Nein, wir hörten unten die Tür zur Backstube knallen, dann war Ruhe.

Einen Moment lang schwiegen wir alle drei betreten. Klar, Emma und ich zofften uns auch mal mit unseren Eltern. Aber normalerweise ja nicht vor anderen! Wir erzählen uns nur hinterher davon und bedauern uns gegenseitig. Das ist etwas ganz anderes, als daneben zu sitzen. So wie eben.

Natürlich hatte ich gewusst, dass es bei Sissi hin und wieder Streit gab, wenn ihre Eltern ihr zum hundertsten Mal die Betreuung ihrer Geschwister aufs Auge drückten. Aber mir war nicht klar gewesen, wie sehr Sissi ihre Babysitter-Rolle mittlerweile nervte. Bisher war sie jedes Mal mit einer spöttischen Bemerkung oder einem Augenrollen darüber hinweggegangen. Und Sissis Mutter hatten Emma und ich bisher nur als freundlich und, ja, fröhlich erlebt! Das Immer-in-Eile-Sein schien Frau Lilienthal nur wenig auszumachen. Es gehörte ebenso zu ihr wie ihr lockiges braunes Haar und ihre blitzblauen Augen.

»Komm, Sissi, jetzt beruhig dich mal«, sagte Emma leise. »Wir können die Nervzwerge doch alle zusammen von der Kita abholen.«

»Und danach spielen wir hier was mit ihnen«, ergänzte ich eifrig. »Memory oder so.«

Sissi schwieg noch immer. Ich biss mir auf die Lippen. Ob Sissi über den Streit reden wollte? Oder lieber nicht? Sollten Emma und ich besser so tun, als wäre gar nichts geschehen? Aber das ging doch gar nicht! Dazu war der Wortwechsel viel zu heftig gewesen.

Sissi starrte zu Boden. »Aber wir wollten doch nachher noch zu Frau Blümlein«, stieß sie endlich hervor, »wegen ihrer Balkonblumen.«

Das stimmte. Vor einigen Monaten hatten Emma, Sissi und ich der alten Dame geholfen, ihre Balkonkästen neu zu bepflanzen. Das war eine der ersten guten Taten des frisch gegründeten Prinzessinnenclubs gewesen! Und nun wurde es langsam Zeit, die verblühten Pflanzen gegen neue auszutauschen. Vor allem Emma machte diese Arbeit richtig Spaß! Sie hat nämlich eindeutig einen »grünen Daumen«, wie Frau Blümlein das mal genannt hat. Im Gegensatz zu mir: Sosehr ich mich auch bemühe, mir ist es bisher noch immer gelungen, selbst die robusteste Zimmerpflanze durch falsche Behandlung innerhalb kürzester Zeit um die Ecke zu bringen.

»Das ist doch kein Problem. Wir rufen Frau Blümlein einfach an und fragen, ob wir statt heute morgen kommen können«, schlug ich vor.

»Morgen hab ich keine Zeit«, sagte Emma schnell.

»Dann eben übermorgen«, beharrte ich. »Auf einen Tag mehr oder weniger kommt es Frau Blümlein bestimmt nicht an.« Ich legte Sissi leicht meine Hand auf den Arm. »Wollen wir los? – Emma und mir macht es nichts aus, die Nervzwerge abzuholen, wirklich nicht!«

»Aber MIR macht es etwas aus!«, entgegnete Sissi heftig. »Für meine Eltern bin ich doch nur noch der Babysitter vom Dienst!«

Emma und ich sahen uns hilflos an. So wie heute hatten wir Sissi noch nie erlebt! Sie schien doch immer alles im Griff zu haben, stets ganz genau zu wissen, was sie wollte – und danach zu handeln.

»Ist es … denn wirklich so schlimm mit deinen Eltern zurzeit?«, fragte ich leise.

Sissi nickte, ohne mich anzusehen. »Seitdem klar ist, dass die da drüben ihren bekloppten Coffeeshop aufmachen, ist es noch schlimmer geworden! Jetzt sind meine Eltern endgültig nur noch mit der Konditorei beschäftigt!«

»Wenn das so ist«, sagte Emma nachdenklich, »dann wird es vielleicht wirklich Zeit für einen Plan.«

»Was denn für einen Plan?« Sissi sah sie verwirrt an.

»Emma meint einen Plan zur Unterstützung eurer Konditorei«, sagte ich. »Stimmt's?«

Emma nickte. »Wir müssen uns eben etwas einfallen lassen, damit die Leute nicht zu ›CoffeeCoffee‹ gehen, sondern wieder zu euch.«

»Wenn sich deine Eltern keine Sorgen mehr um das Geschäft zu machen brauchen, haben sie wieder mehr Zeit für euch. Und du kannst ihnen in Ruhe erklären, dass dir das mit den Nervzwergen zu viel wird«, ergänzte ich.

Sissi blickte uns nachdenklich an. Sie schien die Idee absolut nicht mehr so abwegig zu finden wie vorhin. »Und … was stellt ihr euch so vor? Ich meine, was genau könnten wir tun?«

Ich lächelte meine beiden Freundinnen an. »Bisher ist dem Prinzessinnenclub doch immer etwas Gutes eingefallen, wenn's drauf ankam, oder?«

Emma verdreht die Augen. »›Etwas Gutes‹ … Himmel, wenn ich daran denke, wird mir heute noch schlecht …!«

»Etwa so schlecht, dass du unsere guten Nougatkringel verschmähst?« Sissi hält Emma den Teller mit dem Gebäck vor die Nase. »Komm schon, greif zu! Die hat Papa vorhin ganz frisch gemacht!«

Das lässt sich Emma nicht zweimal sagen.

»Wer hatte damals eigentlich diese Idee?«, überlegt Sissi.

»Wasch meinscht du?« Emma kaut mit vollen Backen.

»Sissi meint die Idee, wie wir Lilienthal unterstützen wollten«, erkläre ich.

Emma schüttelt energisch den Kopf. »Also, ich war das jedenfalls nicht!«

»Ich auch nicht«, sagt Sissi.

Schon gut, schon gut.

Ich bekenne mich schuldig.

Wir holten die Nervzwerge zu dritt aus der Kita ab und spielten den Rest des Nachmittags mit ihnen »Monopoly«. Ferdi bekam das Spiel erstaunlich gut hin, weil er für seine sieben Jahre schon prima rechnen konnte. Aber die Zwillinge waren eigentlich noch viel zu klein dafür. Spaß hatten sie trotzdem und bestanden darauf, eine Straße nach der anderen zu kaufen, je teurer, umso besser. Als sie beide kein Geld mehr hatten, wollten sie einfach in die »Bank« greifen, um sich neues herauszunehmen.

»Sonst macht's doch keinen Spaß«, erklärte Mats treuherzig, als Sissi ihn davon abhalten wollte.

»Eigentlich hast du recht«, seufzte Sissi und drückte ihrem kleinen Bruder großzügig zwei 500-Euro-Scheine in die Hand.

»Dann will ich aber auch!«, krähte Tilda.

»Kriegst du!«, sagte Sissi.

Schließlich griffen wir alle wahllos in die »Bank«, um uns zu bedienen. Erst als es keine Häuser und

Hotels mehr zu kaufen gab, mit denen wir unsere Straßenzüge hätten pflastern können, beendeten wir das Spiel. Für Emma und mich wurde es ohnehin Zeit, nach Hause zu gehen.

Als wir aus Sissis Haustür traten, deutete ich verstohlen auf den Coffeeshop. »Wollen wir mal schnell einen Blick reinwerfen?«

Emma sah mich verständnislos an. »Und wozu soll das gut sein?«

»Man muss seinen Gegner kennen«, erklärte ich. »Dann weiß man auch, wie man ihn schlagen kann!« Diesen Satz hatte ich mal in einem Agententhriller gelesen und ziemlich beeindruckend gefunden. Auch bei Emma verfehlte er seine Wirkung nicht.

»Wenn du meinst«, sagte sie unsicher. »Aber hätten wir das nicht mit Sissi absprechen müssen?«

»Quatsch«, sagte ich. »Das erklären wir ihr hinterher. Und selbst wenn Sissi uns von oben sieht, wird sie ja wohl kaum annehmen, dass jetzt sogar schon ihre beiden besten Freundinnen lieber zur Konkurrenz gehen! Und nun komm, die schließen bestimmt gleich!«

Seite an Seite betraten wir den Coffeeshop. Der Eindruck von Sissis Fenster aus hatte nicht getäuscht: Der Laden sah von innen leider echt nett aus! Mit seinen schokobraun und weiß gestrichenen Wänden und den dunklen Balken, an denen handbeschriebene Tafeln die Angebote des Tages verkündeten, bot »CoffeeCoffee« genau den schicken, aber nicht zu unterkühlten Charme, der derzeit angeblich tierisch angesagt war.

»Müssen wir nicht was bestellen?«, zischte Emma mir zu. »Wir können hier doch nicht nur so rumstehen und in die Gegend starren!«

»Warum denn nicht?«, zischte ich zurück. »Wir sind interessierte Kunden, die ein neues Café in Augenschein nehmen. Das ist ja wohl nicht verboten!«

»Kann ja sein«, flüsterte Emma, »aber mir ist es irgendwie …«

»… peinlich?«, fragte ich.

Emma nickte heftig. Ihr Gesicht nahm bereits die mir vertraute Farbe einer überreifen Tomate an.

Ich versuchte, mich von Emmas Nervosität nicht anstecken zu lassen. Emma war nämlich so gut wie alles »peinlich«: jeder zweite Satz, jedes Kichern, jeder Blick, jedes Outfit und jede schief sitzende Haarsträhne. Na ja, um ehrlich zu sein, hatte Emmas Hang, alles Mögliche »peinlich« zu finden, in den letzten Monaten deutlich nachgelassen. Aber von dieser hoffnungsvollen Entwicklung war im Moment leider nichts mehr zu spüren.

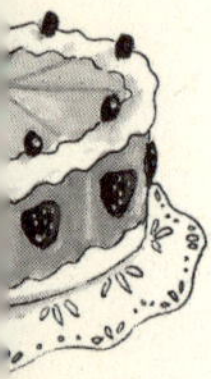

»Kann ich euch vielleicht helfen?«, fragte die Frau hinter dem Tresen. Sie war groß und schlank und über ihrer engen schwarzen Bluse klimperten jede Menge bunte Ketten. War das nicht tonnenschwer am Hals? Komische Mode …

»Nö, danke!« Ich schüttelte den Kopf und versuchte, ein cooles Gesicht aufzusetzen.

Aber die Tresenfrau ließ nicht locker. »Wartet ihr auf jemanden?«

»Nein … äh … na ja«, piepste Emma und warf mir einen Hilfe suchenden Blick zu.

Ich seufzte innerlich. An Emma war wirklich keine Geheimagentin verloren gegangen!

»Also, die Smoothies hier sind echt lecker«, sagte plötzlich jemand hinter mir.

Die Stimme kam mir bekannt vor. Ich schoss herum. Tatsächlich: Meine Ohren hatten mich nicht getäuscht. Hinter uns stand der Klassenneuling, Jo Brandner. Und erstaunlicherweise war er hier weitaus gesprächiger als in der Schule. Jetzt hielt er mir sogar sein Glas direkt vor die Nase. »Himbeer-Erdbeer! Kann ich wirklich empfehlen!«

»Danke!«, erklärte ich eisig. »Wir haben keinen Durst!« Ich packte die verdutzte Emma am Ärmel und zog sie ohne ein weiteres Wort nach draußen.

Kaum waren wir um die Ecke gebogen, machte Emma sich verärgert von mir los. »Sag mal, spinnst du, Diana? Was sollte das denn? Jo hat uns doch ganz freundlich angesprochen. Warum hast du so blöd reagiert?«

Im Grunde wusste ich das selber nicht genau. Ich war einfach total verdutzt gewesen und überrascht, weil unser Neuer anscheinend den ganzen Nachmittag in diesem Laden herumhing. Seltsam! Hatte Jo nichts Besseres zu tun? Oder machte er auf cool und »erwachsen«? Beides gleich bekloppt, urteilte ich.

Emma schien noch immer auf eine schlüssige Erklärung zu warten. Jedenfalls stand sie mit verschränkten Armen vor mir und sah mich forschend an. Es hätte nur noch gefehlt, dass sie einen Scheinwerfer auf mein Gesicht richtete. Wenigstens waren wir nicht mehr in Sichtweite des Coffeeshops.

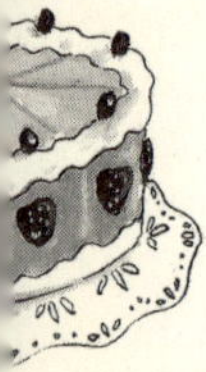

»Ich weiß ja auch nicht, warum ich das gemacht habe«, gab ich schließlich zu. »In der Schule spricht dieser Jo kaum ein Wort mit uns und hier … Na ja, mir war plötzlich klar, dass er uns wahrscheinlich schon die ganze Zeit beobachtet hatte. Ich meine, wie wir zwei da in dem Laden herumgeschlichen sind und alles neugierig inspiziert haben. Na ja, und das war mir …« Ich seufzte und machte eine vielsagende Handbewegung.

»… peinlich?«, fragte Emma mit mehr als nur einem Anflug von Genugtuung.

Ich nickte kleinlaut. »Ja, irgendwie schon. Tut mir leid!«

»Schon in Ordnung«, sagte Emma großzügig. »Ich bin ja froh, wenn es anderen auch mal so geht wie mir.«

»Weiß ich doch!« Ich hatte schon wieder Oberwasser. Emma schien das zu spüren, denn sie versetzte mir einen kräftigen Stoß in die Rippen. Dann wurde sie plötzlich ernst.

»Das war ganz schön heftig vorhin, oder? Ich meine, dieser Streit zwischen Sissi und ihrer Mutter.«

»Ja«, gab ich zögernd zu. »Ich wusste gar nicht, was ich sagen sollte. So aufgebracht habe ich Sissi vorher noch nie gesehen. Du auch nicht, oder?«

Emma schüttelte den Kopf. Wir vermieden beide, uns anzusehen.

Als befreundetes Trio hat man es nicht leicht. Wenn man so eng zusammenhängt wie wir, ist es äußerst heikel, zu zweit über die nicht anwesende Dritte zu reden. Das fühlt sich nämlich immer ein bisschen an wie Verrat.

Ohne dass Emma, Sissi und ich je darüber geredet haben, versuchen wir deswegen, solche Zweiergespräche zu vermeiden. Weil wir alle drei wissen: Es würde das empfindliche Gleichgewicht zwischen uns stören!

Wenn ich mir nur vorstelle, dass Emma und Sissi über mich sprechen würden, wenn ich nicht dabei bin … Das fänd ich ganz, ganz schrecklich, ehrlich! – Ich hatte sogar mal überlegt, dieses Redeverbot in unsere Prinzessinnenregeln aufzunehmen.

Aber es gibt eben Situationen, also ganz besondere Situationen, in denen es wichtig und notwendig ist, über die abwesende Dritte zu sprechen. Weil diejenige vielleicht Hilfe braucht oder Unterstützung. Und das schien mir hier so ein Fall zu sein. Emma wohl auch, denn sie fuhr fort: »Also, wenn ich ehrlich bin, kann ich Sissi verstehen: Ihre Eltern laden schon sehr viel auf sie ab, findest du nicht?«

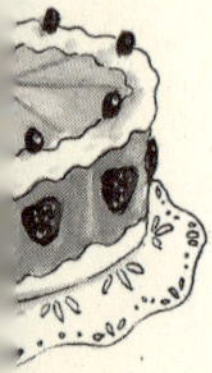

»Doch«, ich nickte, »sehe ich genauso. Aber vielleicht ist das ja auch normal, wenn man jüngere Geschwister hat. Und Sissi hat gleich drei davon!«

Emma und ich, wir sind ja beide Einzelkinder. Und ich fühle mich ganz wohl so, jedenfalls vermisse ich nichts. Im Gegensatz zu Emma. Sie hat schon häufig erklärt, wie gern sie einen kleinen

Bruder oder eine kleine Schwester hätte! Emma liebt es einfach, die Nervzwerge zu verwöhnen und mit ihnen herumzukuscheln, das spürt man jedes Mal, wenn sie mit Mats und Tilda zusammen ist.

»Ich glaube nicht, dass das, was Sissi im Moment alles zu Hause übernehmen muss, normal ist«, sagte Emma. »Kevin zum Beispiel, der hat ja auch zwei kleine Schwestern, und er sagt …«

»Was? Du redest mit dem blondierten Nashorn über Sissi?«, unterbrach ich Emma vollkommen entrüstet.

»Also echt, Diana!« Emma schüttelte den Kopf. »Natürlich habe ich nicht mit ihm über Sissi gesprochen, sondern wir haben uns ganz normal unterhalten.«

»Normal unterhalten? Mit dem Nashorn?!«, prustete ich. »Das geht doch gar nicht!«

Emma sah mich streng an. »Wenn ich dich erinnern darf, Diana: Du hast gerade gegen die Prinzessinnenregel Nr. 4 verstoßen. – Und heute ist NICHT Teufelchen-Dienstag. So, und jetzt muss ich mich beeilen, sonst alarmiert meine Mutter noch die Polizei! Du kennst sie ja! Tschüss Diana, bis morgen!«

Und weg war sie.

Sissi sieht Emma und mich empört an. »Ihr beide habt also über mich gesprochen an diesem Abend!«

»Ja, aber wirklich kein Wort mehr, als du eben gelesen hast«, verteidige ich mich. »Stimmt's, Emma?«

Emma nickt. »Kannst du denn nicht verstehen, Sissi, dass uns der Streit zwischen deiner Mutter und dir beschäftigt hat?«

»Doch, klar verstehe ich das«, gibt Sissi zu. »Ich hatte mir schon gedacht, dass ihr darüber reden würdet. – Ach, ist ja eigentlich auch egal!« Sie wechselt in den Schneidersitz und sieht mich erwartungsvoll an. »Wann kommt denn endlich das Kapitel mit eurem Feldzug gegen den Coffeeshop?«

»Früh genug«, grinse ich. »Hast du noch nie was davon gehört, dass man beim Schreiben Spannung aufbauen muss?«

»Doch schon«, gibt Sissi widerstrebend zu, »aber jetzt muss es langsam mal losgehen.«

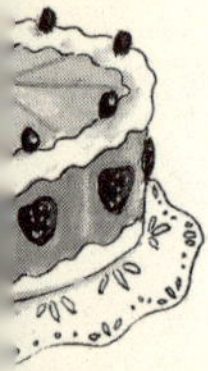

»Finde ich auch«, sagt Emma und nimmt sich noch einen Nougatkringel.

Na gut, meinetwegen.

A*m nächsten Abend* kamen Bertram und Iris zu Besuch. Mama und Papa laden die beiden ziemlich oft zum Essen ein und anschließend laden die dann wieder uns zum Essen ein und das ist eigentlich immer ganz lustig.

Bertram ist Papas bester Freund. Die beiden haben sich vor Urzeiten während des Studiums kennengelernt. Aber im Gegensatz zu Papa hat Bertram sein Jurastudium irgendwann an den Nagel gehängt. Es war ihm einfach zu langweilig. Kann ich gut verstehen. Diese Juristensprache ist nämlich echt grauslich.

Jedes Mal wenn Papa beim Abendessen von irgendeinem seiner Fälle erzählt, wirft er mit all diesen Paragrafen um sich und treibt Mama damit zum Wahnsinn.

Man kann echt die Uhr danach stellen. Spätestens bei Papas drittem Satz kriegt Mama so einen mühsam beherrschten Blick, und man sieht ihr an, dass sie Papa am liebsten ein riesengroßes Pflaster über den Mund kleben würde.

Aber das tut Mama natürlich nicht, weil sie ja dauernd diese Beziehungsratgeberbücher liest, in denen steht, dass man dem Partner gegenüber stets tolerant und höflich sein soll. So höflich, wie man in einer vergleichbaren Situation auch einem Freund oder einem Kollegen gegenüber wäre. Und dem fährt man ja auch nicht gleich genervt über den Mund, nur wenn er mal was vollkommen Langweiliges erzählt.

Aber es fällt Mama ziemlich schwer, sich an die Anweisungen dieser Ratgeberbücher zu halten, das merkt man ganz genau.

Aber wenn Iris und Bertram zu Besuch kommen, besteht da keine Gefahr! Iris ist Unfallchirurgin und erzählt meistens schön gruselige Geschichten aus dem Krankenhaus. Oder sie flitzt mit Mama und Papa in der Küche herum, um das Essen abzuschmecken.

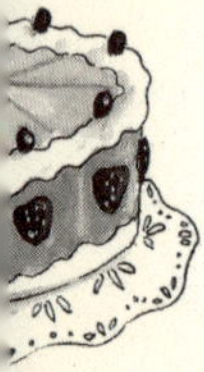

Bertram kommt dann immer zu mir. Er kann nämlich nicht sonderlich gut kochen. Papa sagt, es habe leider ziemlich lange gedauert und ihm, also Papa, fast ein Magengeschwür eingebracht, bis Bertram endlich eingesehen habe, dass er ein miserabler Koch ist. Ich hab immer nicht ganz verstanden, wie Papa das meint. Bis Bertram in der Weihnachtszeit mal eine Ente für uns zubereitet hat, die war von außen ganz schwarz und verbrannt und von innen schmeckte sie wie ein alter Schuh. Also jedenfalls so, wie man sich vorstellt, wie ein Schuh schmeckt, wenn man ihn braten würde. Wir haben dann statt der Ente Pommes und Currywurst gegessen und es war ein prima Abend.

Ich mag Bertram, weil er mich nie fragt, wie es so in der Schule ist. Und weil er nicht dauernd über seine Arbeit redet oder über sein Auto. Stattdessen teilt er Mamas Begeisterung für Prinzessin Diana – und das ist nun wirklich sehr ungewöhnlich für einen Mann, sagt Mama.

Manchmal machen Papa und Bertram auch einen »Männerabend«, das heißt, dass sie sich zu zweit in einem heruntergekommenen Restaurant namens »Nico« treffen, wo sie jede Menge fettiges Essen in sich hineinschaufeln und dazu ziemlich viel Wein trinken (so hat Mama mir das jedenfalls mal geschildert).

Als Papa und Bertram an diesem Abend nach dem Essen den Tisch abräumten, fragte Papa: »Wann treffen wir beide uns eigentlich mal wieder bei ›Nico‹?«

»Ach, das hab ich ganz vergessen, dir zu erzählen«, sagte Bertram betrübt. »Stell dir vor: ›Nico‹ ist geschlossen!«

Einen Moment lang sah Papa richtig entsetzt aus. »Aber wieso das denn?«

»Weiß ich auch nicht!« Bertram zuckte die Achseln.

Aber Iris zwinkerte meiner Mutter vielsagend zu. »Ahnst du die Antwort?«

Mama tat so, als denke sie angestrengt nach. »Hmm … könnte die plötzliche Schließung dieser überaus gepflegten Gaststätte eventuell mit … der Entdeckung von Küchenschaben zu tun haben?«

»So ähnlich.« Iris grinste. »Das habe ich jedenfalls von einem Kollegen gehört, dessen Nachbar beim Gesundheitsamt arbeitet. Ist natürlich nur ein Gerücht. Aber es würde mich nicht wundern, wenn die Geschichte der Wahrheit ziemlich nahe käme.«

Vor Jahren hatten Mama und Iris Papa und Bertram mal zu »Nico« begleitet. Aber beide waren schon nach der Vorspeise geflüchtet, weil sie den Laden »absolut unterirdisch« fanden. Seitdem waren »Nico« und seine umstrittenen Kochkünste Papa und Bertram allein vorbehalten geblieben.

»Was hat denn das Gesundheitsamt mit Nicos Restaurant zu tun?«, erkundigte ich mich.

»Alle öffentlichen Gaststätten und Restaurants werden regelmäßig geprüft«, erklärte mir Mama. »Es wird geguckt, ob die Küche sauber ist, ob die Lebensmittel richtig gelagert und gekühlt werden und so weiter.«

»Damit die Leute, die dort essen, nicht krank werden«, ergänzte Iris. »Eine Lebensmittelvergiftung ist nämlich gar nicht lustig!«

»Und was passiert, wenn etwas nicht in Ordnung ist?«, fragte ich.

»Dann muss der Besitzer des Restaurants das ganz schnell ändern«, erklärte Papa.

»Sonst wird sein Laden geschlossen, so wie der von Nico«, ergänzte Mama.

»Du weißt doch gar nicht, ob die Schließung wirklich mit mangelnder Hygiene zu tun hat«, verteidigte Papa sein Lieblingsrestaurant.

»Also, selbst wenn ›Nico‹ irgendwann wieder aufmacht, ich würde meinen Fuß nicht mehr in den Laden setzen«, sagte Mama.

»Ich auch nicht«, stimmte Iris ihr zu. Sie grinste. »Denn vielleicht lag's ja doch an den Küchenschaben …«

Plötzlich fiel Papa auf, dass ich noch immer mit

am Tisch saß und das Gespräch aufmerksam verfolgt hatte. »Müsstest du nicht schon längst im Bett liegen, Prinzessin?«

Eigentlich darf Papa mich ja nicht vor anderen mit meinem Kosenamen ansprechen. Das ist absolut und strengstens verboten! Aber Bertram und Iris kennen mich schon seit meiner Geburt und würden mich nie damit aufziehen. Das weiß ich ganz genau.

Auch Mama schaute jetzt auf die Uhr. »Es ist wirklich Zeit, schlafen zu gehen, Diana! Du hast morgen Schule!«

Normalerweise hätte ich jetzt gejammert und gebettelt, wenigstens noch ein klitzekleines Viertelstündchen aufbleiben zu dürfen. Mama sah richtig erstaunt aus, als ich widerstandslos aufstand, Gute Nacht sagte und in meinem Zimmer verschwand.

Ich musste nachdenken.

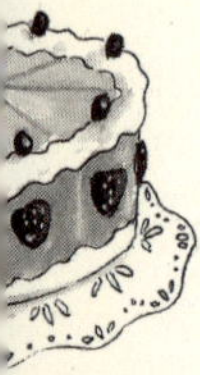

»Jetzt erinnere ich mich«, sagt Sissi, »ich meine daran, wie wir überhaupt auf diese Idee gekommen sind, und dass das Ganze dein Vorschlag war, Diana!«

»Das habe ich ja auch nie bestritten.«

»Aber wir haben mitgemacht«, verteidigt mich Emma tapfer. »Diana musste uns nicht überreden.«

»Na ja, ein bisschen schon«, sage ich ehrlich. »Vor allem Sissi war mein Plan anfangs nicht geheuer.«

»Stimmt«, nickt Sissi, »aber ich habe auch nichts unternommen, um euch zu stoppen. Ich glaube, ich wollte nur nicht verantwortlich dafür sein.«

»Warst du ja auch nicht. Verantwortlich war ich«, sage ich leise.

Denn jetzt ist es egal. Jetzt soll auch die ganze Wahrheit auf den Tisch kommen.

Meinst du das ernst, Diana?!«

Ungläubig sah Emma mich an. Ihre Augen waren so groß wie Teetassen, und sie vergaß sogar, in das Croissant zu beißen, das sie gerade erfolgreich bei Sissi abgestaubt hatte.

Wie Hühner auf der Stange hockten wir drei Prinzessinnen nebeneinander auf der Lehne »unserer« Bank am Rand des Schulhofs. Dieser Platz im Schatten eines großen Kastanienbaums war inzwischen so etwas wie unser Hauptquartier in der Schule. Im Herbst musste man allerdings aufpassen, dass einem nicht dauernd reife Kastanien auf den Kopf ploppten. Das tat nämlich ganz schön weh! Am liebsten hätten wir die Bank mit einem großen Schild »Reserviert für den Prinzessinnenclub« versehen, aber für eine derartige Aktion hätte der Hausmeister vermutlich wenig Verständnis. Also flitzten wir drei zu Beginn jeder großen Pause möglichst als Erste hinaus, um uns unsere Bank zu sichern. Meistens gelang es.

Kaum hatten wir unseren Platz heute erfolgreich in Beschlag genommen, trug ich Sissi und Emma meine Idee zur Rettung der Konditorei Lilienthal vor.

»Habe ich das richtig verstanden?«, hakte Sissi ungläubig nach, »du willst dem Coffeeshop das Gesundheitsamt auf den Hals hetzen? Hast du denn irgendetwas Verdächtiges bemerkt, als du mit Emma dort warst?«

»Nein, natürlich nicht«, sagte ich. »Das sah alles total clean aus da drin. Und du hast mich total missverstanden, Sissi! Ich will doch nicht, dass irgendwelche Beamten den Coffeeshop auseinandernehmen oder sogar schließen, wie es anscheinend bei diesem ›Nico‹ passiert ist. – Nein, ich stelle mir nur vor, bei den Coffeeshop-Kunden hier und da eine kleine Bemerkung fallen zu lassen. Zum Beispiel darüber, dass der Kuchen in der Konditorei Lilienthal viel frischer ist und dass bei euch alles nur aus allerbesten Zutaten gemacht wird und so weiter.«

Sissi sah mich zweifelnd an. »Und du meinst, das funktioniert? Du glaubst wirklich, dann kaufen die Leute wieder bei uns statt gegenüber?«

»Wir können es doch zumindest mal versuchen! Was spricht denn dagegen?« Ich sprang auf und begann, vor Sissi und Emma auf und ab zu spazieren, dabei fuhr ich fort: »Eigentlich bin ich mir sogar ziemlich sicher, dass es wirkt. Erinnert euch nur mal daran, wie es war, als wir in der Vierten entscheiden mussten, auf welche Schule wir danach gehen!«

»Das kapiere ich jetzt nicht.« Emma schüttelte verwundert den Kopf. »Was hat denn die Wahl unserer Schule mit dem Coffeeshop zu tun?«

»Ich glaube, ich verstehe, was Diana meint«, schaltete sich Sissi wieder ein. »Damals kursierten ja alle möglichen Gerüchte: Der eine sagte: Geh bloß nicht auf das Heinrich-Heine-Gymnasium, da sitzen nur so hochnäsige Typen in Markenklamotten! Der Nächste hatte irgendwas Negatives von der Sophie-Scholl-Schule gehört, und der Übernächste fand, die Sophie-Scholl sei die beste Schule überhaupt und so weiter.«

»Das stimmt«, nickte Emma, »meine Eltern haben sich dadurch total beeinflussen lassen. Ich weiß noch genau, dass Mama zum Schluss völlig verunsichert war.«

»Also, meine Eltern haben sich keine einzige Schule von innen angeguckt«, sagte Sissi. »Dafür war keine Zeit, wie üblich. Das Schiller-Gymnasium lag am nächsten. Also haben sie mich dahin geschickt. Fertig.«

»Und wenn du selber zufällig vorher gehört hättest, dass eine andere Schule viiiel besser sein soll? Dass es dort nettere Lehrer gibt oder eine supertolle Theater-AG oder so. Was wäre dann passiert?«, fragte ich Sissi.

Sissi überlegte einen Moment. »Dann hätte ich möglicherweise versucht, meine Eltern zu dieser anderen Schule zu überreden«, gab sie schließlich zu.

»Na, siehst du!« Ich verschränkte zufrieden die Arme. »Und so läuft das doch immer: Wenn wir hören, der eine Pizza-Lieferant ist besser als der andere, dann bestellen wir erst mal bei dem, der uns empfohlen wurde. Ist doch klar! Das machen alle so.«

Emma und Sissi sahen sich an. Schließlich meinte Emma: »Mein Vater hat kürzlich seinen Zahnarzt gewechselt, weil irgendwer in seinem Büro behauptet hat, dass sein eigener Zahnklempner völlig schmerzfrei arbeitet.« Emma kicherte. »Ihr müsst wissen: Papa hat richtig doll Angst vorm Zahnarzt! Er muss früher mal einen gehabt haben, der ihm mit Hammer und Meißel im Mund herumgefuhrwerkt hat. Natürlich ohne Betäubung!«

»Echt? – Auweia, der Arme!«, sagte Sissi mitleidig. »Aber ich habe auch eine tolle Zahnärztin! Die ist hier ganz in der Nähe und …«

Ich räusperte mich vernehmlich. »Können wir jetzt bitte mal beim Thema bleiben?« Ich sah meine beiden Freundinnen genervt an. »Schließlich ist das hier wichtig, oder etwa nicht?«

»Du hast ja recht, Diana«, sagte Emma. »Entschuldige! Also, ich glaube, ich habe jetzt verstanden, was du vorhast.«

»Ich hab's auch kapiert«, nickte Sissi.

»Ja und?« Ich sah die beiden erwartungsvoll an.

»Es könnte funktionieren«, sagte Emma. »Ich glaube, ich wäre dafür, es auszuprobieren. Aber natürlich ohne diese Geschichte mit der Anzeige beim Gesundheitsamt und so!«

Ich stöhnte auf. »Das will ich doch auch gar nicht!! Wie oft soll ich das denn noch sagen? Ich habe lediglich vorgeschlagen, hier und da eine kleine Bemerkung fallen zu lassen, wie super Lilienthal ist und dass die Konkurrenz … na ja … eben nicht ganz so gut ist.«

Sissi warf mir einen warmen Blick zu. »Ich finde es toll, dass du dir so viel Gedanken gemacht hast, Diana! Schließlich ist das Ganze ja nicht euer Problem.« Sie schwieg einen Moment. »Aber ich glaube, selber mitmachen kann ich dabei nicht.«

»Nein, lieber nicht«, bestätigte ich. »Viele Leute kennen dich ja auch aus eurer Konditorei!«

Sissi half zwar nicht in der Backstube mit, aber hin und wieder lieferte sie eine Torte aus oder nahm kleinere Bestellungen auf. Und eins war klar: Wer Sissi einmal gesehen hatte, vergaß sie nicht so schnell wieder. Dazu war ihre Aufmachung mit den altmodischen Hochsteckfrisuren, den weit fallenden Röcken und schmalen Samtjäckchen viel zu auffallend!

»Okay«, sagte ich und straffte meinen Rücken wie ein Feldherr am Vorabend der entscheidenden Schlacht, »dann übernehmen Emma und ich allein die Ausführung des Plans und du, Sissi, hältst dich im Hintergrund, einverstanden?«

»Mensch, Diana, wie redest du denn?«, fragte Emma kichernd, aber dann nickte sie. »Einverstanden.«

Sissi schien noch einen klitzekleinen Moment zu zögern, aber dann nickte auch sie.

»Gut«, sagte ich, »und wann legen wir los? Wir sollten nicht mehr zu lange warten. Heute Nachmittag?«

»Da müssen wir doch zu Frau Blümlein«, erinnerte Sissi. »Ihr wisst schon, wegen der Blumen …!«

Stimmt, die Balkonblumen für Frau Blümlein hätte ich fast vergessen! Dabei durften die eigentlichen Aufgaben des Prinzessinnenclubs natürlich auch nicht vernachlässigt werden! Frau Blümlein war schließlich so etwas wie Sissis Ersatzomi. Das heißt, zuerst war Frau Blümlein nur eine langjährige Stammkundin der Lilienthals gewesen. Aber als sie sich vor etwas mehr als einem Jahr das Bein gebrochen hatte und eine Weile nicht laufen konnte, hatte Sissi angefangen, ihr ihren Lieblingskuchen nach Hause zu bringen. Daraus entwickelte sich eine Art Freundschaft, die Emma und mich inzwischen mit einschließt.

»Warum hattest du eigentlich gestern keine Zeit?«, fragte ich Emma, als wir beide an diesem Nachmittag in Frau Blümleins Straße einbogen. Sissi hatte mich angerufen, um zu sagen, dass sie später nachkommen würde. Sie musste erst noch die Nervzwerge aus der Kita abholen und bei einer Freundin ihrer Eltern absetzen. Am Telefon hatte Sissis Stimme total genervt geklungen. Ich konnte mir vorstellen, wie es in ihr drin aussah.

Die Kiste mit den Setzlingen für Frau Blümleins Balkonkästen schien schwer zu sein, denn Emma ächzte unter der Anstrengung und sie wandte keinen Blick von den Pflanzen.

»Soll ich dir was abnehmen?«, bot ich an.

»Nein, nein«, wehrte Emma ab. »Das geht schon!«

Ich nahm einen neuen Anlauf. »Also, was war?«

»Was war wann?«, fragte Emma zurück, plötzlich ganz rot im Gesicht.

Ich seufzte. »Himmel, Emma, ich hatte dich gerade gefragt, was du gestern gemacht hast? Warum du keine Zeit hattest.«

Ich trat in den Hausflur und hielt Emma die Tür auf.

»Ich … äh … also …« Täuschte ich mich oder wurde Emmas Gesichtsfarbe noch eine Nuance dunkler? Unsinn, das musste an der komischen Beleuchtung hier im Treppenhaus liegen.

Plötzlich hatte ich eine Eingebung. »Hat dich deine Mutter etwa mal wieder zu irgendeinem Wunderdoktor geschleppt?«

Seit Emmas Krankheit im vorletzten Jahr schleift ihre Mutter sie dauernd zu irgendwelchen Vorsorgeuntersuchungen, wo Emma von Kopf bis Fuß durchgecheckt wird, um sicher zu sein, dass ihr auch wirklich nichts fehlt. Außerdem gibt es bei Emma zu Hause immer nur supergesundes Bioessen: Dinkelklöße und Rote-Beete-Suppe und Möhrchenkuchen ohne Zucker … Kein Wunder, dass sich Emma jedes Mal wie eine Verhungernde auf Sissis garantiert vitaminfreien Nougatkringel stürzt! Meine Eltern achten natürlich auch darauf, dass ich genug Obst und Gemüse und so was esse, aber es gibt eben auch mal Cheeseburger und Süßkram. Schon allein deshalb, weil Papa und Mama selber gern naschen.

Erst als wir vor Frau Blümleins Wohnungstür standen und ich den Klingelknopf gedrückt hatte, fiel mir auf, dass Emma meine Frage zu gestern Nachmittag noch immer nicht beantwortet hatte. Seltsam … Aber da ging auch schon die Tür auf und Frau Blümlein begrüßte uns wie gewohnt mit einem strahlenden Lächeln.

Emma grinst. »Die Frage, was ich an jenem Nachmittag gemacht habe, scheint dich ja echt beschäftigt zu haben, Diana!«

»Ich find so eine Geheimnistuerei eben blöd«, knurre ich.

»Und ich denke, jede von uns sollte selber entscheiden, was sie den anderen erzählt und was nicht«, schlägt sich Sissi auf Emmas Seite.

»Siehst du!« Emma wirft mir einen triumphierenden Blick zu.

Statt einer Antwort strecke ich ihr die Zunge raus. »Jetzt quasselt hier nicht rum, sondern lest lieber weiter!«

W*eil Sissi noch nicht da war* und somit der Kuchen fehlte, holte Frau Blümlein eine Packung Kekse aus dem Schrank und schaute uns fragend an. »Mögt ihr die? Und dazu vielleicht einen Früchtetee? Ich hab eine neue Sorte: ›Rote Grütze‹! Schmeckt sehr lecker, besonders mit einem Löffel Akazienhonig!«

Emma schüttelte den Kopf. »Vielen Dank, Frau Blümlein, aber erst die Arbeit, dann …!«

»Ist mir auch recht.« Frau Blümlein lächelte und hielt Emma die Balkontür auf. »Brauchst du noch etwas?«

»Nur eine Mülltüte für die alten Pflanzen und die Blumenerde, bitte. Alles andere habe ich dabei.« Emma stellte die Kiste mit den Setzlingen ab. Dann zog sie die mitgebrachten Gartenhandschuhe an und machte sich eifrig an die Arbeit.

Unschlüssig sah ich zu, wie sie begann, verdorrte Pflanzen aus der Erde zu ziehen. »Kann ich dir irgendwie helfen?«

Emma, die genau wusste, dass ich der Buddelei nichts abgewinnen konnte, schüttelte den Kopf. »Nee, lass mal, Diana! Ich komme schon klar. Rede du ruhig ein bisschen mit Frau Blümlein!«

»Wirklich?«

»Ja, wirklich! Ich mach das hier gern, das weißt du doch! Und keine Sorge«, sie zwinkerte mir grinsend zu, »eine gute Tat darfst du dir trotzdem anrechnen …«

Aufatmend ging ich zurück ins Wohnzimmer und ließ mich neben Frau Blümlein aufs Sofa plumpsen.

»Und was gibt's Neues, Mädelchen?«, fragte sie.

Ich überlegte kurz, was ich Frau Blümlein erzählen könnte. Eigentlich war sie ja immer an allem interessiert, was uns drei Prinzessinnen betraf. Bei Frau Blümlein konnte man einfach drauflos plappern. Also berichtete ich: »Wir haben einen Neuen in der Klasse! Er heißt Jo, also eigentlich heißt er Johannes, er nennt sich nur ›Jo‹, Jo Brandner.«

»Aha«, machte Frau Blümlein, »und wie ist er so, dieser Jo?«

Ich zuckte die Achseln. »Och, geht so.«

»Sieht er denn gut aus?«

Also, Frau Blümlein konnte vielleicht Fragen stellen! »Er ist schon ganz niedlich«, gab ich zu.

»Ziemlich groß und blond und so. Ich glaub, wenn er mal lächeln würde … Aber das tut er leider nicht. Er ist ziemlich eingebildet.«

»Oh, tatsächlich? Und woran merkt man das?«, erkundigte sich Frau Blümlein.

Ich überlegte, wie ich Jos seltsames Verhalten erklären sollte. Ich verstand es ja selber nicht. »Na ja, als Sissi und ich vorgestern in der Pause zu ihm rübergegangen sind, um ihn was zu fragen, da hat er kaum reagiert.« Ich blickte Frau Blümlein empört an. »Stellen Sie sich das mal vor: Nicht mal richtig angeguckt hat er uns!«

Frau Blümlein lächelte. »Ach, wahrscheinlich war er nur unsicher oder verlegen und wusste nicht, was er sagen sollte.«

»Und deswegen hat er vorsichtshalber gar nichts gesagt?«, fragte ich zweifelnd. »Also, wenn ICH unsicher bin, rede ich erst recht viel.«

»Ich weiß.« Frau Blümlein lächelte, und ich merkte, dass ich rot wurde.

»Ist das blöd?«, fragte ich schnell. »Wenn man viel redet, meine ich.«

»Aber nein, das ist überhaupt nicht ›blöd‹«, beruhigte mich Frau Blümlein. »Jeder Mensch reagiert anders. Das ist eben so.« Sie nahm einen Schluck von ihrem Tee. Bei Frau Blümlein trinkt man immer aus wunderschönen zarten Tassen mit Rosenmuster. Ich habe mir fest vorgenommen, mir später mal ganz genau so ein Service zu kaufen! Sissi besitzt bereits ein paar ähnliche Rosen-Becher, um die ich sie glühend beneide, alle vom Flohmarkt. Sissi geht nämlich dauernd auf irgendwelche Flohmärkte.

»Also, ich persönlich mag es, wenn jemand so offen seine Gefühle zeigt wie du, Diana!«, fuhr Frau Blümlein fort. »Diese sogenannten ›stillen Wasser‹ können mitunter ganz schön anstrengend sein.«

Jetzt kam ich nicht mehr ganz mit. »Was meinen Sie denn mit ›stille Wasser‹? Ist das nicht Mineralwasser ohne Kohlensäure?«, fragte ich.

Frau Blümlein lachte. »Stimmt! Aber so nennt man auch Menschen, die wenig gesprächig sind. Hast du schon mal den Ausspruch ›Stille Wasser sind tief‹ gehört?«

Ich schüttelte den Kopf. »Nee, was bedeutet das denn?«

»Dass Menschen, die sehr wenig reden, besonders gefühlvoll sind. Also, große Geheimnisse in sich verbergen. Wie tiefe dunkle Seen. Da weiß man ja auch nicht, was unten auf dem Grund liegt.«

Ich überlegte einen Moment. Kannte ich überhaupt richtig schweigsame Menschen? Im Moment fiel mir nur der brummelige Hausmeister unserer Schule ein und ein Kollege von Papa, der mal zum Essen bei uns gewesen war. Der hatte auf jede Frage, die ihm gestellt wurde, immer nur mit Ja oder Nein geantwortet. Das Ganze war so sterbenslangweilig gewesen, dass ich mich direkt nach dem Dessert in mein Zimmer verkrümelt hatte. Freiwillig! Also, der Typ war garantiert kein »tiefes Wasser«, sondern nur ein trübes! Ich schüttelte den Kopf. »Ich glaube, bei vielen ›tiefen Seen‹ liegt gar nix auf dem Grund, höchstens ein alter Schuh!«

Frau Blümlein lachte. »Das mag sein, aber bei manchem ›stillen Wasser‹ lohnt es sich durchaus, mal tiefer zu tauchen. Guck dir also euren neuen Mitschüler besser noch mal genau an.«

»Mach ich«, versprach ich. »Wir haben ihn gestern übrigens in dem neuen Coffeeshop gegenüber von Lilienthal getroffen.«

»Coffeeshop?« Davon hatte Frau Blümlein noch gar nichts gehört. Also erzählte ich ihr schnell die ganze Geschichte von der Neueröffnung und der drohenden Konkurrenz für Sissis Eltern.

»Glauben Sie, dass Lilienthal in Gefahr ist?«, fragte ich schließlich.

»Keine Sorge«, meinte Frau Blümlein. »Die Konditorei Lilienthal gibt es schon so viele Jahre.

Dort haben schon meine Großeltern gekauft! Dagegen sind diese Stehcafés, die jetzt wie Pilze aus dem Boden schießen, nur eine Modewelle. So etwas kommt und geht.«

Ich blickte Frau Blümlein zweifelnd an. Klar, alte Damen wie sie und ihre Freundin Frau Puppel, würden sicherlich nicht plötzlich zu »CoffeeCoffee« überlaufen, um dort bei Café Latte und Sesambagel abzuhängen, aber bei Jüngeren war genau das zurzeit angesagt. Während ich noch überlegte, wie ich Frau Blümlein höflich vermitteln konnte, dass ihr eigener Geschmack möglicherweise nicht so ganz zeitgemäß war, klingelte es an der Wohnungstür.

»Das wird Sissi sein!« Erfreut stand Frau Blümlein auf. »Wie schön, dass sie noch kommt!«

Es war tatsächlich Sissi. Aber sie kam nicht allein. In ihrem Schlepptau befanden sich Ferdinand und die Zwillinge. Und Sissi machte ein Gesicht, als hätte man sie soeben zu tausend Mathestunden am Stück oder einer Woche Zwangsarbeit im Steinbruch verdonnert. Es war ziemlich offensichtlich, dass sie innerlich kochte, auch wenn sie versuchte, sich nichts anmerken zu lassen. Sissi winkte Emma und mir nur kurz zu, dann wandte sie sich an Frau Blümlein. »Tut mir leid, dass ich

Sie heute mit einer halben Fußballmannschaft überfalle!« Sie deutete auf ihre Geschwister. »Ich wollte auch nur kurz ›Hallo‹ sagen. Eigentlich sollten die Kleinen unten auf mich warten. Aber sie wollten nicht!« Sissi seufzte.

»Ja, warum denn auch?«, strahlte Frau Blümlein. »Ich freu mich doch, deine kleinen Geschwister mal wiederzusehen, Sissi.« Sie zwinkerte den Nervzwergen freundlich zu. »Na, wie ist es: Habt ihr Durst?«

Als Tilda, Mats und Ferdi eifrig nickten, verschwand Frau Blümlein in der Küche.

»Was war denn los?«, zischte ich Sissi zu.

Sie zuckte die Achseln. »Diese Freundin, bei der Mama die Nervzwerge nachher abholen wollte, war nicht zu Hause! Als wir dort ankamen, hing nur ein Zettel an der Tür, ›Musste dringend weg – Sorry! Eva‹. – Der ganze Weg umsonst!« Sissis Augen blitzten. »Ich wollte euch nur schnell Bescheid sagen und den Kuchen vorbeibringen. Jetzt schnappe ich mir die drei und bring sie nach Hause!«

»Kommt gar nicht infrage«, sagte Frau Blümlein von der Tür her. Sie trug ein großes Tablett mit Tellern und Gläsern. »Ihr bleibt natürlich alle hier und stärkt euch erst mal!«

Sissi schüttelte den Kopf. »Sie kennen meine Geschwister nicht! Die Nervzwerge zerlegen im Handumdrehen Ihre Wohnung!«

Frau Blümlein lachte. »Ach was, da habe ich keine Bange! Schließlich ist das hier kein Museum. Und ruhig ist es ja sonst schon immer bei mir. Ich freue mich, wenn mal was los ist! So, und jetzt setzt euch bitte!«

Das ließen sich Mats, Tilda und Ferdi nicht zweimal sagen. Sie kletterten auf die Stühle, die Frau Blümlein für sie zurechtrückte, und griffen eifrig zu. In null Komma nichts war der mitgebrachte Kuchen ebenso verschwunden wie das Obst, das Frau Blümlein dazu aufgeschnitten hatte. Als Emma ihre Arbeit auf dem Balkon beendet hatte und sichtlich erhitzt mit roten Wangen zu uns an den Tisch kam, war kein klitzekleines Krümelchen mehr übrig.

Frau Blümlein sah richtig bestürzt aus. »Ach, das tut mir aber leid, Emma! Jetzt hast du so schwer gearbeitet, und wir haben nicht mal daran gedacht, dir etwas übrig zu lassen.«

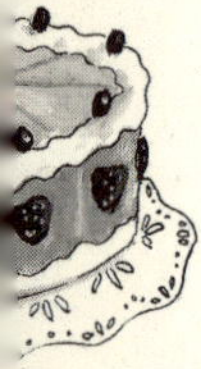

»Macht gar nichts«, winkte Emma tapfer ab. »Ich sollte sowieso weniger naschen.« Sie blickte besorgt an sich hinunter. »Sonst habe ich bald noch mehr Speckröllchen am Bauch.«

Frau Blümlein schüttelte tadelnd den Kopf.

»Wenn ich das schon höre …! In eurem Alter! Ihr sollt doch keine Hungerhaken werden, Mädelchen!«

»Keine Sorge«, grinste ich, »davon sind wir weit entfernt. Jedenfalls solange es Lilienthal gibt. Oder was meinst du, Sissi?«

Aber Sissi schien gar nicht richtig zugehört zu haben. Sie saß auf der Stuhlkante und wachte mit Argusaugen darüber, dass die Nervzwerge kein Glas umwarfen oder auf Frau Blümleins Tischdecke herumkrümelten. Dabei wäre das ja überhaupt nicht schlimm gewesen! Besorgt sah ich meine Freundin an. Wie angespannt Sissi aussah! Ausgerechnet Sissi, die Emma und ich so oft um ihre Gelassenheit beneidet hatten! Die so schnurgerade ihren eigenen Weg ging, mit Stiefeletten, spitzenbesetzten Unterröcken und Prinzessinnenfrisur, drei wilden Geschwistern und dauergestressten Eltern. Bis jetzt. Bis zur Eröffnung des Coffeeshops. Diese Geschichte war der Tropfen, der bei Sissi das Fass zum Überlaufen gebracht hatte. Ihre Eltern ahnten vermutlich gar nicht, wie viel Sorgen sich Sissi um die Konditorei machte. Ja, wahrscheinlich merkten sie nicht mal, dass sie Sissi immer mehr aufbürdeten! Aber das Schlimmste war, dass ihre Eltern für Sissi selber überhaupt keine

Zeit mehr zu haben schienen. Kein Wunder, dass es ihr nicht gut ging! – Klar, meine eigenen Eltern waren auch manchmal gestresst. Ich merke immer sofort, wenn Mama mir nicht wirklich zuhört, sondern mit ihren Gedanken noch bei der Arbeit ist. Dann macht sie nämlich immer auf eine ganz bestimmte automatische Weise »Hmm«. Und das nach jedem zweiten Satz, den ich sage. Aber das kommt nicht allzu oft vor. Meistens hört Mama mir sehr genau zu. Und Zeit nimmt sie sich auch für mich. Und Emma? Die beschwert sich eher darüber, dass ihre Eltern sich viel zu viel um sie kümmern und dauernd um sie herumtanzen!

Was Emma zu viel bekam, hatte Sissi zu wenig! Manchmal war das Leben wirklich verrückt …!

Als Emma und ich später den Heimweg antraten – Sissi und die Nervzwerge hatten sich schon vorher von Frau Blümlein verabschiedet –, waren wir uns einig: Es musste etwas geschehen! Wir würden meinen Plan so schnell wie möglich in die Tat umsetzen! Denn erst wenn Lilienthal keine Kunden mehr an »CoffeeCoffee« verlor, würden Sissis Eltern wieder weniger arbeiten. Wenn sie weniger Druck hatten, würde es auch Sissi besser gehen. Und was wir, Emma und ich, dafür tun konnten, das wollten wir tun. Gleich morgen.

Sissi seufzt. »Puh, ich erinnere mich genau. An dem Nachmittag damals bei Frau Blümlein war ich wirklich fix und foxi!«

»Das war nicht zu übersehen«, bestätigt Emma. »Diana und ich haben uns richtig erschrocken. Wir wollten unbedingt etwas tun, um dir zu helfen. So schnell wie möglich!«

»Und genau das war der Fehler«, sage ich zerknirscht. »Hätten wir ein bisschen länger nachgedacht, wäre uns vielleicht noch ein besserer Plan eingefallen.«

»Und was für einer?«, fragt Emma.

Ich überlege. »Na ja, wir hätten zum Beispiel stattdessen auch Werbezettel für Lilienthal verteilen können.«

Sissi schüttelt den Kopf. »Damit wären meine Eltern nicht einverstanden gewesen.«

»Und was hätten sie gesagt, wenn sie vorher von unserer eigentlichen Aktion gehört hätten?«, erkundigt sich Emma.

Sissi dreht die Augen zur Decke. »Lieber gar nicht drüber nachdenken…«

Mama war nicht gerade begeistert, als ich am nächsten Tag nach der Schule mein Mittagessen nur hastig in mich hineinschlang und beim letzten Bissen ankündigte, dass ich gleich wieder wegmüsste.

»Aber wir wollten doch heute zusammen in die Stadt, Diana! Bummeln, ein bisschen einkaufen, irgendwo ein Eis essen …« Mama sah richtig enttäuscht aus. »Hast du das denn ganz vergessen?«

Ich wand mich. »Nein, natürlich nicht! Es tut mir ja auch leid, aber mir ist … na ja, mir ist etwas dazwischengekommen.«

»Und was, wenn ich fragen darf?« Glücklicherweise konzentrierte sich meine Mutter jetzt wieder auf ihren Nudelteller, anstatt mich weiterhin mit diesem mamatypischen »Ich-kenne-dich-besser-als-du-dich-selbst-Blick« zu mustern.

»Ich treffe mich mit Emma. Es ist wichtig!«

Oh nein, was redete ich denn da? Ich biss mir auf die Lippen – »Es ist wichtig« … Himmel, jetzt würde Mama doch erst recht tausend Fragen stellen! Und so war es auch. Ich konnte förmlich sehen, wie Mama aufhorchte und ihre Antennen ausfuhr. »Aber du hast Emma doch erst gestern gesehen. Was habt ihr denn heute schon wieder so Wichtiges vor?«

Manchmal kann Mama wirklich verdammt hartnäckig sein! Dabei wollte ich sie nicht anlügen. Und das nicht nur, weil mir die Prinzessinnenregel Nr. 3 Lügen generell verbot, sondern überhaupt: Mama anzulügen, war einfach nicht okay. Punkt. Aber die Wahrheit konnte ich ihr schließlich auch schlecht erzählen. Mama wäre entsetzt gewesen! Wahrscheinlich hätte sie mich für die nächsten zwei Wochen in meinem Zimmer eingeschlossen. Na ja, zumindest hätte sie mir einen zweistündigen Vortrag darüber gehalten, dass es Dinge gab, in die Kinder sich nicht einzumischen hätten. Probleme, die Erwachsene allein regeln müssten. Und die Konditorei Lilienthal vor der drohenden Konkurrenz zu retten, das wäre in Mamas Augen ganz sicher ein Elternproblem – schon klar. Aber es änderte nichts an meinem Plan. Schließlich geschah das alles für Sissi, oder nicht? Daher entschied ich mich für die Überrumpelungstaktik. Ich sprang auf, stellte meinen leeren Teller hastig in die Spülmaschine, schnappte mir meine Jacke und sprintete zur Tür.

»Bin spätestens in zwei Stunden zurück! Tschüss!«

Bevor Mama etwas einwenden konnte, rannte ich schon die Treppe hinunter. Auweia, mein rasanter Abgang würde nachher mit Sicherheit noch eine Diskussion nach sich ziehen, aber ich musste wirklich dringend los. Emma und ich hatten uns schon um halb drei am Marktbrunnen verabredet. Von da aus wollten wir weiter zu »CoffeeCoffee« gehen und unterwegs unser Vorgehen planen.

Emma wartete bereits. Und ich sah ihr auf zwanzig Meter Entfernung an, wie nervös sie war. Ihr dunkler Pagenkopf flog hin und her und sie knabberte unablässig an ihren Nägeln herum. Kaum hatte Emma mich entdeckt, stürzte sie schon auf mich zu und quasselte ohne Einleitung los: »Mensch, Diana, wie sollen wir das nur machen? Wir können doch nicht einfach wildfremde Leute ansprechen und ihnen erzählen, dass bei Lilienthal alles viel besser und frischer und ich-weiß-nicht-was ist!«

»Aber genau das werden wir tun!« Meine Stimme klang weitaus sicherer, als ich mich innerlich fühlte. Aber es reichte schließlich, wenn Emma eine mittelschwere Panikattacke hatte, da sollte wenigstens ich die Nerven behalten und zeigen, dass ich mir meiner Sache ganz sicher war. Also, zumindest musste ich so tun als ob.

»Hast du Geld dabei?«

Emma nickte eifrig. »Vier Euro und du?«

»Drei, das wird ja wohl für einen Milchshake reichen, oder?«

Emma zuckte die Achseln. »Weiß nicht, Papa meinte, diese Läden seien alle total überteuert. Aber notfalls können wir uns ja irgendwas teilen.«

Eine Weile liefen wir schweigend nebeneinander her. Aber als der Coffeeshop in Sichtweite kam, wurden Emmas Schritte merklich langsamer. »Macht es dir etwas aus, wenn ich mich … äh … am Anfang ein bisschen zurückhalte, Diana?« Auf Emmas Wangen hatten sich zwei kreisrunde rote Flecken gebildet. »Ich meine, ich will mich nicht drücken oder so. Aber ich würde gerne erstmal zuhören, wie du das so machst, okay? Sonst vermurkse ich noch alles und die Sache wird total – äh …«

»Peinlich?«, schlug ich vor.

Emma nickte stumm.

»Einverstanden, kein Problem«, sagte ich so lässig wie möglich. Dann warf ich entschlossen meine Haare in den Nacken und steuerte auf den Eingang von »CoffeeCoffee« zu. Mein Herz klopfte bis zum Hals. Ehrlich gesagt hatte ich selber nicht den blassesten Schimmer, wie ich das Ganze angehen sollte …! Himmel, warum hatten Emma und ich nicht vorher geübt? So mit verteilten Rollen wie im Theater. Letztes Jahr, als Mama ihren Chef nach einer Gehaltserhöhung fragen wollte, haben sie und Papa auch vorher geübt. Mama hat sich selbst gespielt und Papa hat sich hinter unseren Küchentisch gesetzt und Herrn Clüver gespielt. Herr Clüver ist Mamas Chef. Herr Clüver, also eigentlich Papa, hat es Mama nicht gerade leicht gemacht. Ständig hat er nervös mit seinen Fingern auf der Tischplatte herumgetrommelt, zwischendurch mit dem Schneebesen (der sollte Herrn Clüvers Telefon darstellen) telefoniert und zu Mama lauter Sätze gesagt, die mit »aber« anfingen. Doch am Schluss hat Mama ihre Gehaltserhöhung gekriegt, bei Papa und im richtigen Leben auch.

So hätten Emma und ich unseren Einsatz auch vorbereiten können. Aber jetzt war es zu spät.

Der Coffeeshop war gut besucht, genau wie gestern. Vor allem jüngere Leute drängten sich um die kleinen Stehtische, schlürften ihren Latte macchiato und unterhielten sich. Die gepolsterten Bänke am Fenster waren alle von mehr oder minder geschniegelten Anzugtypen besetzt, die sich hinter ihren Zeitungen verschanzt hatten. Emma und ich waren die Einzigen unter achtzehn hier. Kein Wunder! Minderjährige waren bei »CoffeeCoffee« ganz sicher nicht die … wie hieß das doch gleich? Ah ja: die Zielgruppe!

»Und was machen wir jetzt?«, raunte Emma mir zu.

Ihr Gesicht glühte vor Aufregung, dabei war noch nicht das Geringste passiert. Ich seufzte innerlich. Das konnte ja heiter werden …

»Erst mal besorgen wir uns jetzt einen Milchshake!« Ich zog Emma zum Tresen, wo wieder die Frau mit den vielen Ketten bediente. Ob das die Besitzerin war? Gestern hatte sie so jung gewirkt. Heute sah ich, dass sie eher in Mamas Alter war, nur sehr jugendlich zurechtgemacht. Ihr leuchtend gelbes T-Shirt gab einen gepiercten Bauchnabel frei und um ihr blondes, wild aufgetürmtes Haar hatte sie ein nilgrünes Tuch geschlungen. Ihre Ketten klimperten bei jeder Bewegung. Also, mich würde das ja wahnsinnig machen.

Jetzt lächelte uns die Frau freundlich zu. »Hallo ihr zwei, was darf's denn sein? Smoothie oder Milchshake?«

»Milchshake. Vanille bitte!« Emmas Stimme klang piepsig.

Ich beschloss, mich rasch anzuschließen: »Ich hätte gern dasselbe!«

Die Frau zwinkerte mir zu. »Du meinst, du möchtest das Gleiche wie deine Freundin!«

Hä, was sollte das denn jetzt? Waren wir hier in der Schule? Den Unterschied von dasselbe und das Gleiche hatte ich noch nie kapiert, und ich wollte ihn mir auch nicht erklären lassen, jedenfalls nicht von der Frau, die vielleicht dabei war, mit ihrem Coffeeshop die Konditorei meiner besten Freundin in die Pleite zu reiten. »Ich hätte gern einen Vanille-Milchshake«, sagte ich so kühl wie möglich.

»Kommt sofort!« Das Lächeln der Frau wurde unsicher. Vermutlich hatte sie gemerkt, dass ihre Wortklauberei bei mir nicht so rasend gut angekommen war. Rasch bereitete sie unsere Getränke zu und schob sie über den Tresen. »Macht zusammen fünf Euro. Lasst es euch schmecken!«

»Danke!« Wir nahmen unsere Gläser und sahen uns unschlüssig um. Wo war ein strategisch günstiger Platz? Ah, da! Schnell steuerte ich einen Stehtisch mit zwei schick gestylten Frauen an. Die eine trug ein enges weinrotes Kostüm und schwindelerregend hohe Schuhe, die andere einen Hosenanzug mit Nadelstreifen. Die beiden schnatterten derartig schnell aufeinander ein, dass sie bisher noch nicht dazugekommen waren, in die belegten Bagels zu beißen, die vor ihnen auf dem Tisch standen. Vielleicht fürchteten sie auch nur, beim Essen ihren Lippenstift zu verwischen? Egal, von Emma und mir nahmen die zwei jedenfalls nicht die geringste Notiz. Warum auch? Himmel, wie sollte es mir je gelingen, mit diesen beiden aufgebrezelten Schnecken ins Gespräch zu kommen?

Aber plötzlich hatte ich eine Idee. »Schau mal«, sagte ich laut und vernehmlich zu Emma, wobei ich mit dem Zeigefinger auf die Bagels unserer Tischnachbarinnen deutete. »Diese Bagels hier sehen doch wirklich lecker aus. Schade nur, dass sie nicht frisch sind!«

Emma sah mich an, als hätte ich soeben den ersten Vers eines komplizierten chinesischen Gedichtes vorgetragen. »Bagels?«, fragte sie verständnislos, »nicht frisch? Wieso?«

Also, manchmal war Emma wirklich schwer von Begriff!

»Na, die Bagels hier!«, wiederholte ich laut und zeigte nachdrücklich auf den Teller. »Unsere sahen doch gestern genauso frisch aus, und hinterher war uns schlecht.«

Endlich schien bei Emma der Groschen gefallen zu sein. Jedenfalls begann sie plötzlich, so eifrig zu nicken wie die batteriebetriebenen Plüschkaninchen im Kaufhaus, und trompetete los: »Ach ja, die Bagels, die wir gestern hier gegessen haben! Ja, die waren wirklich knochentrocken und der Schinken sah richtig verschimmelt aus.« Emma schüttelte sich angewidert. »Total eklig!«

Ich zog den Kopf ein und versuchte, Emma ein unauffälliges Zeichen zu geben. Warum musste sie denn gleich derartig übertreiben? Jetzt hatten wir zwar tatsächlich die Aufmerksamkeit unserer beiden Tischnachbarinnen geweckt, aber Emmas Stimme war so laut gewesen, dass inzwischen selbst die kettenbehängte Tresenfrau neugierig zu uns herüberschaute.

Ich warf Emma einen warnenden Blick zu, aber sie war einfach nicht mehr zu bremsen: »Tut mir echt leid, dass ich dir die Bagels mitten auf deine nagelneuen Schuhe gekotzt … äh … gespuckt … habe!«, trompetete sie in ungebremster Lautstärke weiter. »Ich hoffe, die Flecken sind wieder rausgegangen?!«

Oh nein, das durfte doch nicht wahr sein! Ich

musste Emma unbedingt zum Schweigen bringen! Aber wie? – Kurzentschlossen trat ich ihr unter dem Tisch so heftig gegen das Schienbein, dass sie leise aufschrie und mir anschließend einen bitterbösen Blick zuwarf. Ein peinliches Schweigen entstand. Schließlich fragte eine unserer Tischnachbarinnen vorsichtig: »Äh … entschuldigt bitte, dass ich mich einmische, aber ist euch von den Bagels hier«, sie deutete mit ihrem rot lackierten Zeigefinger leicht angeekelt auf ihren Teller, »tatsächlich schlecht geworden?«

Bevor Emma den Mund aufmachen konnte, sagte ich schnell: »Na ja, der Belag schmeckte schon ein bisschen komisch und äh …« Ich suchte verzweifelt nach einer schlüssigen Überleitung, aber mein Kopf war leer wie mein Sparschwein nach Weihnachten, also fügte ich etwas übergangslos hinzu: »Die Sachen in der Konditorei gegenüber sind einfach viiieeel besser als die hier!«

»Weil die drüben bei Lilienthal nämlich nur richtig gute Zutaten nehmen«, schaltete sich Emma wieder ein. Anscheinend hatte sie sich bereits von meinem Fußtritt erholt. »Wirklich, bei Lilienthal ist immer alles gaaanz frisch! Und einfach superlecker! Gehen Sie nächstes Mal lieber dahin!«

Unsere Tischnachbarinnen wechselten einen

raschen Blick, dann bemerkte die in dem roten Kostüm etwas schnippisch: »Und warum, wenn ich fragen darf, seid ihr beide dann heute noch mal hier – und nicht drüben in der Konditorei?«

Mist. Gute Frage! Darauf hätte ich auch selber kommen können. »Weil äh …«, ich überlegte angestrengt, »das hat … äh …. rein persönliche Gründe!« Ich schlug die Augen nieder und schwieg bedeutungsvoll. So machten das die Hollywoodstars schließlich auch immer, wenn sie unverschämterweise nach Heiratsplänen, Schönheitsoperationen oder Trennungsgerüchten gefragt wurden, anstatt nach ihrem neuen Film: Ein kurzes »Kein Kommentar«, ein kühler Blick – und die Sache war erledigt. Was bei Brad Pitt und Madonna klappte, musste für ein Mitglied des echten und weltweit einzigen Prinzessinnenclubs doch wohl auch gelten! Hoffte ich jedenfalls.

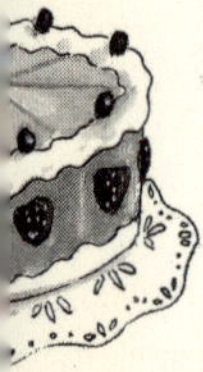

Ich hatte Glück, die beiden Büroschnecken ließen uns in Ruhe und wandten sich wieder ihrem Latte macchiato zu. Ihre belegten Bagels rührten sie allerdings nicht mehr an. Ich atmete einmal tief durch. Eigentlich war unsere erste »Operation Lilienthal« doch gut gelaufen! Vermutlich würden die beiden Frauen die Geschichte von unseren schwer verdaulichen Bagels in ihren Büros verbreiten. Das Ganze würde sich in Windeseile herumsprechen und ruck, zuck würden auch viele andere ihren Mittagsimbiss wieder in der Konditorei Lilienthal kaufen. Bald würden sich die Probleme von Sissis Eltern in Luft auflösen. Statt unangenehmer Termine mit irgendwelchen Bankheinis hätten die Lilienthals wieder mehr Zeit für Sissi und ihre Geschwister und im Handumdrehen wäre alles wieder im Lot! Und wem war all dies zu verdanken? – Emma und mir!

Natürlich durften sich Emma und ich mit diesem kleinen Anfangserfolg nicht zufriedengeben. Ein paar ähnliche beiläufige Gespräche wie eben mussten wir schon noch führen, damit unsere Aktion auch wirklich durchschlagende und nachhaltige Wirkung zeigte. Also schnappte ich unsere beiden noch halbvollen Gläser, nickte unseren Tischnachbarinnen freundlich zu und zog Emma weiter.

»Ist doch super gelaufen, oder?«, raunte Emma in meinen Nacken. »Wollen wir gleich den Nächsten ansprechen?«

Nanu, was war denn mit der braven, schüchternen Emma passiert? Ihre Wangen waren ja vor Aufregung gerötet und ihre Augen blitzten vor Tatendurst. Ehrlich gesagt war mir Emmas plötzliche Verwandlung von Rotkäppchen in Max und Moritz etwas unheimlich.

»War dir das Ganze denn nicht ›schrecklich peinlich‹?«, erkundigte ich mich verwundert. Schließlich war Emma normalerweise schon ihr eigenes Spiegelbild beim Zähneputzen peinlich!

Emma schüttelte energisch den Kopf. »Nö, wieso denn? Ich fand uns richtig gut!«

»Also, das mit dem Übergeben hättest du nicht sagen dürfen«, wandte ich ein. »Das war echt übertrieben! Ich habe mich ja gewundert, dass du überhaupt solche Ausdrücke benutzt: Kotzerei …!« Ich kicherte leise. »Verstößt das nicht gegen irgendeine Prinzessinnenregel?«

»Gegen Regel Nr. 5, das solltest du langsam auswendig wissen«, erklärte Emma hoheitsvoll. »Ich zitiere: Eine Prinzessin vermeidet Wutausbrüche und Schimpfworte aller Art – jedenfalls in der Öffentlichkeit.«

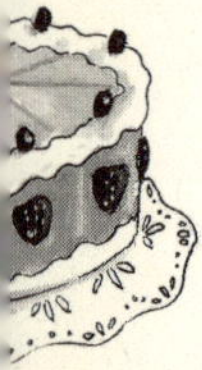

»Siehst du!«, sagte ich.

Emma verdrehte die Augen. »Also wirklich, Diana, schließlich befinden wir uns hier mitten in einem Spezialeinsatz, oder etwa nicht? Da gelten andere Prinzessinnenregeln. Und außerdem hat das mit der Kotzerei die beiden Frauen doch erst richtig aufmerksam gemacht!«

»Hast ja recht«, gab ich zu, »aber jetzt: Pst! Ich hab schon unser nächstes Opfer im Visier!«

Ich stellte unsere Gläser auf einem Tisch am Fenster ab, wo ein einzelner Typ im rosa Polohemd saß, der wie hypnotisiert in seine Zeitung starrte. Ich musterte ihn unauffällig. Was veranlasste Männer nur dazu, rosa zu tragen? Ich meine, die Farbe ist schon bei Mädchen oberhalb des Grundschulalters nicht mehr angesagt. Aber bei erwachsenen Männern sieht rosa einfach nur albern aus! Und dazu noch dieses schwarze zurückgegelte Haar! Ob man wohl daran kleben blieb, wenn man es anfasste? Fielen Fliegen eventuell tot zu Boden, nachdem sie sich darauf niedergelassen hatten? Ich warf einen schnellen Blick auf den Fußboden: Nein, keine Spur von toten Fliegen! Ich riss mich zusammen. Anstatt mir Gedanken über missratene Haarstylings zu machen, sollte ich mir lieber fix überlegen, wie Emma und ich mit diesem glatt gegelten Pink Panther, wie ich ihn bereits getauft hatte, ins Gespräch kommen sollten. Schließlich konnten wir schlecht den ganzen Nachmittag bei »CoffeeCoffee« herumhängen und uns an einem einzigen Milchshake festhalten. Das wäre viel zu auffallend gewesen! Während ich noch über einen geeigneten Einstiegssatz grübelte, griff

der Pink Panther, ohne von seiner Zeitung aufzuschauen, nach dem Schokoladenmuffin auf seinem Teller. Das Gebäckstück schwebte schon kurz vor seinem geöffneten Mund, als Emma plötzlich laut »Stopp!!« rief.

Pink Panthers Hand zuckte zurück, als hätte Emma ihm auf die Finger gehauen. Ärgerlich sah er uns an. »Wie bitte?«

Emma schob sich verlegen eine Haarsträhne hinters Ohr. »Verzeihung, ich wollte Sie nicht erschrecken!«, haspelte sie los. »Ich wollte nur… Also, schauen Sie sich Ihren Muffin lieber genau an, bevor Sie hineinbeißen!«

»Und warum sollte ich das tun?«, erkundigte sich Pink Panther misstrauisch bei Emma.

Diese lächelte zuckersüß. »Na ja, eigentlich war es ja nicht weiter schlimm. Aber… also, ich hatte gestern eine kleine Fliege in dem Muffin, den ich hier gegessen habe! Ich meine, so was kann natürlich mal passieren. Aber ein bisschen unangenehm war es schon!«

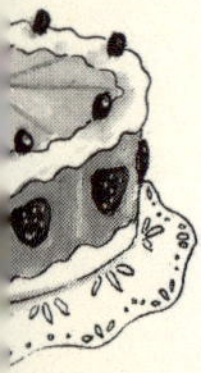

Pink Panthers Gesicht wurde eine Spur blasser, und er sah aus, als würde er sich im nächsten Moment auf sein rosa Polohemd übergeben. »Eine Fliege??!! Du hattest eine Fliege in deinem Muffin??!!«, ächzte er.

Emma nickte traurig. »Das arme Ding, sie war natürlich schon tot. Durch das Backen, verstehen Sie? Und besonders groß war sie auch nicht. Höchstens so«, Emma deutete die Größe der angeblichen Muffin-Bewohnerin mit zwei Fingern an. Ich vermute, dass es Fliegen solch bedrohlichen Ausmaßes höchstens am Amazonas gibt, wenn überhaupt.

Dem Pink Panther schien Ähnliches durch den Kopf zu gehen. Jedenfalls ließ er seinen Muffin mit spitzen Fingern zurück auf den Teller fallen, um das Gebäckstück anschließend misstrauisch von allen Seiten zu beäugen, allerdings aus sicherer Entfernung.

Ich hielt es für an der Zeit, mich auch mal wieder einzuschalten. »In diesem dunklen Schokoladenteig sieht man eine Fliege natürlich nicht so gut«, erklärte ich freundlich. »Man schmeckt sie nur«, ich machte eine bedeutungsschwangere Kunstpause, »aber dann ist es zu spät.«

Pink Panther fuhr sich nervös durch die Haare. Ich schaute ganz genau hin. Nein, er blieb nicht kleben. Schade eigentlich …

»Tja, wir müssen dann mal los«, sagte ich bedauernd. »Wir haben nämlich gleich noch Mathenachhilfe, wissen Sie.«

Auch Emma erhob sich und winkte Pink Panther einen Abschiedsgruß zu. »Einen schönen Nachmittag – und guten Appetit noch!«

Mit fest zusammengepressten Lippen drängten wir zum Ausgang. Ich hätte es auch keine Sekunde länger ausgehalten. Das Lachen stieg so schnell und so unaufhaltsam in mir hoch wie kochende Milch auf einer heißen Herdplatte. Nichts wie raus hier! Nach Luft schnappend, riss ich die große Glastür von »CoffeeCoffee« auf – und stieß draußen voll mit jemandem zusammen. Ich taumelte zurück. Nanu! Jo! Oder besser: Johannes. Johannes Brandner. Was machte der Typ denn schon wieder hier?

»Na, euch scheint's ja bei ›CoffeeCoffee‹ zu gefallen«, sagte Jo. »Habt ihr heute die Smoothies probiert?«

»Äh, nein!« Emma schüttelte den Kopf. »Wir hatten Vanille-Milchshakes!«

»Waren leider ein bisschen zu süß«, warf ich schnell ein. Schließlich mussten wir jede Gelegenheit für unsere Mission nutzen. »Tschüss dann, bis morgen in der Schule!«

Wir drängten uns an Jo vorbei und rannten die Straße hinunter, als wären sämtliche Riesenfliegen des Amazonas hinter uns her.

Emma knufft mich glucksend in die Seite. »Weißt du noch, wie der Pink Panther geguckt hat, als wir mit der toten Fliege anfingen …! Ich dachte, ich platze gleich …!«

Sissi zieht die Augenbrauen hoch. »Und ich verstehe beim besten Willen nicht, dass ihr immer noch darüber lachen könnt! Wirklich nicht!«

Emma hört abrupt auf zu kichern. Und ich versuche, Sissi zu besänftigen. »Du warst eben nicht dabei«, sage ich. »Weißt du, Sissi, die Situation an sich war tatsächlich lustig. Und anfangs war uns ja gar nicht klar, was das Ganze für Folgen haben könnte. Himmel, was hatten wir für einen Riesenbammel, als wir in den Coffeeshop reingegangen sind! Aber als dann alles so schön glattlief, da ergab irgendwie ein Wort das nächste und …«

Obwohl Sissi Emma und mich noch immer bitterböse anschaut, muss ich schon wieder losgackern. »Erinnerst du dich, Emma«, pruste ich, »als du Pink Panther die G-g-größe der F-f-fliege gezeigt hast …« Da fängt auch Emma wieder an zu glucksen und einen Moment später kringeln wir beide uns vor Lachen, wir können einfach nicht anders.

Sissi schon. Sie steht auf, wirft Emma und mir einen letzten bösen Blick zu und verlässt dann wortlos das Zimmer.

Emma und ich brannten förmlich darauf, Sissi in allen Einzelheiten von unserem Besuch bei »CoffeeCoffee« zu erzählen. Aber natürlich konnten wir vom Coffeeshop aus nicht direkt gegenüber in die Konditorei Lilienthal marschieren! Hätte uns Pink Panther oder eine der Bagel-Schnecken dabei gesehen, wären sie vielleicht misstrauisch geworden. Und das wollten Emma und ich nicht riskieren.

Also gingen wir zurück zum Marktplatz, wo ich mein Fahrrad abgestellt hatte. Dabei hechelten wir unsere Aktion noch mal in allen Einzelheiten durch. Ehrlich gesagt waren wir höchst zufrieden mit uns! Direkt schade, dass Emma es so eilig hatte, nach Hause zu kommen! Bevor ich fragen konnte, was sie schon wieder Wichtiges vorhatte, war sie bereits um die nächste Ecke gebogen und verschwunden. Verwirrt schloss ich mein Fahrrad auf. Bildete ich mir nur ein, dass Emma mir nicht verraten wollte, mit wem sie sich traf?

Als ich zu Hause statt Mama selbst nur eine kurze Nachricht vorfand, atmete ich auf. Sie war allein in die Stadt gefahren. Auch gut! Dann konnte ich jetzt wenigstens in Ruhe mit Sissi telefonieren. Aber erstmal gönnte ich mir einen meiner Lieblingsschoko-Riegel, quasi zur Belohnung. Schließlich war es mir wirklich nicht leichtgefallen, bei »CoffeeCoffee« wildfremde Leute anzusprechen. Und Emma erst recht nicht! Zugegeben, wir hatten heute drei Leuten gründlich den Appetit verdorben. Aber ja nicht aus Bosheit, sondern um Sissi und ihren Eltern zu helfen. – Ob unsere Aktion wohl Wirkung zeigen würde?

Ich schnappte mir das Telefon und machte es mir auf dem Sofa bequem. Sissi war sofort am Apparat.

»Erzähl!«, quietschte sie statt einer Begrüßung. »Ich hab von meinem Fenster aus gesehen, wie ihr zu ›CoffeeCoffee‹ reingegangen seid! Oder habt ihr euch drinnen dann doch nicht getraut?«

»Na hör mal! Natürlich haben wir uns getraut!« Stolz schilderte ich Sissi unsere Begegnung mit den Bagel-Schnecken. Als ich zu der Stelle kam, wo Emma behauptet hatte, dass ihr von den CoffeeCoffee-Bagels so schrecklich übel geworden war, dass sie mir auf die Schuhe gekotzt hatte, schnappte Sissi hörbar nach Luft. »DAS habt ihr gesagt?! Ihr habt behauptet, dass bei ›CoffeeCoffee‹ verdorbene Lebensmittel verkauft werden??!!« Sissis Stimme überschlug sich fast. »Mensch, Diana, seid ihr völlig verrückt geworden?!«

Ich verstand nicht. Ich verstand überhaupt nichts, spürte nur, wie mein Triumphgefühl schlagartig verpuffte. Stattdessen hatte ich den Eindruck, jemand rammt mir eine Faust in den Magen. Ich brachte nur ein Stammeln zustande. »A-a-aber w-wieso denn?«

»Mensch, Diana, das ist eine richtig schwere Anschuldigung!«, tobte Sissi. »Ihr habt so getan, als hätte Emma sich im Coffeeshop eine Lebensmittelvergiftung geholt! So etwas wird normalerweise zurückverfolgt!«

»Nein, ich … ich meine, wir haben doch nur gesagt, dass ihr nach dem Bagel schlecht geworden ist und …« Plötzlich wusste ich nicht mehr weiter. Was hatte ich eigentlich genau gesagt? Und was Emma? Ich konnte mich nicht mehr erinnern. Aber ich begriff allmählich, auf was Sissi hinauswollte. Und jetzt wurde mir wirklich schlecht.

»Sissi?«, piepste ich kleinlaut.

Aber Sissi schwieg. Eine Weile war nur ihr schnelles Atmen zu hören. Schließlich sagte sie mit gepresster Stimme: »Und was war noch, Diana? Bitte erzähl mir alles, ja? Besser ich weiß es ganz genau!« Ich spürte, wie sie um Beherrschung rang.

Mir war jetzt kalt. Eiskalt. Und in meinem Kopf drehte sich alles. Waren wir wirklich zu weit gegangen? Was genau hatten Emma und ich denn nur gesagt in diesem blöden Coffeeshop? Oh nein … der Pink Panther!

»Also … äh … es gab da noch ein zweites Gespräch«, krächzte ich. »Mit einem Mann, so einem Anzugtyp, weißt du?«

»Ja, und?«, drängte Sissi ungeduldig, »was habt ihr dem erzählt? Auch die Geschichte von dem verdorbenen Bagel?«

»Nein, nein, die nicht!«

»Gott sei Dank!« Sissi atmete hörbar auf. »Wenigstens etwas!«

Ich zögerte. Aber es half ja nichts. Jetzt musste Sissi schon alles erfahren. Jede böse Einzelheit. »Also, ehrlich gesagt, Sissi, wir haben dem Typ eine … äh … andere Geschichte aufgetischt«, flüsterte ich.

Sissi war sofort wie elektrisiert. »Und welche? Nun sag's schon, Diana!«

Ich holte tief Luft, dann ratterte ich tapfer los:

»Wir haben ihm erzählt, dass wir in unserem Muffin vom Coffeeshop eine tote Fliege gefunden hätten!«

»WAAAS?!« Sissi schrie fast.

Ich zog unwillkürlich den Kopf ein. Aber es half nichts. Jetzt war Sissi wirklich außer sich. »Diana, seid ihr wahnsinnig geworden! Wie konntet ihr denn so etwas behaupten? Das war doch genau das, was wir NICHT wollten: so einen Skandal wie in dem Restaurant von diesem ›Nico‹! – Wenn dieser Büromensch, dem ihr das erzählt habt, mit eurer Geschichte zum Gesundheitsamt oder sonst wohin geht, dann, dann …« Sissi rang nach Worten. »Dann bekommen die einen riesigen Ärger! Die werden überprüft, vielleicht wird der ganze Laden auseinandergenommen. So etwas spricht sich blitzschnell rum. Immer mehr Kunden bleiben weg – und der Coffeeshop geht pleite, bevor er richtig angefangen hat, verstehst du, Diana?«

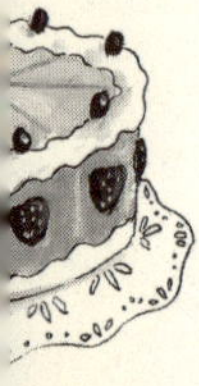

Ich zögerte einen Moment, weil ich mich schämte für das, was mir bei Sissis letzten Worten durch den Kopf geschossen war. Aber dann sagte ich es doch, wenn auch ganz, ganz leise: »Dann müssten sich deine Eltern aber wenigstens keine Sorgen mehr machen um eure Konditorei …«

»Aber Diana, an so einer Pleite wollen wir drei doch nicht schuld sein!« Auch Sissi hatte ihre Stimme gesenkt. »Emma, du und ich, wir würden uns doch einfach schrecklich fühlen, wenn der Coffeeshop nur wegen uns wieder schließen müsste!«

»Du hast ja recht, Sissi! Ich weiß selber nicht, warum ich das eben gesagt habe, ich bin einfach völlig durcheinander«, jammerte ich kleinlaut. »Eigentlich wollten Emma und ich den Leuten ja nur erzählen, dass euer Kuchen viel besser schmeckt als der im Coffeeshop. Aber dann ist das Ganze irgendwie aus dem Ruder gelaufen …« Ich stockte. Warum nur hatten Emma und ich unseren ursprünglichen Plan über Bord geworfen und einfach blind drauflosgeplappert? Sogar für lustig und originell hatten wir unsere Horrorgeschichten gehalten! Dabei waren Emma und ich weit übers Ziel hinausgeschossen. Viel zu weit.

Treffer. Treffer.

Versenkt.

Ich schloss die Augen. Mist, warum gab es im richtigen Leben nicht so eine Löschtaste wie am Computer? Mit der ich die letzten Stunden einfach wegdrücken, irgendwie ungeschehen machen konnte?! Vor einiger Zeit hatte ich ein Buch gelesen, in dem das mit dem Stundenlöschen geklappt hatte. Aber im zweiten Anlauf waren die Dinge auch nicht besser geworden.

»Hoffentlich verfällt nicht noch jemand auf die Idee, meine Eltern könnten hinter diesen bösen Gerüchten stecken«, sagte Sissi plötzlich in meine Gedanken hinein.

Himmel, das wurde ja immer schlimmer!

»Wer sollte denn auf so eine bescheuerte Idee kommen?«, fragte ich.

Aber Sissi sprach schon weiter. »Glaubst du, dass die Besitzerin etwas von euren Geschichten mitgekriegt hat? Diese Frau mit den tausend Ketten um den Hals.«

Mit Unbehagen erinnerte ich mich an Emmas durchdringende Stimme, an die neugierigen Blicke … oje! Also, aufgefallen waren wir der Besitzerin auf jeden Fall! Ich sank in mich zusammen.

Sissi spann ihren Faden bereits weiter. »Wenn die nämlich euer Gerede gehört hat und euch demnächst mit mir, also mit der Tochter der Konkurrenz, zusammen sieht … dann braucht sie ja nur eins und eins zusammenzuzählen, verstehst du, Diana?«

Wieso sagte Sissi ständig: »Verstehst du, Diana?« Natürlich verstand ich!

»Ich glaube nicht, dass sie was mitgekriegt hat!«

»Wirklich nicht?«, insistierte Sissi.

Einen Moment rang ich mit mir. Sollte ich jetzt auch noch zugeben, dass es durchaus möglich war, dass Frau CoffeeCoffee Bruchteile unserer Gruselmärchen aufgeschnappt hatte? – Nein, nein. Das wäre einfach zu viel für Sissi gewesen.

Und vielleicht auch zu viel für unsere Freundschaft.

Ich schluckte. Was hatten Emma und ich da nur angerichtet …?! Wir wollten doch wahre Prinzessinnen sein! Prinzessinnen der Herzen! Wir wollten Gutes tun, nicht lügen, nicht lästern … Heute hatten Emma und ich mit Sicherheit gegen sämtliche goldenen Regeln des Prinzessinnenclubs verstoßen. – Was hatten wir uns nur dabei gedacht? Und vor allem: Wie sollten wir aus diesem Schlamassel wieder herauskommen?

Das letzte Kapitel hat Emma allein gelesen. Sissi ist noch nicht wieder aufgetaucht.

Emma schüttelt den Kopf. »Wenn ich das jetzt lese, verstehe ich echt überhaupt nicht mehr, wie wir beide ernsthaft glauben konnten, eine Art Heldentat vollbracht zu haben.«

»Wir waren eben total blind!«, sage ich, »und ein bisschen … durchgeknallt!«

Emma nickt. »Vielleicht ganz gut, wenn Sissi dieses Kapitel gar nicht liest. Oder weiß sie, dass wir es durchaus für möglich hielten, dass Frau CoffeeCoffee Teile unserer Geschichten aufgeschnappt hat?«

»Nein«, sage ich, »das habe ich Sissi damals am Telefon verschwiegen. Und du hast recht: Das braucht sie nie zu erfahren!«

»WAS soll ich nie erfahren?«

Mist! Weder Emma noch ich haben bemerkt, dass Sissi zurückgekommen ist! Jetzt steht sie in der Tür und sieht uns mit blitzenden Augen an.

Uns bleibt auch nichts erspart...

Natürlich versuchte ich nach dem Gespräch mit Sissi, gleich Emma zu erreichen. Aber anscheinend vergaß ihre Mutter, meinen Anruf auszurichten. Als Emma mich endlich zurückrief, war ich schon im Schlafanzug und gerade dabei, mir die Zähne zu putzen. Also bekam Emma nur eine verkürzte und stark zensierte Form von Sissis Reaktion. Es reichte ja auch, wenn ich mich mies fühlte. Emma geriet sowieso immer schon so leicht in Panik. Aber das wenige, was ich Emma von meinem Telefonat mit Sissi erzählte, reichte. »Das haben wir ja alles gar nicht bedacht, Diana!«, sagte sie ängstlich. »Meinst du wirklich, dass es so schlimm wird?«

Ich war froh, als es mir gelungen war, Emma halbwegs zu beruhigen. Bei mir selber klappte das leider nicht. Ich verbrachte die halbe Nacht damit, mir die möglichen Folgen unserer bösen Gerüchteküche in immer gruseligeren Einzelheiten auszumalen. Ich stellte mir vor, wie Sissis Eltern als vermeintliche Anstifter dieser vermeintlich fiesen Intrige verdächtigt und verklagt wurden, wie danach niemand mehr den guten Lilienthal-Kuchen kaufen wollte und die armen Lilienthals schließlich mit vier Kindern und vierzehn Blechen altbackener Nougatkringel auf der Straße landeten. Und das alles nur wegen Emma und mir. Wegen mir vor allem. Schließlich hatte ich mir diesen bescheuerten Plan ausgedacht!

Mama hat mir mal erzählt, dass einem nachts immer alle Probleme unüberwindlich erscheinen. Dass diese Behauptung stimmt, konnte ich in dieser Nacht nur bestätigen.

Am nächsten Morgen sah ich schon nicht mehr ganz so schwarz. Und auf dem Weg zur Schule war ich sogar fast wieder davon überzeugt, dass die ganze dumme Geschichte im Sande verlaufen würde. Vermutlich hatte die Coffeeshop-Besitzerin gar nichts mitgekriegt und die Bagel-Schnecken und Pink Panther unser Gerede als alberne Kinderspinnerei abgetan und längst vergessen.

Als ich gerade dabei war, mein Fahrrad anzuschließen, kam Sissi angeradelt. Natürlich besitzt Amalie Severine Lilienthal kein Rennrad oder Mountainbike wie alle anderen in der Klasse, sondern ein altmodisches schwarzes Damenfahrrad mit einer Messingklingel vom Flohmarkt. Ich habe mich schon hundertmal gefragt, wie Sissi es schafft, nie mit ihren langen Röcken in den Speichen hängen zu bleiben oder ihren spitzenbesetzten Unterrock mit Öl zu beschmieren. Aber so etwas passiert eben anderen, nicht Sissi Lilienthal.

Sissi sprang vom Rad und schüttelte ihre Locken. »Hi, Diana!«

Jetzt war mir irgendwie doch wieder mulmig. »Hallo Sissi! Du, es tut mir so leid, dass Emma und ich …«

Sissi winkte ab. »Lass uns nachher drüber reden, ja? In der Pause!«

Ich nickte erleichtert. Selbst wenn Sissi sauer auf Emma und mich war, wusste sie schließlich, dass wir ihr mit unserer Aktion nur hatten helfen wollen. Ihr und der Konditorei Lilienthal.

Als wir in die Klasse kamen, sah Emma mich sofort fragend an. *Wie geht es mit Sissi?*, sollte dieser Blick sagen. Ich zuckte unmerklich die Achseln. Schließlich stand Sissi direkt neben mir, da konnte ich ja schlecht irgendwelche Erklärungen abgeben. Dann fiel mein Blick auf Jo, der ein großes Tablett vor sich her balancierte. Allerdings nahmen ihm seine viel zu langen blonden Haare mal wieder fast komplett die Sicht. Echt, der sollte lieber zum Friseur gehen, anstatt sein Taschengeld bei »Coffee-Coffee« zu verbraten!

Ah, jetzt kam Tiffany ihm zu Hilfe geeilt! Anscheinend hatte unsere Klassenschönheit entschieden, dass es doch gut für ihr Image war, dem Neuen unter die Arme zu greifen. Was trug Jo da eigentlich auf diesem schwankenden Tablett? Oh, Schoko-Muffins für alle! Na, so was, eine solche Aktion hätte ich ihm gar nicht zugetraut. Wobei, wenn ich es mir recht überlegte, war Jo gestern im Coffeeshop ganz nett zu Emma und mir gewesen. Vielleicht hatte Frau Blümlein ja recht mit den stillen Wassern und unser Neuzugang verdiente tatsächlich eine zweite Chance.

»Hast du heute Geburtstag?«, erkundigte sich Kevin bei Jo, während er gierig die Muffins beäugte.

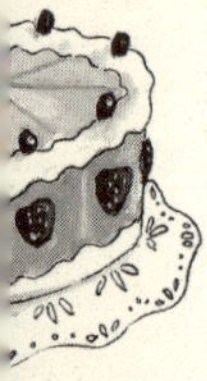

Jo schüttelte den Kopf, wobei die Muffins auf dem Tablett in eine gefährliche Schieflage gerieten. »Nee, Geburtstag habe ich erst im Mai! Die Muffins habe ich mitgebracht, weil ich doch neu in der Klasse bin. Meine Mutter meinte, das wäre ein guter Einstand.«

»Gute Idee von deiner Mutter!«, grinste Kevin. »Darf ich?«

»Klar!« Jo hielt ihm und Tiffany auffordernd

das Tablett hin und kam danach zu Sissi und mir. »Mögt ihr auch einen?«

»Danke! Oh, mit Mandelsplittern obendrauf! Die sehen ja super aus!« Ich nahm mir einen der dunkelbraunen Muffins und biss hinein. Hmm … der Guss war schön dick, aber von innen waren die Dinger ziemlich trocken. Schade.

»Willst du keinen?« Jo sah Sissi fragend an.

Sie schüttelte den Kopf. »Ich esse fast nie Süßes.« Sie musterte die Muffins mit Kennerblick. »Selbst gemacht?«

Jo lächelte verlegen. »Na ja, nicht wirklich! Die sind aus unserem Café! Den Kuchen kriegen wir angeliefert. Meine Mutter hat keine Zeit, den auch noch selber zu machen.«

»Café?« Sissi sah Jo interessiert an. »Was habt ihr denn für ein Café?«

Und dann, urplötzlich, machte es Klick. Und für eine Sekunde schien die Zeit stillzustehen. Ich sah Jo an. Und dann Sissi. Und dann wieder den Muffin in meiner Hand. Dunkelbraun mit Mandelsplittern obendrauf. Ungewöhnliche Kombination. Sah man nicht so oft. Aber gestern hatte ich so einen Muffin gesehen. Gestern auf dem Teller vom Pink Panther. Denn genau solche Muffins gab es bei »CoffeeCoffee«, wo wir Jo schon zweimal getroffen hatten und er anscheinend ganze Nachmittage herumhing. Wie hatte ich kichernd gesagt? »Hat der denn kein Zuhause?« Gute Frage. Einfache Antwort: Jo WAR dort zu Hause. Seiner Mutter gehörte der Coffeeshop. Punkt. Die beiden sahen sich sogar ähnlich! Beide groß und schlaksig, das gleiche helle Haar, die gleichen Augen. – Wieso hatte ich das nicht erkannt? Wieso hatte ich nicht eins und eins zusammengezählt?

Ich brauchte Jos Antwort gar nicht zu hören, um zu wissen, dass ich recht hatte. »Meiner Mutter und ihrem Freund gehört der neue Coffeeshop am Anfang der Moltkestraße. ›CoffeeCoffee‹ – sie haben erst vor Kurzem aufgemacht.«

Ich sah, wie Sissi neben mir mitten in der Bewegung erstarrte. »CoffeeCoffee?«, krächzte sie. »Der Laden gehört euch?«

Jo nickte. »Komm doch mal vorbei! Emma und Diana waren ja schon zweimal bei uns.«

»Wo ist euer Coffeeshop? Am Anfang der Moltkestraße?«, schaltete sich Tiffany plötzlich ein. »Mensch, Sissi, das muss doch ganz nah bei euch sein!« Sie wandte sich an Jo. »Sissis Eltern gehört nämlich die Bäckerei Lilienthal.«

»Konditorei«, verbesserte Sissi automatisch.

Tiffany verdrehte genervt die Augen. »Dann

eben die Konditorei Lilienthal! Ist doch das Gleiche!«

»Nein, ist es nicht«, beharrte Sissi. »Im Gegensatz zu einer Bäckerei stellen wir nämlich kein Brot her, sondern Kuchen, Torten und Pralinen.«

»Und zwar tolle Pralinen!«, warf Emma eifrig ein. »Bessere gibt's auf der ganzen Welt nicht!«

Jo sah Sissi beeindruckt an. »Natürlich kenne ich eure Konditorei! Sie ist ja direkt bei uns gegenüber! Komisch, dass wir uns noch nicht begegnet sind, oder? Als unser Laden renoviert wurde, hat meine Mutter bei euch mal Kuchen für uns und die Handwerker gekauft. Mann, der war echt megalecker!«

»Bei Lilienthal ist alles megalecker«, warf Kevin ein. »Wenn ich nur an diese Nougatringe denke …. hmm!«

Ich sah ihn überrascht an. Das Nashorn hatte etwas Nettes gesagt! Es geschahen noch Zeichen und Wunder.

»Wenn Jos Coffeeshop direkt gegenüber von Sissis Konditorei ist«, meldete sich Tiffany wieder zu Wort, »dann macht ihr euch aber gegenseitig ganz schön Konkurrenz. Ist das nicht schwierig?« Erwartungsvoll sah sie zwischen Jo und Sissi hin und her.

Da beide stumm blieben, war es anscheinend an mir, die Situation zu retten. »Aber warum denn?«, sagte ich betont munter, »Konkurrenz belebt doch das Geschäft.«

Ist wirklich enorm praktisch, wenn man ein paar Weisheiten in petto hat, die man bei Bedarf in die Menge werfen kann.

»Hä? Und was heißt das?«, fragte Kevin.

Zum Glück blieb es mir erspart, meinen Satz jetzt auch noch zu erklären. Frau Hasemann hatte das Klassenzimmer betreten und begann mit dem Unterricht.

»Puh, das war wirklich eine Überraschung«, sagt Emma. »Ich meine, wer konnte ahnen, dass der Coffeeshop ausgerechnet Jos Mutter gehört?«

»Also, das hätten wir nun wirklich etwas früher merken können«, sage ich trocken. »Findest du nicht auch, Sissi?«

»Ich finde, wir hätten so einiges früher merken können«, Sissi grinst, »zum Beispiel dass Jo wunderschöne blaue Augen hat...«

Heute hatten wir es in der Pause besonders eilig, unsere Bank unter der Kastanie in Beschlag zu nehmen.

Trotz der zugespitzten Situation schielte Emma als Erstes wie üblich auf Sissis Brotdose. »Hast du heute gar kein Croissant dabei?«

»Mensch, Emma, kannst du vielleicht ausnahmsweise mal nicht ans Essen denken?!«, sagte ich. »Wir haben echt andere Probleme!«

»Allerdings«, bemerkte Sissi. »Weil es nämlich bei unserem Klassenfest übernächste Woche ein frohes Wiedersehen geben wird – zwischen euch beiden und Mrs ›CoffeeCoffee‹, sprich: Jos Mutter! Und dann wird es ungemütlich …!«

»Aber doch nur, wenn Jos Mutter von unserem Gerede über die verschimmelten Bagels und die Fliege was mitgekriegt hat«, wandte ich ein, »und das ist doch … äh … eher unwahrscheinlich.« Vorsichtshalber mied ich Sissis Blick.

Aber Sissi ließ mich nicht so leicht davonkommen, sie wandte sich an Emma: »Wie hast du denn das in Erinnerung?«

»Oh, ich … also«, fing Emma an.

»Still!« Ich legte Emma blitzschnell die Hand auf den Arm. Aus den Augenwinkeln hatte ich nämlich gesehen, dass Jo mit den restlichen Muffins geradewegs auf uns zusteuerte. Hätte gerade noch gefehlt, dass Mr »CoffeeCoffee« junior unsere Krisensitzung mithörte!

Tatsächlich blieb Jo vor uns stehen. »Möchte jemand noch einen Muffin?« Er deutete auf seinen Teller. »Die hier sind übrig geblieben.«

Natürlich ließ sich Emma nicht lange bitten. Und auch Sissi nahm jetzt einen. Klar, sie wollte die Ware der Konkurrenz testen!

»Und?«, fragte Jo erwartungsvoll, als Sissi den ersten Bissen heruntergeschluckt hatte. »Sind sie so gut wie bei euch?«

Sissi schien einen Moment zu überlegen, aber dann sagte sie ehrlich: »Unser Teig ist viel schokoladiger!«

Jo nickte. »Das habe ich mir schon gedacht. Ich finde die hier selber nicht so richtig lecker.« Er warf Sissi einen unsicheren Blick zu, dann sagte er zögernd. »Ist schon komisch, dass unsere Eltern irgendwie Konkurrenten sind, findest du nicht?«

Sissi schien nach Luft zu schnappen. Und Emma und ich wechselten einen schnellen Blick. Dass Jo das so offen ansprach …! Wow, ganz schön mutig von ihm!

Weil Sissi noch immer keinerlei Anstalten machte zu antworten, tat ich es für sie. Und ich redete nicht lange um den heißen Brei herum. »Warum hat deine Mutter ihr Café eigentlich direkt gegenüber einer Konditorei aufgemacht? Ich meine, das ist doch für sie auch nicht ideal, oder?«

Jo nickte langsam. »Stimmt schon, ideal ist das nicht.« Er schien zu zögern, aber dann fuhr er fort: »Aber die Miete ist niedrig. Deswegen hat Mama sich dafür entschieden. Der Laden war nämlich total runter. Meine Mutter und ihr Freund haben ihn selber renoviert. Ich hab auch ein bisschen geholfen. Es war tierisch viel Arbeit. Nur den Innenausbau haben richtige Handwerker gemacht.« Jo blickte verlegen auf seine Schuhspitzen. »Mehr hätten wir nicht bezahlen können.«

»Es ist jedenfalls sehr schön geworden«, sagte ich. Und hoffte, dass Sissi mich später nicht vierteilen würde.

Jos Gesicht hellte sich auf. »Ja, nicht wahr? Hoffentlich läuft der Laden jetzt auch! Wenn nicht …«

»Aber warum sollte er denn nicht laufen?«, schaltete sich Sissi plötzlich wieder ein. Ihre Stimme hatte einen bösen, schneidenden Unterton, der mir ganz fremd war. »Die Leute, die mal Abwechslung von Lilienthal haben wollen, kaufen jetzt alle bei euch.« Sissi klatschte mit falscher Fröhlichkeit in die Hände. »Ist doch prima! – Für euch jedenfalls!«

»Sissi«, mahnte Emma erschrocken.

Aber es war zu spät. Jos Gesicht hatte sich bei Sissis Worten so blitzschnell zugezogen wie der Himmel bei einem plötzlichen Sommergewitter. Kein Wunder.

Ohne uns drei eines weiteren Blickes zu würdigen, drehte Jo sich auf dem Absatz um und ging über den Schulhof davon. Das Letzte, was ich von ihm sah, war seine Hand, die die restlichen Muffins in einen Mülleimer kippte …

An diesem Nachmittag blieb ich zu Hause und leistete Mama beim Bügeln Gesellschaft. Ausnahmsweise hatte ich heute nicht die geringste Lust verspürt, den Prinzessinnenclub zu treffen. Vor allem nicht Sissi! Warum hatte sie Jo nur so vor den Kopf gestoßen? Ich meine, Jo konnte schließlich auch nichts dafür, dass seine Mutter diesen verdammten

Laden ausgerechnet gegenüber Lilienthal eröffnet hatte! Was sollte Jo denn Sissis Meinung nach tun? Seine Mutter mit vorgehaltener Pistole zwingen, ihren Coffeeshop zu schließen und stattdessen eine Würstchenbude in Taka-Tuka-Land aufzumachen?

Also wirklich!

Während Mama bügelte, schnippelte ich Äpfel, Birnen, Orangen und Bananen für einen großen Obstsalat, den wir gemeinsam verputzten. Anschließend schickte Mama mich in den Supermarkt. Einkaufen ist eine der Arbeiten, die ich ganz gerne übernehme – jedenfalls viel lieber als die Spülmaschine ausräumen, Wäsche aufhängen oder den Müll runterbringen. Dagegen macht das Schlendern durch den Supermarkt richtig Spaß: die Regale nach neuen Schokosorten durchforsten, das Keks- und Limoangebot inspizieren und ausgiebig in Teenie-Zeitschriften herumblättern. Die will Mama mir nämlich partout noch nicht kaufen! Dabei interessiert mich natürlich brennend, wie man einen Lipgloss so aufträgt, dass er hält, ob Paris Hilton mal wieder in irgendeiner Gefängniszelle hockt oder wie dieser Bill von »Tokio Hotel« seine »Eben-in-eine-Steckdose-gefasst-Frisur« hinkriegt.

Als ich gerade die erste vielversprechende Zeitschrift aus dem Ständer gezogen hatte und begierig anfangen wollte zu lesen, spürte ich plötzlich eine Hand auf meiner Schulter. Ich fuhr erschrocken zusammen. War das etwa der Kaufhausdetektiv??!! Wurde ich jetzt festgenommen, weil irgendein Magazin ohne mein Zutun, quasi von Zauberhand, in meine Jackentasche gefallen war? Dabei würde ich doch nie, wirklich nie, etwas klauen! Entschlossen, allem, was da kam, tapfer ins Auge zu blicken, fuhr ich herum – und erschrak gleich noch mehr: Es war nicht der Hausdetektiv, der mich zwischen den Zeitschriftenständern entdeckt hatte! Es war schlimmer: Vor mir stand Pink Panther!

Statt des pinkfarbenen Poloshirts vom Vortag trug er heute einen zitronengelben Pullover. Aber genau wie gestern roch er viel zu stark nach irgendeinem penetranten Rasierwasser und sein Haar war wieder mit einer mehr als großzügigen Portion Gel am Kopf festbetoniert. Er war es, kein Zweifel!

Im Gegensatz zu mir schien Pink Panther hocherfreut über unser unerwartetes Zusammentreffen. Ja, er strahlte geradezu! »Das ist ja wunderbar, dass wir uns noch mal über den Weg laufen!«

Ich begriff nicht. Was war bitte schön so wunderbar daran, ein Mädchen wiederzutreffen, das einem vermutlich lebenslänglich den Appetit auf Schoko-Muffins verdorben hatte?

Aber Pink Panther redete schon weiter: »Du musst wissen: Ich habe gleich heute Morgen mit der Redaktion vom ›Wochenblatt‹ gesprochen. Ich will nämlich einen Artikel schreiben über die schlechten hygienischen Verhältnisse in Cafés und Restaurants unserer Stadt. Haare in der Suppe, Käfer in der Küche und so weiter. Du kannst dir nicht vorstellen, was man alles zu hören kriegt! Wirklich skandalös! Und eure Geschichte gestern mit der Fliege im Schoko-Muffin, die wird der Aufhänger!« Pink Panther strahlte, als habe er mir soeben ein größeres Geschenk gemacht.

»A-a-also, ich weiß nicht …«, stotterte ich. »Ich … äh … glaube, ich möchte lieber nicht …«

»Bitte jetzt nur keine falschen Hemmungen!«, sagte der Pink Panther streng. »Wir wollen doch alle, dass so etwas nicht mehr vorkommt! Egal ob Restaurant oder Café: Alle Betriebe, die derartig wenig Wert auf Hygiene legen, müssen angeprangert werden! Zum Schutz der Öffentlichkeit, verstehst du? – Also, wann genau habt ihr diesen Ekel-Muffin bei ›CoffeeCoffee‹ gekauft? Das war vorgestern, oder?« Pink Panther zückte Block und

Bleistift und sah mich erwartungsvoll an. »Vorgestern?«

Ich nickte stumm.

»Mit der Fliege?«

Ich nickte. Wie hypnotisiert.

»Die war richtig drin im Teig?«

Ich nickte wieder.

Ich nickte auch auf die nächste Frage von Pink Panther.

Und auf die übernächste. Ich nickte wieder und wieder. Dabei hörte ich kaum, was er sagte. Aber mein Nicken schien ihm zu genügen. Dabei wollte ich doch antworten! NEIN!, wollte ich rufen! Wir haben gelogen! Emma und ich, wir haben uns dieses Fliegenmärchen nur ausgedacht! Es stimmt nicht. Von vorne bis hinten eine Lüge! Aber ich blieb stumm. Ich brachte es einfach nicht über mich, meinen Mund zu öffnen und die Wahrheit zu sagen. Es wäre so leicht gewesen. Aber ich war wie gelähmt. Ich fühlte mich wie in einem dieser Albträume, in denen man verzweifelt versucht, zu fliehen, wegzulaufen, weil man genau weiß: Gleich wird etwas Schreckliches passieren! Aber man kann keinen Fuß vor den anderen setzen. Man schafft es einfach nicht. Sosehr man es auch will.

Am liebsten hätte ich mich in Luft aufgelöst. Oder mich selbst in zwei Teile gerissen wie Rumpelstilzchen. Am besten beides.

Endlich schien Pink Panther seinen Redeschwall beendet zu haben. Jedenfalls streckte er mir die Hand hin und verabschiedete sich. »Das wird eine richtig gute Story, versprochen! Danke noch mal für die Infos!«

Dann war er weg.

Und ich stand stumm da und sah ihm nach. Mit herunterhängenden Armen, und Beinen wie Betonblöcke. Ich war noch immer wie gelähmt, wie in einem Vakuum.

Schnell, renn ihm nach!, rief eine Stimme in mir. Noch ist es nicht zu spät! Komm, bring alles in Ordnung!

Aber das tat ich nicht.

Stattdessen machte ich weiter, als wäre nichts geschehen. Wie ein gut funktionierender Roboter lief ich durch die Gänge, packte Milch, Knäckebrot, Joghurt und die anderen Dinge, die Mama mir aufgeschrieben hatte, in meinen Einkaufswagen und ging damit zur Kasse. Ich stellte mich brav in die Schlange, bezahlte, nahm meine Tüten und ging nach draußen. Es hatte angefangen zu regnen. Um mich herum spannten die Leute ihre Regenschirme auf, nestelten hektisch an ihren Kapuzen oder eilten mit hochgeschlagenen Kragen zu ihren Autos. Ich trat langsam nach draußen und legte den Kopf in den Nacken. Der Regen peitschte mein Gesicht. Und plötzlich fiel die Starre, die Taubheit von mir ab. Bis in die Fingerspitzen spürte ich nun den Regen und den Wind. Und die Panik. Die vor allem. – Was war nur mit mir los? Alles lief aus dem Ruder! Emma und ich, wir hatten den Coffeeshop doch gestern mit besten Absichten betreten, und nun? Nun drohte aus unserem harmlosen kleinen Gerüchteschneeball eine Lawine zu werden! Eine Lawine, die sich nicht mehr aufhalten ließ! Die anderen Menschen schweren Schaden zufügen würde: Jo und seiner Mutter und ihrem Freund. Vielleicht nicht mehr gutzumachenden Schaden!

Am liebsten hätte ich mich mitsamt meinen Einkaufstüten an den Straßenrand gesetzt und geheult. Aber ich riss mich zusammen. Ich wusste, ich musste handeln. Jetzt. Sofort. Doch allein würde ich das nicht schaffen, durcheinander wie ich war.

Ich überlegte einen Moment. Dann stand ich schnell auf, nahm meine Tüten und machte mich auf den Weg.

»Ich weiß noch genau, wie du an diesem Nachmittag vor unserer Tür standst«, sagt Emma. »Ich hab mich richtig erschrocken, weil du so kreidebleich warst und völlig durchnässt. Statt einer Begrüßung hast du deine Einkaufstüten einfach in die nächstbeste Ecke gepfeffert und bist an mir vorbei in mein Zimmer gestürmt. Ohne auch nur ein einziges Wort zu sagen!«

»Echt?« Ich schüttele den Kopf. »Daran kann ich mich gar nicht erinnern! – Ich war wohl total von der Rolle!«

»Allerdings«, sagt Emma. »Ich glaube, so fertig hatte ich dich noch nie gesehen! Dabei bin ICH doch sonst die mit den schwachen Nerven.«

»Diesmal nicht«, sage ich.

»Zum Glück«, sagt Sissi.

Allerdings.

Emma brauchte eine geschlagene Viertelstunde, bis sie mir die Geschichte von meinem unglücklichen Zusammentreffen mit Pink Panther endlich komplett aus der Nase gezogen hatte.

»Aber warum hast du ihm nicht einfach gesagt, dass wir uns das Ganze nur ausgedacht haben, Diana?! Das kapiere ich einfach nicht!«

Emma tigerte im Zimmer auf und ab, während ich wie ein Häufchen Elend auf ihrem Bett hockte und verzweifelt zu erklären versuchte, was beim besten Willen nicht zu erklären war.

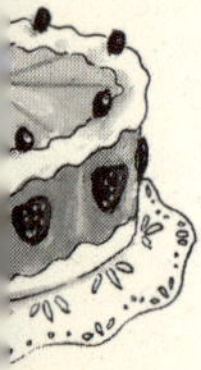

»Natürlich wäre das unangenehm gewesen!«, sagte Emma und blieb vor mir stehen. »Ich meine, wer gibt schon gerne zu, dass er jemand anderen derartig belogen hat? Aber Diana, das ist doch nichts gegen das, was jetzt passieren wird! Wenn dieser Fliegenartikel von dem Pink Panther tatsächlich erscheint! Dann kann Jos Mutter ihren Coffeeshop wirklich direkt wieder zumachen!«

»Das weiß ich doch alles«, wimmerte ich. »Himmel, Emma, was sollen wir denn jetzt machen?«

Emma legte nachdenklich einen Finger an die Nase. »Also, als Erstes rufen wir jetzt deine Mutter an und sagen ihr, dass du noch ein Weilchen bei uns bleibst, o. k.?«

Ich nickte eifrig, war richtig froh, dass Emma das Ruder übernommen hatte. »Und dann?«

»Dann«, sagte Emma, »versuchen wir, irgendwie diesen Pink Panther aufzustöbern, und sagen ihm die Wahrheit.«

»Die Wahrheit?«, echote ich erschrocken.

»Ja, was denn sonst?«, fragte Emma. »Wir haben doch gar keine andere Wahl! Und jetzt denk bitte mal nach, Diana! Hat der Typ dir seinen Namen gesagt?«

Ich überlegte angestrengt, aber nach einer Weile schüttelte ich verzweifelt den Kopf. »Nein, ich glaube nicht. Jedenfalls kann ich mich nicht daran erinnern! Oh Gott, Emma! Wir kriegen doch nie raus, wie Pink Panther richtig heißt!«

»Jetzt warte doch mal«, sagte Emma, »erinnerst du dich denn daran, für welche Zeitung er schreibt?«

Ich zuckte hilflos die Schultern. Emma überlegte weiter. »Also, wenn er Restaurants und Cafés unserer Stadt aufs Korn nehmen will, ist es ja vermutlich eine regionale Zeitung. Hmm … also wahrscheinlich eine Tageszeitung …« Emma begann wieder, auf und ab zu laufen. »Wie ein richtiger Topjournalist sah er ja nicht gerade aus, oder?«

Ich schüttelte den Kopf. Einen Topjournalisten stellte ich mir auch anders vor.

Emma sah mich nachdenklich an. »Vielleicht schreibt er ja für eines dieser Werbeblätter, die jede Woche kostenlos verteilt werden, weißt du? Die immer unten im Hausflur liegen.«

Und da, ganz plötzlich, fiel bei mir der Groschen. »Das Wochenblatt!«, rief ich aus. »Er wollte den Artikel fürs ›Wochenblatt‹ schreiben! Ich bin mir ganz sicher!«

»Bingo!« Emma strahlte. »Na, siehst du, jetzt finden wir ihn auch! Ist nur noch eine Frage der Zeit.« Sie ging an ihren Schreibtisch und klappte den Laptop auf, den ihre Eltern ihr letztes Jahr für die Schule gekauft hatten, und tippte eifrig drauflos. Ich wartete gespannt.

»Guck mal«, Emma deutete triumphierend auf den Bildschirm. »›Wochenblatt‹ – mit Anschrift und Telefonnummer!«

Mein Herz begann, heftig zu klopfen, und meine Hände waren eiskalt. Jetzt wurde es ernst. Jetzt durfte ich wirklich keinen Fehler mehr machen! Emma drückte mir das Telefon in die Hand und sah mich auffordernd an.

»Aber was soll ich denn sagen?«, jammerte ich.

»Ganz einfach: die Wahrheit«, sagte Emma. »Durchs Telefon kann er dir ja nicht an die Gurgel gehen! – Komm, wähl!« Sie begann, mir die Nummer der Wochenblatt-Redaktion zu diktieren, und ich drückte folgsam die Tasten. Das Freizeichen ertönte, aber als am anderen Ende abgenommen wurde, zitterte meine Hand plötzlich so sehr, dass Emma mir kurzentschlossen den Hörer abnahm.

»Guten Tag«, sagte sie sehr höflich, »mein Name ist Emma Jansen. Ich müsste einen Ihrer Redakteure sprechen. Es ist ziemlich wichtig!«

Ich hielt den Atem an, um nur ja kein einziges Wort zu verpassen.

»Nein, tut mir leid«, hörte ich Emma sagen, »seinen Namen weiß ich nicht. Aber … äh … Moment, ich kann Ihnen sagen, wie er aussieht.« Emma beschrieb Pink Panther in all seinen gegelten Einzelheiten. Und tatsächlich: Nach kurzem Überlegen wusste die Frau am anderen Ende anscheinend, um wen es sich handelte. Emma kritzelte eilig eine Notiz, bedankte sich höflich und legte auf.

»Wir haben ihn«, verkündete sie dann so cool, als

sei Pink Panther ein seit Jahren gesuchter Mafiakiller und sie die Kommissarin, die ihn soeben zur Strecke gebracht hatte. »Pink Panther heißt Thorsten Bruns und arbeitet nicht immer in der Redaktion. Jetzt jedenfalls gerade nicht.«

»Mist!«, sagte ich enttäuscht.

Emma wedelte triumphierend mit ihrem Notizzettel. »Aber ich hab seine Handynummer!«

»Wirklich?« Ich riss Emma den Zettel aus der Hand. »Tatsächlich! Und was jetzt?«

»Jetzt rufen wir ihn an«, sagte Emma. »Oder willst du warten, bis der Artikel gedruckt ist?«

»Quatsch!«, sagte ich und nahm Emma den Hörer aus der Hand. »Also, auf in den Kampf!« Ich straffte meinen Rücken.

»Soll ich vielleicht lieber mit ihm sprechen?«, bot Emma an.

Ich zögerte, aber dann schüttelte ich den Kopf. »Nein! Schließlich bin ich diejenige, die das Ganze vorhin im Supermarkt verbockt hat!«

Emma hielt meinem Blick stand. »Dafür habe ich gestern mit dieser unseligen Fliegengeschichte angefangen! Ich, nicht du!«

Das stimmte.

»Dann machen wir es eben zusammen«, sagte ich. Und Emma nickte.

Wir setzten uns nebeneinander auf Emmas Bett, so dicht wie möglich. Dann drückte ich die Freisprechtaste und begann, die Nummer des Pink Panther zu wählen.

Als ich mich eine Stunde später auf den Heimweg machte, fühlten sich meine Beine noch immer wie Pudding an. Puh, das Telefongespräch mit Pink Panther, oder besser: mit Thorsten Bruns, war megaunangenehm gewesen! Aber das hatten wir ja auch erwartet. Wir hatten allerdings nicht damit gerechnet, dass Pink Panther unbedingt an seiner schönen reißerischen Story festhalten wollte! »Riesenfliege in Schoko-Muffin« – das klang einfach zu gut. Das war ein echter Aufmacher für das »Wochenblatt«!

Emma und ich hatten den Telefonhörer zwischen uns geklemmt und gemeinsam versucht, den Redakteur davon zu überzeugen, dass nichts, aber auch nicht das geringste Kuchenkrümelchen Wahrheit an unserer Geschichte gewesen war. Und endlich, endlich nach zehn schweißtreibenden, höchst unangenehmen Minuten hatten wir es geschafft! Natürlich nicht, ohne uns etwa hunderttausendmal bei Pink Panther für unsere Lügerei zu entschuldigen.

»Aber warum habt ihr mir diese Geschichte überhaupt erzählt?«, hatte er immer wieder gefragt. »Wenn sie doch gar nicht stimmt.«

Er hatte nicht lockergelassen und irgendwann hatte Emma den rettenden Gedanken gehabt. »Es war eine Wette«, erklärte sie. »Nichts als eine dumme, alberne Wette. Und es tut uns wirklich ganz, ganz furchtbar leid!«

»Das nutzt mir jetzt auch nichts mehr«, hatte Pink Panther am Ende geknurrt und dann wütend aufgelegt. Immerhin hatte er uns vorher hoch und heilig versprochen, »CoffeeCoffee« in seiner Story mit keinem einzigen Wörtchen zu erwähnen. Er hatte uns geglaubt. Geglaubt, dass wir vorher gelogen hatten. Und das war das Einzige, was wirklich zählte!

Dafür hatte ich seine Beschimpfungen gerne in Kauf genommen.

Die Reaktion des Pink Panther war ja nachvollziehbar. An seiner Stelle wäre ich auch sauer gewesen. Und wie!

An diesem Abend fühlte ich mich wie nach einem Marathonlauf. Jedenfalls stelle ich mir vor, dass man sich so oder so ähnlich danach fühlt: vollkommen erschöpft und kraftlos, aber auch wie von einer Last befreit. Immer wieder sah ich Emma vor mir. Wie stark sie heute gewesen war! Die brave, schüchterne Emma, der immer alles peinlich war … Wenn sie mich nicht an die Hand genommen und die Dinge ins Rollen gebracht hätte … Nicht auszudenken! – Ich hatte sie mal wieder unterschätzt.

Natürlich waren mit unserem Anruf bei Pink Panther nicht alle Probleme aus der Welt geschafft! Bei Weitem nicht! Noch immer war nicht klar, ob Jos Mutter nicht doch Bruchteile unserer Horrorgeschichten aufgeschnappt hatte. Und Sissis Situation hatte sich in den letzten Tagen auch nicht gerade verbessert! Im Gegenteil: In der Schule hatte Sissi jetzt den Sohn der Coffeeshop-Konkurrenz auch noch jeden Tag vor der Nase sitzen! Sein Friedensangebot hatte sie ausgeschlagen, ein neues würde Jo ihr vermutlich nicht machen. Und ihre Eltern standen weiterhin unter Druck. Arme Sissi …

»Ihr beide habt euch wirklich Sorgen um mich gemacht, oder?«, sagt Sissi, als sie die letzten Sätze gelesen hat.

Emma nickt. »Klar, schließlich haben wir uns doch gegenseitig versprochen: Eine für alle. Alle für eine! Prinzessinnenregel Nr. 6. Weißt du nicht mehr?«

»Doch, natürlich!«

Sissi ist gerührt, aber das will sie uns nicht zeigen. Sissi mag nicht über ihre Gefühle sprechen und nach außen hin wirkt sie gerne cool. Aber wenn man Sissi besser kennt, so wie Emma und ich, dann spürt man irgendwann ziemlich genau, was in ihr drin vorgeht.

Trotzdem merken Emma und ich oft erst spät, wenn Sissi irgendetwas ausgeheckt hat. Sissi kann nämlich eine richtige Heimlichtuerin sein. Und sie liebt nichts mehr, als uns mit den Ergebnissen ihrer kleinen klammheimlichen Aktionen zu überraschen …

Am nächsten Tag hatten wir erst zur dritten Stunde Unterricht. Bio fiel aus. Der arme Herr Dickefett lag mit Grippe im Bett und konnte uns somit nicht weiter mit Paar- und Unpaarhufern in den Wahnsinn treiben. Immerhin etwas. – Emma und ich hatten uns zu Beginn der großen Pause auf unserer Bank auf dem Schulhof verabredet, um zu besprechen, ob wir Sissi die Geschichte von meiner Supermarktbegegnung mit Pink Panther erzählen sollten. Oder ob wir ihr lieber eine nervenschonende »Lightversion« präsentieren sollten.

Ich war früh dran. Nachdem ich mein Fahrrad abgeschlossen hatte und unseren Stammplatz ansteuerte, klingelte es gerade erst zur großen Pause. Aber – nanu! – unsere Bank war ja besetzt! Das konnte ich schon von Weitem erkennen. Frechheit! Na, egal, vielleicht gelang es mir ja, die anderen mit einer Imitation von Sissis berühmtem Minus-zehn-Grad-Eisblick zu vertreiben. Ich schaute noch mal hin – und traute meinen Augen nicht. Es war ja Sissi selbst, die da rittlings auf unserer Bank hockte! Aber sie war nicht allein. Ein Junge saß neben ihr. Und der Junge war kein anderer als … Mr CoffeeCoffee junior, Johannes Brandner! Ich rieb mir verwundert die Augen. Hatte Sissi Jo nicht gestern noch total angezickt? War er nicht wortlos und schwer beleidigt mit dicken Gewitterwolken um die Stirn abgezogen?

Tja, davon war jetzt nichts mehr zu spüren. Im Gegenteil: Sissi und Jo waren so in ihr Gespräch vertieft, dass sie mich erst bemerkten, als ich direkt vor ihnen stand.

»Hallo, ihr zwei!«, grüßte ich.

»Hallo, Diana!«

Bildete ich mir das nur ein oder war Sissi tatsächlich ein bisschen verlegen? Jedenfalls zupfte sie am Kragen ihrer blauen Pannesamt-Jacke herum, obwohl es da gar nichts zu zupfen gab.

Neugierig blickte ich zwischen ihr und Jo hin und her. »Habe ich irgendeine Friedensverhandlung verpasst?«

»Nö, so kann man das nicht sagen!« Jo schüttelte sich seine blonde Haarmähne in die Stirn. Aber nicht schnell genug. Ich sah noch, dass er rot angelaufen war.

»Guten Morgen allerseits!«

Hinter mir war Emma aufgetaucht, die ebenso erstaunt wie ich die traute Zweisamkeit auf unserer Prinzessinnenbank musterte.

Jo schien die weibliche Übermacht ein bisschen zu viel zu werden. Er stand auf. »Ich … äh … geh dann mal. Hab nämlich noch kein Mathe gemacht.«

Sissi nickte ihm zu. »Ciao, bis später.«

Kaum war Jo außer Hörweite, nahm ich Sissi ins Kreuzverhör: »Kannst du uns bitte mal erklären, was hier passiert ist?«

»Was soll denn sein?«, fragte Sissi unschuldig. Es hätte nur noch gefehlt, dass sie dazu mit den Augendeckeln klimperte.

»Jetzt lass das bitte, Sissi!«, sagte ich streng. »Ich meine, das ist doch nicht normal: Gestern war Jo noch eine Art Feind und heute sitzt du fröhlich mit ihm auf unserer Prinzessinnenbank!« Ich stemmte die Hände in die Hüften. »Zwischen gestern Mittag und heute Morgen ist also irgendetwas passiert.«

»Und Diana und ich«, mischte sich nun auch Emma ungewohnt energisch ein, »wollen jetzt auf der Stelle wissen, was das ist!«

Sissi grinste wie ein Kobold. Dann klopfte sie

auffordernd auf die Bank. »Kommt schon! Ich erzähl euch ja alles.«

Emma und ich setzten uns und sahen Sissi erwartungsvoll an.

»Also«, begann Sissi, »Jo und ich haben uns gestern Nachmittag getroffen.«

»Wie? Zufällig?«, fragte Emma misstrauisch.

»Ja, natürlich zufällig!« Sissi verdrehte die Augen. »Was denkst du denn? – Also, ich wollte mich gerade auf den Weg machen, um eine Geburtstagstorte auszuliefern, für den Blumenladen drüben am Marktplatz, als Jo aus dem Coffeeshop kam. Zuerst haben wir beide so getan, als hätten wir uns nicht gesehen. Aber das war mir dann doch zu blöd. Also hab ich ihm zugenickt – und, na ja, dann kam er zu mir rüber.«

»Und weiter?«, bohrte ich.

Sissi grinste verlegen. »Als Erstes habe ich mich bei ihm entschuldigt, weil ich gestern in der Schule ja ziemlich blöd reagiert habe. Als er mit den Muffins zu uns rüberkam. Ihr wisst schon …«

Emma und ich nickten. Besser eine späte Einsicht als gar keine.

»Na ja, und dann hat Jo gefragt, ob er mich ein Stück begleiten kann«, fuhr Sissi fort, »und dann haben wir geredet.«

»Über eure Konditorei und den Coffeeshop?«, erkundigte sich Emma.

»Ja, aber nicht nur.« Sissi schien einen Moment lang zu zögern. »Jo hat mir erzählt, wie superwichtig es für seine Mutter ist, dass der Coffeeshop bald einigermaßen läuft.«

»Das ist doch für jeden wichtig, der ein Geschäft eröffnet«, sagte ich.

»Klar!« Sissi nickte. »Aber Jos Mutter hat wohl schon ziemlich oft Pech gehabt. Jo hat erzählt, dass sie zuerst einen Imbiss in der Innenstadt hatte. Als dann nebenan ein *McDonald's* aufmachte, konnte sie ihren Laden schließen, weil ihre Kunden lieber dahin gegangen sind. Dann hatte sie eine Weile eine kleine Saftbar. Und als Jo klein war, hat sie in einem Hotel auf Sylt gearbeitet. Aber das war irgendwann zu schwierig wegen der Schichtdienste und der Arbeit am Wochenende.«

»Und was ist mit Jos Vater?«, fragte Emma.

»Der hat sich schon vor seiner Geburt abgesetzt«, berichtete Sissi. »Seitdem sind Jo und seine Mutter wohl x-mal umgezogen. Er musste zweimal die Schule wechseln. Scheint alles nicht so leicht gewesen zu sein in den letzten Jahren.« Sie sah uns an. »Ich glaube, deswegen hat Jo erstmal dichtgemacht, als er neu in unsere Klasse kam.«

»Oh! So langsam verstehe ich«, sagte ich, »dann hat er nur so desinteressiert und überheblich getan, weil er keinen mehr an sich ranlassen wollte.«

»Weil er fürchtet, dass seine Mutter wieder umzieht, wenn er sich irgendwo eingelebt hat oder Freunde gefunden hat«, ergänzte Emma nachdenklich.

»Ja, das glaube ich auch.« Sissi nickte. »Aber seit Jos Mutter einen neuen Freund hat, diesen Tom, geht es wohl aufwärts. Eigentlich wollten die beiden eine Filiale einer dieser großen Coffeeshop-Ketten eröffnen. Ihr wisst schon: so was wie ›Starbucks‹ oder ›Balzac‹. Aber das hat irgendwie nicht geklappt. Na ja, und jetzt tragen die beiden das Risiko ganz allein, vermutlich hat sich Jos Mutter für ›CoffeeCoffee‹ eine Menge Geld von der Bank geliehen.« Sissi sah uns unbehaglich an. »Wahrscheinlich hätte ich euch das alles gar nicht erzählen dürfen, aber …«

»Na, hör mal«, sagte ich entrüstet. »Meinst du etwa, wir plappern Jos Geschichte jetzt in der ganzen Klasse herum?!«

Sissi zwirbelte ihre Locken nach hinten. »Natürlich nicht. Das weiß ich doch!«

»Hast du Jo denn auch von der Situation bei euch erzählt?«, erkundigte sich Emma. »Ich meine, davon, dass deine Eltern total im Stress sind, weil sie Angst haben, durch den Coffeeshop Kunden zu verlieren?«

Sissi nickte. »Jo war so ehrlich zu mir! Ich wär mir richtig blöd vorgekommen, wenn ich selber dichtgemacht hätte, versteht ihr?«

Klar verstanden wir.

»War jedenfalls echt ein verrückter Nachmittag«, schloss Sissi. »Ich glaube, so lange habe ich mich noch nie mit einem Jungen unterhalten.« Sie grinste. »Zumindest nicht, ohne mich dabei nicht gleichzeitig zu Tode zu langweilen …«

Es klingelte. Die Pause war zu Ende.

»Ach, das hätte ich fast vergessen«, sagte Sissi, ihr Grinsen wurde noch eine Spur breiter. »Ihr beide könnt aufatmen: Jos Mutter hat von euren Horrorgeschichten tatsächlich nichts mitgekriegt!«

Ich hielt den Atem an. »Woher weißt du das? Hast du Jo etwa danach gefragt?!«

»Spinnst du?!!« Sissi tippte sich an die Stirn. »Nein, Jo hat seiner Mutter erzählt, dass ihr in seiner Klasse seid, und sie konnte sich sofort an euch erinnern.«

»Tatsächlich?«, fragte Emma erschrocken. »Und?«

Sissi knuffte Emma grinsend in die Seite. »Sie

hat gemeint, dass ihr beide echt nett ausseht. Und dass Jo euch doch mal zu sich nach Hause einladen könnte. Na, und das hätte sie ja wohl sicher nicht gesagt, wenn …« Sissi machte eine vielsagende Handbewegung.

»Puh!« Ich atmete auf. »Könnt ihr die Steine hören, die gerade eben von meinem Herzen herunterpoltern?«

»Und von meinem erst«, ergänzte Emma seufzend. »Ein mittleres Gebirge!«

Weil wir gerade so schön dabei waren, alle Fäden zu entwirren, beschloss ich, auch nicht länger zu schweigen. Ich holte tief Luft. »Emma und ich haben dir auch was zu erzählen, Sissi!«

»Es geht um Pink Panther!«, ergänzte Emma.

»Jetzt sagt schon!«, drängte Sissi.

»Tut mir leid«, grinste ich, »ist eine längere Geschichte. Du wirst dich bis zur nächsten großen Pause gedulden müssen …«

»Puh, da kriege ich jetzt noch Gänsehaut«, seufzt Sissi. »Stellt euch nur mal vor, diese Fliegen-Horrorstory wäre tatsächlich im ›Wochenblatt‹ erschienen …«

»Wir wären gestorben vor schlechtem Gewissen«, stellt Emma fest. »Aber so ist die Sache ja zum Glück noch mal gut gegangen.«

»Ob die beiden Bagel-Schnecken unsere Gruselgeschichte herumerzählt haben, wissen wir allerdings immer noch nicht«, sage ich. Emma nimmt sich einen Apfel aus der Schale und beißt krachend hinein. »Reschtrischiko«, nuschelt sie.

»Wie bitte?«, fragt Sissi.

»Restrisiko«, übersetze ich. »Sprich: Das werden wir wohl nie erfahren. Ist aber auch schnuppe!«

Sissi nickt zustimmend. »Zumal sich danach alles zum Besten entwickelt hat ...«

»Zum Allerbesten«, lächelt Emma.

Zwei Tage später versammelte sich der Prinzessinnenclub vollzählig bei »CoffeeCoffee«. Jo hatte uns alle drei zu einer Runde Smoothies eingeladen.

»Natürlich könnt ihr auch Milchshakes haben«, erklärte er, »aber unsere Himbeer-Mango-Smoothies sind echt super! Tom macht sie immer aus ganz frischem Obst!«

Tom, der Freund von Jos Mutter, bereitete in der klitzekleinen Küche des Coffeeshops nicht nur Smoothies zu, sondern auch belegte Bagels und Wraps. Wraps sind die gerollten Teigfladen, die mit Mayonnaise, Salat, Lachs oder Hähnchenfleisch gefüllt werden.

Natürlich stellte uns Jo an diesem Nachmittag auch seine Mutter vor. Ehrlich gesagt war mir vorher ganz schön mulmig! Denn »inoffiziell« kannten Emma und ich Mona Brandner ja schon. Und trotz Sissis Versicherung fürchtete ich, dass Jos Mutter bei unserem Anblick doch plötzlich einige unbewusst aufgeschnappte Gesprächsfetzen über Muffins, Fliegen und verschimmelte Bagels richtig zusammenpuzzeln würde. Aber natürlich passierte nichts dergleichen. Jos Mutter war genau wie ihr Freund Tom (ein cooler Typ mit T-Shirt und Pferdeschwanz) so nett zu uns, dass auch Emma und ich nach einer Weile entspannt unsere Smoothies süffelten.

Sissi und ich teilten uns dazu einen Wrap mit Tomaten und Frischkäse. Und sogar die kritische Sissi musste zugeben, dass die Dinger nicht nur gut aussahen (kein bisschen verschimmelt! Hihi …!), sondern auch sehr lecker schmeckten.

Emma hielt natürlich wie üblich nach süßen Sachen Ausschau. Sie linste zur Theke. »Viel Kuchen habt ihr ja nicht gerade.«

»Stimmt«, gab Jo zu. »Aber mit unserem Kuchenlieferanten ist Mama sowieso nicht zufrieden. Ihr habt ja die Muffins probiert, die ich in der Schule mithatte: ziemlich trockenes Zeug!«

»Zum Glück für meine Eltern!«, warf Sissi ein. »Ein paar Kunden muss Lilienthal schließlich auch noch behalten.« Sie grinste, als hätte sie einen Scherz gemacht. Aber natürlich wussten wir alle, dass Sissi es im Grunde ernst meinte. Sie machte sich noch immer Sorgen um Lilienthal. Da half es wenig, dass Jo sich als echt netter Typ entpuppt hatte und auch seine Mutter und Tom sympathisch waren. Im Gegenteil, das alles machte die Situation eher noch schwieriger …

Und dann, urplötzlich, hatte eine von uns drei Prinzessinnen eine Idee! Und zwar nicht irgendeine Idee, sondern eine spitzenmäßige, supertolle, ja, eine kaum zu toppende Idee!!! Ich sage »eine von uns dreien«, weil Emma, Sissi und ich uns später nicht einigen konnten, wer von uns Prinzessinnen den genialen Gedanken zuerst gehabt hatte. Und eigentlich war das ja auch gar nicht wichtig. Wichtig war nur die Idee selbst! Die Idee, dass die beste Konditorei der Stadt (Lilienthal, logo!) erstklassige Gebäckspezialitäten an »CoffeeCoffee« liefern könnte!! Natürlich nicht das normale Lilienthal-Angebot. Das bestand ja vorwiegend aus Cremeschnittchen und aufwendigen Torten. Sondern eigens auf »CoffeeCoffee« zugeschnittene Spezialitäten, die man gut unterwegs – eben zum Coffee to go – essen konnte: ungewöhnliche Muffin-Sorten, verschiedene Cookies, Apfelbällchen und saftige Brownies.

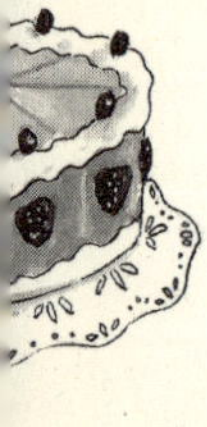

Nicht nur wir drei Prinzessinnen waren sofort Feuer und Flamme für diese Idee, sondern auch

Jo – und zwar so sehr, dass er nicht lockerließ, bis seine Mutter sich für ein paar Minuten widerstrebend von ihrer Espresso-Maschine loseiste, um sich unseren Vorschlag anzuhören. Zuerst blieb Mona Brandners Blick skeptisch und sie sagte lauter Sätze wie »Aber das geht doch nicht« oder »Wie stellt ihr euch das vor?«. Aber so nach und nach war deutlich zu merken, wie ihre Bedenken kleiner werden und sie sich immer mehr mit der Idee anfreundete.

Danach fackelten wir nicht mehr lange. Noch am selben Abend sprach Sissi mit ihren Eltern über unsere Idee.

»Am Anfang haben Mama und Papa ganz schön geguckt«, berichtete Sissi Emma, Jo und mir am nächsten Tag in der Schule. »Schließlich gibt es die Konditorei Lilienthal schon fast hundert Jahre! Und noch nie konnte man unseren Kuchen irgendwo anders kaufen als in unseren heiligen Hallen.« Sissi grinste. »Einige unserer Tortenrezepte sind richtig geheim! Zum Beispiel die Mandel-Zimt-Torte oder unsere berühmte Baumkuchentorte. Aber all diese Spezialitäten gibt's ja auch weiterhin nur bei uns.«

Ich nickte. »Genau! Wenn alles klappt, kann

Lilienthal das bleiben, was es immer war: eine gemütliche, traditionsreiche Konditorei mit himmlischen Torten und Pralinés! Und die junge eilige Coffee-to-go-Fraktion bekommt zu ihrem Latte macchiato jetzt eben einen Lilienthal-Muffin der Sonderklasse!« Ich fand, ich hörte mich schon genauso an wie eine Sprecherin irgendeiner tierisch angesagten Hochglanzwerbeagentur.

Jedenfalls gab es schon sehr bald ein langes Gespräch zwischen Mona Brandner, deren Freund Tom und Sissis Eltern. Und einige Tage später noch eins. Und danach dauerte es nicht mehr lange, bis Nägel mit Köpfen gemacht wurden: In der Backstube der Konditorei Lilienthal entstanden verschiedene Muffinsorten, Brownies und Cookie-Köstlichkeiten. Und die durften nicht nur die Erwachsenen testessen, sondern auch Emma, Sissi, Jo und ich. Nachdem alle die neuen Gebäcksorten für köstlich befunden hatten, wurden Cookie und Co. an »CoffeeCoffee« geliefert, wo sie sich bereits nach kurzer Zeit zum Verkaufsrenner entwickelten. Das berichtete uns Jo jedenfalls. Auch Sissis Eltern waren mehr als zufrieden. Sie stellten nämlich fest, dass Lilienthal dank der Lieferungen an »CoffeeCoffee« jetzt insgesamt sogar mehr Geld einbrachte als zuvor.

Kein Wunder, dass Emma, Sissi und ich vor Stolz um die Wette strahlten! Schließlich waren wir es gewesen, der echte und einzige Prinzessinnenclub, der die Dinge ins Lot gebracht hatte. Oder etwa nicht?

Sissi schaut mich verwundert an. »Ging das wirklich alles so schnell?«

»Klar«, bestätigt Emma, »weißt du nicht mehr? Schon beim Klassenfest haben deine Eltern und Jos Mutter die ganze Zeit über neue Muffinsorten gefachsimpelt.«

»Echt?«, staunt Sissi. »Das habe ich gar nicht mitgekriegt.«

»Kein Wunder«, grinse ich, »so wie du damit beschäftigt warst, Jo beim Kickern anzufeuern.«

»Ph!«, macht Sissi und hebt ihre Nase. »Du hast doch selber stundenlang neben dem Kicker gestanden, Diana!«

Frechheit!

Ich schnappe mir das nächstbeste Kissen, um es Sissi an den Kopf zu werfen.

Sissi pfeffert es zurück und schickt noch zwei andere hinterher.

»Stopp!«, rufe ich kichernd, »bestimmt verstoßen wir gerade wieder gegen irgendeine Prinzessinnenregel.«

»Macht nichts«, sagt Emma und zeigt auf den großen Wandkalender, der über meinem Bett hängt. »Heute ist Dienstag, unser Teufelchen-Tag!«

Stimmt, das hatte ich ganz vergessen: Dienstags sind ja alle Prinzessinnenregeln außer Kraft gesetzt!

Sissi lässt sich graziös in den Schneidersitz sinken und schüttelt ihre Locken. »Also, eigentlich brauche ich den Teufelchen-Tag heute gar nicht. Ich habe nur nette Dinge zu sagen.«

»Na, dann mal los!« Emma und ich sehen Sissi erwartungsvoll an.

Sissi nestelt an ihrem Halstuch mit der kleinen aufgestickten Krone. Ähnliche Tücher hat sie auch Emma und mir geschenkt, damals nach dem ersten Abenteuer des Prinzessinnenclubs. »Na ja, ich wollte euch beiden sagen …« Sissi stockt, als suche sie nach den richtigen Worten. »Ach, ich mach's kurz: Ihr beide seid die besten Freundinnen, die man sich nur wünschen kann.«

»Wirklich?« Emmas Gesicht wird rot vor Freude.

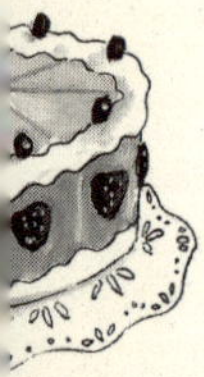

Und ich spüre, wie es in meinem Bauch ganz warm wird. »Dabei haben wir doch so viel vermasselt, Sissi! Wenn ich nur an Pink Panther denke … Das hätte echt ins Auge gehen können!«

»Ist es aber nicht!« Sissi lächelt. »Und ihr hattet beste Absichten! Nur das zählt! Für mich jedenfalls.«

»Aber nächstes Mal denken wir trotzdem ein bisschen

länger nach, bevor wir lospreschen«, sagt Emma, »oder, Diana?«

»Oh ja, ganz bestimmt«, nicke ich.

Und dann fällt mir plötzlich etwas ein. Eine Frage, die in dem ganzen dramatischen Wirrwarr um Pink Panther und um Jo und die Umsetzung unserer Super-Coffeeshop-Brownie-Idee fast untergegangen wäre. Aber – ha! – eben nur fast!

Ich tippe Emma leicht auf den Arm. »Verrätst du uns denn jetzt endlich, mit wem du dich in letzter Zeit heimlich getroffen hast?«

»G-g-getroffen? I-ich?«, stottert Emma.

»Ja, du«, beharre ich. »Komm schon, Emma, in einem echten Prinzessinnenclub ist kein Platz für Geheimnisse!«

»Also gut«, seufzt Emma. »Ich hatte zwar gehofft, ich könnte das Ganze unter den Tisch fallen lassen, aber ... ach, egal!« Sie holt tief Luft. »Ich habe mich mit Kevin getroffen. Wir waren zusammen im Kino und dann habe ich ihm bei Mathe geholfen.«

»WAAAS?!?« Ungläubig starre ich Emma an. »Du hast dich mit dem blondierten Nas ...?«

»Stopp, Diana!« Emma ist puterrot im Gesicht, aber ihre Augen blitzen. »Ich finde Kevin ganz in Ordnung, auch wenn DU das anders siehst. Und ich ... ich treffe mich, mit wem ich will. Jawoll!«

Emma ist es ernst. Das sehe ich an ihrem Blick und an ihrer kerzengeraden Haltung.

Und irgendwie hat sie ja recht. Kevin ist wirklich nicht mehr die Nervensäge, die er in unserer gemeinsamen Grundschulzeit war. Ich hatte mich nur daran gewöhnt, ihn so zu sehen.

»Tut mir leid«, sage ich zerknirscht. »In Zukunft werde ich nichts mehr gegen Kevin sagen. Versprochen!«

»Gut!« Emma entspannt sich sichtlich.

»Dürfen wir ihn denn noch das blondierte Nashorn nennen?«, erkundigt sich Sissi vorsichtig.

Emma überlegt. »Nur am Teufelchen-Dienstag!«, erklärt sie schließlich grinsend.

»Na, da sind wir aber froh.« Sissi und ich zwinkern uns zu.

Natürlich muss Emma uns demnächst ausführlich von ihren geheimen Rendezvous mit dem blondierten Nashorn erzählen. Ich jedenfalls will alles wissen! Aber heute lassen Sissi und ich sie damit lieber in Ruhe, schon aus taktischen Gründen.

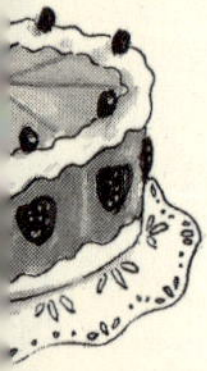

»Hab ich euch eigentlich schon erzählt, dass ich demnächst mit meiner Mutter an die Ostsee fahre?«, fragt Sissi plötzlich. »Vier Tage! In eine Art Wellnesshotel!«

»Echt? Ohne deinen Vater und die Nervzwerge?«, frage ich.

»Ohne ein Dutzend Einkaufs- und Erledigungslisten?« Auch Emma macht große Augen.

Sissi nickt eifrig. »Nur Mama und ich. Ganz allein!«

»Ist es, weil du mit deinen Eltern gesprochen hast?«, frage ich. »Ich meine, hast du ihnen gesagt, dass dir das alles zu viel geworden ist in letzter Zeit?«

Sissi dreht eine Locke um ihren Finger. »Ach, das musste ich gar nicht. Sie haben es selber gemerkt – und Besserung gelobt. Mal sehen, was draus wird.« Sissi lächelt. »Aber diese Reise mit Mama ist immerhin ein Anfang. Und stellt euch nur mal vor: Frau Blümlein hat von sich aus angeboten, ab jetzt öfter auf die Nervzwerge aufzupassen! Kaum zu glauben, aber anscheinend hat ihr der Nachmittag mit den dreien sogar Spaß gemacht. Ist doch super, oder? Dann habe ich wieder mehr Zeit für …«

»Jo?«, frage ich kichernd.

»Nee, für euch natürlich«, sagt Sissi und knufft mich in die Seite. »Blöde Kuh!«

»Hey!«, protestiere ich kichernd. »Spricht so etwa eine Prinzessin? Emma, was sagst du dazu?«

Aber Emma hat uns gar nicht zugehört. Nachdenklich betrachtet sie die letzten Seiten unserer Geschichte. »Ende gut, alles gut«, sagt sie. »Ist das nicht ein schöner Schlusssatz für unser zweites Prinzessinnenabenteuer? Was meinst du, Diana?«

Ich ordne den Papierberg, der zwischen uns liegt, zu einem großen Stapel. Zum Schluss stelle ich den kleinen goldenen Rahmen mit unseren Prinzessinnenregeln obendrauf. Genau so habe ich es beim letzten Mal auch gemacht. Fertig, heißt das. Meine Arbeit ist beendet. Und wie so oft in den letzten Wochen muss ich Emma am Schluss noch einmal recht geben:

Ende gut. Alles gut.

Das heißt natürlich: Bis zum nächsten Mal …

Anja Janotta

Die Trabbel-Drillinge – Heimweh-Blues und heiße Schokolade

224 Seiten, ISBN 978-3-570-17536-1

1:200 Millionen – so hoch ist die Wahrscheinlichkeit, dass es jemanden wie Franka gibt. Oder wie Vicky. Oder wie Bella. Die drei Zwölfjährigen sind eineiige Drillinge und Celebritys. Trotzdem könnten sie verschiedener nicht sein. Als sie vor lauter Berühmtheit keinen Schritt mehr vor die Tür machen können, flieht Mama Trablinburg mit ihnen aufs platte Land. Dort will sie in einer baufälligen Villa ein Bio-Hotel eröffnen. Die Drillinge sind entsetzt: monatelang Baustelle, mieses WLAN, zu dritt im Doppelbett? Das muss ja Trabbel hoch drei geben! Ob Frankas wunderköstlicher Trostkakao den schlimmsten Schwesternstreit aller Zeiten kitten kann?

10384

cbj

www.cbj-verlag.de

Anna Meriano

Love, Sugar, Magic – Fünf Schwestern und ein Zauberspruch

336 Seiten, ISBN 978-3-570-17475-3

Es nervt, die Jüngste von fünf zu sein, findet die 12-jährige Leo. Ihre großen Schwestern dürfen mit Mama Lograno in der Familienbäckerei für den Día de los Muertos backen, den Tag der Toten, der in Mexiko mit großem Spektakel gefeiert wird. Und Leo soll an so einem Tag einfach in die Schule gehen? Gemein! Doch dann findet sie heraus, dass alle Lograno-Mädchen und -Frauen Back-Hexen sind – auch sie! Sofort backt Leo drauflos, aber funktioniert die Magie in ihren »Liebesbisschen« auch? Irgendwie schon, denn der verzauberte Mitschüler Brent verliebt sich wie geplant in Leos beste Freundin ... aber auch, ups, in alle Mädchen der siebten Klasse!